猫のお告げは樹の下で

青山美智子

宝島社
文庫

宝島社

the words from
"MIKUJI"
under the tree

猫のお告げは樹の下で

青山美智子

Michiko Aoyama

宝島社

おや、
鈴の音がすると思ったら、タラヨウの葉が鳴っている。

早朝の境内に響くその音は優しく強く、そして気高く、
わたしは竹箒《ぼうき》を動かす手を止め、聴き入りました。

そろそろ、来るかな。

猫のお告げは樹の下で

the words from "MIKUJI" under the tree

【目次】

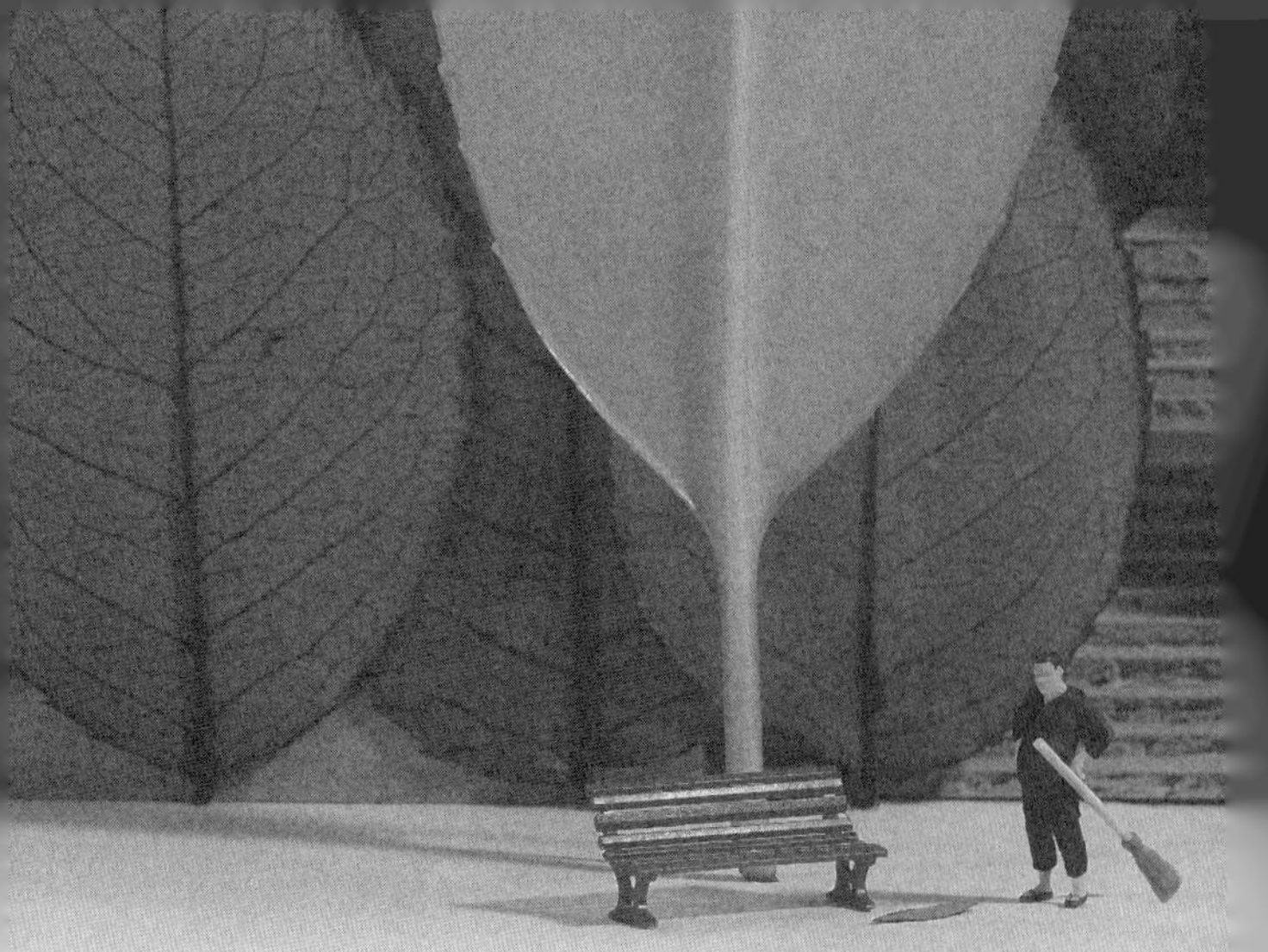

ミニチュア制作・写真　田中達也（MINIATURE LIFE）
ブックデザイン　菊池 祐

[一枚目]

ニシムキ

the words from
"MIKUJI"
under the tree

眠りから覚めて最初に思い浮かぶのは、やっぱり佐久間《さくま》さんのことだ。ぼんやりした頭で、彼のやわらかな目元を想う。そして次の瞬間にすぐ、あの困った顔を思い出す。ああ、あれは現実で、もう佐久間さんには会えないんだなと悟る。胸の奥が佐久間さんのかたちにへこんでいる気がする。そして思い知るのだ。まだまだ、大丈夫じゃないってことを。

ベッドサイドの目覚まし時計は午前五時を指していた。出勤までにはまだ早い。二度寝しようかと目を閉じると、まぶたの裏にまた佐久間さんが現れた。笑うと急に幼くなる垂れ目。前髪の先だけ波打つくせ毛。ミハルさん、と私を呼ぶバリトンボイス。

いたたまれなくなって起き上がり、窓を開けた。私がどれだけうずくまっていたって、夜は明ける。夏の終わりの早朝。鳥の声が聞こえた。

——行くかな、今日も。

私は深呼吸のあと、伸びをひとつした。

走ったら忘れる。

中学・高校と陸上部だった私が習得したワザだ。

赤点のテスト、お母さんの小言、クラスメイトのくだらない陰口。部活で走り込めばだいたい気持ちを切り替えられた。美容学校を卒業してサロンに勤め始めてからは、偉そうに雑事を押しつけてくる先輩、予約時間を守らないくせに早くしろと逆ギレしてくるお客さん。ちっちゃな虫を払いのけるようにして、出勤前の早朝や休日の午前に私は走る。

地を蹴る、風を裂く。私が脚に力をこめればこめるほど、視界がスピードを上げて後ろへ飛ぶ。目の前にあった建物や街路樹や人を、どんどん置き去りにしていく。過去へ。過去へ。過去へ。

猛烈な悔しさも苛立ちも、走り終えるころには汗と一緒に流れ落ちて、たいていのことはどうでもよくなる。この「どうでもよくなる」っていうのが、人生を平穏に過ごすためにとっても大事なことだ。

どうでもいいから忘れる。嫌なことって、たいがい自分にとってどうでもいいことだと思う。私を幸せな気持ちにしてくれない出来事なんて、覚えている価値もない。

そうやって私は、今までいろんなことを乗り越えてきた。

なのに、おかしい。今回ばかりは走っても走っても忘れられない。

もう一ヶ月以上経つのに、どうでもよくならない。走りながらでさえ、佐久間さんとのいろんなシーンがフラッシュバックしてしまう。

二十一歳にして初めての、失恋。

私の足を交互に運ぶランニングシューズが、ぼんやり見えた。そこでやっと私は、我に返る。下を向いて走ったらダメだ、危ないから。

いつもと同じ景色を見ているからいけないんだ。私はそう思い立ち、なじみの河川敷コースを逸《そ》れて国道沿いに足を向けた。

佐久間さんは五つ年上で、私の勤めるサロンの副店長だった人だ。私が就職してから一年半、彼はいつも穏やかで面倒見が良くて、熱心に指導してくれた。ひとつ質問をすると、それ以外のこともふたつみっつ教えてくれる人だった。「頼りになる上司」だった佐久間さんを、気がつくと目で追うようになり、一緒にいるとドキドキするようになり、これが恋だと認めるのにそう時間はかからなかった。

先月、佐久間さんが隣町の支店に店長として異動になると聞かされて、私は決意したのだ。想いを告げようと。佐久間さんとプライベートで会ったことはない。でも、佐久間さんは私と目が合うといつもちょっと笑ってくれたし、閉店後のカット練習でも「ミハルさんのハサミづかいは、優しさがあっていいね」とほめてくれたし、風邪で休んでいた私が回復して出勤すると「ミハルさんがいるとやっぱりお店が明るくなるよ」と言ってくれた。私に気があるとは言わないまでも、憎からず思ってくれているんじゃないかという淡い期待があった。

それで私は、お客さんが少なかったある日、なけなしの勇気を振り絞り、閉店間際に「今晩、飲みに行きませんか」と誘った。もちろん、ふたりでという意味だった。

しかし彼は私からさっと目をそらし、首をひねりながら聞き取れないくらいの小声で答えた。

「あ……いや、うん」

びっくりした。初めて見た顔だった。佐久間さんはあきらかに、困っている。もっと言うと、いやがっている。「うん」とは言っているけど心はノーだ。自分が間違ってしまったことに気づき、私は佐久間さんの百倍動揺した。突然ぎゅっとつかまれた心臓が、トマトみたいにつぶれそうだった。誘ったことを後悔したけどもう遅い。

わあっと逃げ出したくなるのをこらえて棒立ちになっていると、佐久間さんは急にスイッチが入った電球のようにパッと明るい表情になって言った。

「いいね、じゃ、みんなで行こうか」

「……そう、ですね」

私はやっとの思いでそう答えた。いえ、もういいですという言葉が喉元《のどもと》までせり上がっていた。

佐久間さんが私とふたりきりになるのを避けた理由は、すぐにわかった。

その夜、スタッフ数人で訪れた居酒屋で、揚げだし豆腐を食べながら彼はこう言ったのだ。

「実は年明け、結婚するんだ」

ずくん、と大きな音を立てて胸は軋《きし》んだけど、さほど驚かなかった。やっぱりそういうことなのかと思ったし、それよりも自分が彼にあんな困り顔をさせてしまったことのほうがうんとショックだった。彼女さんとは美容学校時代からのつきあいだという。私に向けての予防線というか、アンサーなんだなと、いくら鈍感な私でもすぐにわかった。私の気持ちは佐久間さんにとっくにばれていて、彼はやんわりとガードしているのだ。佐久間さんのそんな大人の配慮は、私をいっそうみじめにさせた。私の想いは彼にとって迷惑でしかなかったのに、調子にのって突きつけてしまった。恥ずかしくて顔が燃えそうだった。

そして数日後、佐久間さんは隣町の支店へと移っていった。私が入り込む隙《すき》を一ミクロンも与えずに。

気づくと私はずいぶん遠くまで来ていた。

足の向くままに走り続けて、知らない場所へと運ばれてしまった。あたりを見回すと、国道沿いに民家が建ち並び、古い花屋やさびれた電器屋がぽつぽつと点在している。

走るのをやめ、少し歩くことにした。ランニングポーチからウォーターボトルを取り出して水を飲む。風が吹いてきて汗ばむ首筋を触っていった。

ひなびた雑居ビルの一階には、いつから下りたままなのかわからないシャッターに「テナント募集」の貼《は》り紙があった。その隣に年季の入ったアパートがあって、ビルとの間に細い一本道が続いている。先のほうに目をやると、繁みの奥に瓦《かわら》屋根の拝殿が見える。どうやら神社があるらしい。

私はポーチの中に水をしまい、神社へと向かった。見たところさほど広くもないし、まったくと言っていいほど人の気配がない。でも石造りの鳥居は厳《おごそ》かな迫力があって、境内はきれいに掃除されていた。手水舎《ちょうずや》も清潔で気持ちがいい。

私は拝殿の前で鈴を振ると、再びランニングポーチを探って小銭入れから十円玉を出し、賽銭《さいせん》箱に投げた。二礼、二拍手、一礼。

願いはひとつ。

ぎゅっと目をつぶって祈る。

――佐久間さんを忘れられますように。

目を開けたとき、ふと視線を感じた。

猫。

拝殿から少し離れたところに一本の大きな樹がある。幹の太さは、両腕を軽く輪にしたくらいだ。その下に置かれた赤いベンチの上に、一匹の猫が座っていた。

座っていたというのはおかしいかもしれない。前足を折りたたむようにして胸元にしまい、どちらかというと寝そべっている。いかにも猫らしいポーズだった。

全体的に黒くて、額から鼻にかけて八の字を描くように白い。ハチワレっていうんだっけ、あの模様。

私はそっと近づいてみた。

「この神社で飼われてるの？」

声をかけると猫は、ふるん、と顔を横に振った。

え？　返事した？

「隣に座ってもいい？」

今度はこくん、と首を前に倒す。わ、やっぱり。

ちょっとドキドキしながらそっと隣に腰掛ける。猫は逃げずにそこにいた。

「遊びに来たの？」

猫はじっと私を見た。瞳は透き通るような金色だった。猫は私に向かって、にゅうっと目を細めた。笑ってる？　確実に笑ってるよね、それ。

私は続けて猫に訊《たず》ねる。

「ねえ、失恋の痛みを忘れる方法って、知ってる？」

その質問には興味がなかったのか、くだらないとでも思ったのか、猫はゆらりと体を起こしてベンチから軽やかに降りた。なんだ、行っちゃうのか。

それにしてもきれいな猫だ。体はつややかに黒くて、おなかと足が綿のように白い。高級なタキシードを着ているようだった。ステッキの柄みたいなカギしっぽがゆっくり左右に振れる。左側のお尻に白いマークがあることに気づき、私は思わず見入った。

――星？

猫は樹の根元でがじがじと爪とぎを始めた。そして不意に、ぱ、と足を止め、何か言いたげに私のほうへ顔を向けた。この樹がどうしたっていうんだろう。

見上げると、生い茂る緑色の葉の裏に、ところどころ文字が書いてある。私は立ち上がって葉を触ってみた。縁がギザギザしていて、指を当てるとちょっと痛い。

よく見ると、ペンなどで書いてあるのではなく、ひっかき傷が変色して茶色くなっているらしかった。そのへんに落ちてる小枝やヘアピンなんかで掻いたのだろう。すべて裏側ということは、表にはこんなふうに書けないのかもしれない。

「おはよー」とか「BB命」とか、へのへのもへじとかウンコの絵とか、果ては

「お金が欲しい」なんて落書きがいっぱいしてある。神社の樹にこういうことするのは罰当たりじゃないかとも思ったけど、柵もなく、いたずらするなとか葉を取るなといった注意書きもない。どうやら、この神社では参拝者に向けて大らかに開放しているようだった。

ランダムに何枚か見ているうちに、真ん中の葉脈を挟んで「さつき♡」「たつひこ♡」と相合傘よろしく名前が並んでいるのを発見し、ハートマークが傷に沁《し》みて思わず胸を押さえた。名前の端にはごていねいに日付まで刻まれている。二年前の今ぐらいだ。きっとカップルで仲良くお参りに来たのだろう。そんなに前の葉っぱがそのままの状態で残っていることに驚いた。

顔もわからない「さつきちゃん」と「たつひこくん」のラブラブな姿が浮かんで、大きなため息が出た。見るからに、すっごくハッピーって伝わってくる文字だ。

いいなあ。

誰かを好きって気持ちがこんなに楽しいってことが、うらやましい。

今はどうしているんだろう、このふたり。まだつきあってるのかな。それともどちらか片方がひとりで書いたのか。だとしたら、まだ好きなのかな。

ぼんやりしていたら、猫が急にぐるんぐるんと樹の周りを走り出した。何かにつけていきなりな猫だ。『ちびくろサンボ』でバターになってしまうトラを思い出して、私は目を見張った。でも猫はバターになる前に走るのをやめ、とん、と樹に左足をかけた。

はらりと一枚の葉が落ち、私の上に降ってくる。

「え？」

足元に落ちた葉を拾ってみると、裏に文字が書かれていた。

西向き？

私は葉と猫を交互に見た。

「ねえ、これって……」

話しかけようとしたら、猫はシュタッと俊敏に拝殿の向こう側へと走り出し、あっという間に姿が見えなくなってしまった。

呆然《ぼうぜん》としていると、青い作務衣《さむえ》を着た男性が箒を持ってやってきた。きっとこの神社の宮司さんだろう。

「どうされましたか？」

　恰幅《かっぷく》のいい宮司さんは、物やわらかに言った。ふっくらした両頬《りょうほほ》の間に小さな唇が埋まっている。福々しいというか、笑っていなくても笑っているみたいな顔だった。

「あの、この葉っぱ……」

　私が葉を差し出すと、宮司さんはそっと受け取り「ああ、タラヨウの葉」と言った。

「おもしろいでしょう、これ。ハガキの木とも言ってね、ひっかくと文字が残るんです。何十年も保存がきくし、切手を貼って郵送することもできるんですよ。二、三枚ならいいですよ、持っていきますか」

「いえ、あの」

　猫がくれたんですなんて言ったら、変に思われるだろうか。私が口ごもっていたら、宮司さんはぴんと眉を上げた。

「もしかして、猫ですか？」

　まさかのご名答に、私は思わず身を乗り出す。

「そうです、猫、黒白の猫が……あの、お尻に星のマークがあって」

「ああ、やっぱりミクジが現れましたか」

　宮司さんはただでさえ小さな目を細め、体をゆすって笑った。

「ミクジ？」

「ええ、わたしたち神職の間でそう呼ばれてるだけなんですが。ミクジはタラヨウの樹がある神社にふらっとやってきて、おみくじみたいにお告げの言葉を一枚の葉で落としていくんです。それで、ミクジ」

「……お告げ」

「そう。だからこれ、大事にしたほうがいいです。お告げをもらえたなんて、あなたは運がいい。ここで生まれ育って五十年のわたしでさえ、話に聞くだけで会ってはいないんです。迷える参拝者の前にばかり現れますからね」

宮司さんは私に葉をよこした。私は訊ねる。

「ニシムキって、どういう意味なんですか」

「ニシムキと書いてあるんですか」

「え？　ほら、ここに」

こんなにはっきり書いてあるのに、宮司さんはどうしてそんなことを聞くのだろう。

彼は腕を組んでほほえんだ。

「さあ、どういう意味なんでしょう。お告げは答えそのものではありません。答えにたどりつくよう、案内するだけです」

ぽかんとしていると、宮司さんは箒をぎゅっと握り、空を仰いだ。

「さあて、ミクジが来たということは、わたしもしばらく忙しくなりますねぇ」

宮司さんは満足げにひとりごちると、すたすたと去っていってしまった。私の手の中の葉には、ニシムキの文字がくっきりと刻印されている。

ニシムキ。西を向くと幸せが待っている、とか？　西ってどっちだっけ。クロノグラフの腕時計で方角を確かめる。来たのとは反対が西だ。私は呼吸を整え、幸せに向かって走り出した。

――結論から言って、最悪だった。

私はまず、神社を出て二分もしないうちに道に落ちていたガムを踏んだ。足元でカサカサと音がするので見たら、靴底についたガムが飴《あめ》の包み紙や落ち葉をくっつけているのだった。誰かが吐き捨てたそれはべったりと貼りついて、アスファルトにずりずりと靴底をなすりつけてみたけどぜんぜん離れてくれなかった。靴を脱ぎ、道端に落ちていた石でごりごりとこそぎ落としていたら、散歩中の犬に何やら吠《ほ》えられた。おまけに、突然雨が降ってきてさんざん濡れるし、道に迷うし、ポーチのファスナーは急に壊れるし。

あの宮司さん、私のこと運がいいって言ってたのに。西向きってそういう意味じゃなかったのかな。

アパートに帰ってポストをのぞくと、ハガキが入っていた。時子《ときこ》さんからだ。

時子さんはお母さんの妹で、四十五歳になる。大手の広告制作会社でグラフィックデザイナーをしていた彼女は、五年前に独立してフリーになった。私が田舎の高校を卒業して美容学校に通うため東京に出てきたとき、十年ぶりにドトールで会った。でもそれだけだ。特に会話がはずむでもなく、一時間ぐらい時子さんが一方的にしゃべりたおしてコーヒーを飲んで帰った。あとは年賀状しかやりとりをしていない。

私は時子さんが少し苦手だ。まず、体も声も、人並みはずれて大きい。それから、何かにつけてせこい。「趣味は貯金」って言っていた。私が小学校に上がったとき、お母さんと時子さんと三人で夏祭りに行ったことがある。露店のかき氷を買ってもらった私が「時子さんは食べないの？」と訊《き》いたら「私はいらない。栄養もないシロップかけたただの氷に三百円もかけるのやだよ」と言った。節約家といえばそうなんだろうけど、子どもごころに「つまらない人生だ」と思ったのを覚えている。後ろでひとつに括《くく》っただけの髪の毛はいつもぼさぼさで服にも頓着がなく、化粧をしているところを見たことがない。地味なのかというとそうではなく、酒屋でもらった派手なビールのロゴ入りTシャツなんかを外出時に平気で着ていた。

二十代のころに一度結婚して一年で離婚したと聞いているけど、私の知る限りではそれ以降浮いた話ひとつない。ハッキリした物言いとか、全体的になんとなく雑な感じを見ていると、デザイナーなんて繊細でハイセンスな職業だろうに、がさつでオシャレとは程遠い時子さんに独立するほど仕事がくることが私には謎だった。

ハガキには「引っ越しました」という文字が大きくデザインされている。住所を見ると私のアパートと同じ区内で、手書きのメッセージが添えられていた。

『このたび、2LDKの中古マンション購入。近くなったから遊びにおいで』

あのケチな時子さんが、女ひとり、マンション購入。いよいよ独身を決め込んだのかと私は首をすくめる。遊びに行く気にはなれなかった。どうせ社交辞令だろうし。部屋に入りテーブルにぽんとハガキを置いたあと、お城のイラストにつけられた小さなフキダシに私はふと目を留めた。

『こだわりの西向き！』

……………ニシムキ。

私はしばらくそのフキダシとタラヨウの葉をかわりばんこに見た。そして一日迷った末、夜になってから時子さんに電話をかけた。


新居におじゃましたいんだけど、と言うと、時子さんは思いのほか喜んで「ほんと？　おいでよ！」と快諾してくれた。案外、好意的なんだなと気を良くしていると、時子さんはこう言った。

「ちょうどよかったぁ、髪の毛切ってよ。前髪うっとうしかったんだよねぇ」

まあ、そういうことだ。姪《めい》が遊びに来るのが嬉しいというよりも、美容院代が浮くぐらいにしか思っていないんだろう。

来週のサロンの定休日にどうかと打診すると二時を指定された。そして今日、私はケーキの箱を手土産に、時子さんの城に向かっている。

駅からは二十分くらい歩いた。小高いところにあるらしく、上り坂がキツい。コンビニを見つけるのもやっとなくらいの完全な住宅街だ。たどりついた時子さんのマンションは、中古とはいえ古臭さのない、五階建ての最上階だった。インターフォンを押すと時子さんは返事もせずにドアを開けた。

「久しぶり。よく来たね」

「おじゃまします」

時子さんは安定のすっぴんで現れ、襟のよれたショッキングピンクのポロシャツにくたくたのジーンズを穿《は》いていた。

「入って」

時子さんは中へと私を促した。玄関から入ってすぐ、左右に部屋があり、ドアは両方とも半開きになっていた。右には大きなパソコンが二台と横長のデスク、左にはベッドがちらりと見えた。

期待はしていなかったけどスリッパは出されなかった。それでも私が思っていたよりもきれいにしていて、廊下の壁にはかわいい鳥の絵が飾ってあった。

しかし時子さんの手によって廊下からリビングに通じる中扉が開かれると、私は思わず「うっ」と声を上げてしまった。リビングが不気味に明るい。そしてありえないくらい暑い。暑いというか、もはや熱かった。

クーラーは一応入っているらしいけど、ほとんど効いていない。窓辺でぴったり閉じられたカーテンは全面に黄色でよけいに明るさが倍増し、暑さに拍車をかけているように思えた。

「ちょ、ちょっと暑くない？」

「そう？　ここ、リビングが完全な西向きだからさ、この時間帯は仕方ないよ」

「せめてカーテンの色を寒色にするとか」

「えー、西に黄色は金運アップの鉄板だよ。カーテンなんて一番面積とるんだから、それは譲れない」

こだわりの西向きって、そういうことか。私は脱力しながらお土産のケーキの箱を差し出した。

「わ、アンジェリカのレモンタルト。これ好きなんだ、ありがとう」

二時を指定した時子さんの目論見はわかっていた。お昼どきだと時子さんが用意することになるからだ。作るのも面倒だろうし、どこか近所にでも食べに行くとなると、いくらなんでも姪っ子と割り勘というわけにはいかない。この時間なら私がこんなふうにお菓子を持ってきて、お茶だけ出せばじゅうぶんという魂胆に違いなかった。そのお茶だって、どうせ量販店で買った二リットルサイズのペットボトルなんだ、きっと。

「まあ、座ってよ」

私は言われるままテーブルについた。

「お茶淹《い》れるけど、ホットとアイス、どっちがいい?」

対面キッチンの向こうで時子さんが言った。

「え? えっと、アイス」

時子さんはやかんに水を入れた。ペットボトルじゃなくて、わざわざお湯を沸かしてアイスティーを淹れてくれるのだ。それどころか、「いいアールグレイの葉が手に入ったから」とまで言う。レンジの脇にスパイスの瓶が数種類並んでいるのが見えた。わりと凝った料理をするんだなと意外に思いながら、待っているあいだ部屋をぐるりと見回した。

引っ越したばかりだからかもしれないけど、リビングには最低限の家具しかない。テーブルと椅子、ソファ、テレビ。それにちょっとした棚。それくらい。でも貧相な感じはまったくなかった。むしろその逆だ。ソファはL字型で見るからに座り心地が良さそうだったし、テーブルも四人掛けでひとり暮らしにしては大きい。しっかりした作りで、決して安物ではないのがわかる。

それにしても暑い。私は立ち上がり、窓のほうへ向かった。黄色のカーテンを開けてみたが、内側にあるレースのカーテンだけではさらに耐えがたい強い陽射しが悪魔みたいに襲ってくる。だめだ、黄色いほうがまだまし。

「そんなに暑い? エアコンの温度設定下げようか」

時子さんが言った。

「時子さんはいつも大丈夫なの？　仕事、家でやってるんでしょう」

「うん、私、寒がりだからぜんぜん平気。仕事するときはリビングじゃなくてあっちの部屋使ってるし。でもみんなイヤがるみたいだね。不動産屋の話では、西日の強さが嫌われて、この部屋、人気なかったんだって。おかげで少し安かったんだよねぇ」

時子さんはほくそ笑んだ。結局、決め手はそれなのか。安かったからって、それだけの理由でこんな部屋、私には理解できない。お言葉に甘えて二十三度から十八度まで温度を下げ、テーブルに戻るとお茶の用意ができていた。

私には細身のグラスにアイスティ、時子さんはマグカップに温かいお茶だった。

「こんな暑いのに、ホットなの？」

「なるべく温かいものを摂るようにしてるんだ。座業だからね、体が冷えやすくて」

時子さんはカップをふうと吹き、おいしそうにお茶を飲んだ。レモンタルトが水玉模様のお皿に載っている。

「かわいいお皿だね」

「でしょ。百均ってすごいよね、あんなパラダイスないよ。このマグカップもそう」

家具は高そうだけど、特に嗜好《しこう》が変わったというわけではなさそうだ。時子さんが言った。

「仕事、忙しいの？」

「うん、まあ。でもまだ二年目だから、忙しいだけでたいしたことしてない。落ち込んでばっかりだよ」

「そうか。なんかあったら話くらいは聞くよ」

親身になっているというより、それが当たり前というような軽さだった。私はそれを素直に嬉しいと感じてしまい、そのことに自分でびっくりして、照れ隠しでぶっきらぼうに答えた。

「ありがと。でも大丈夫。やなことは走って忘れるんだ、私」

レモンタルトを頰張《ほおば》る。そんなこと言ったって、忘れられなくて苦しんでるくせに。

時子さんはフォークを持っている手を止めて私を見た。

「へえ」

「なによ」

「えらいなぁ、ミハルは。えらい、えらい。ウジウジしたり悪口言って鬱憤《うっぷん》晴らしたりじゃなくて、走って忘れるなんて、そんな健気《けなげ》な子、なかなかいないよ」

茶化したり、上滑りに言っているのではなかった。時子さんはまっすぐに私を見て、おおまじめな顔で私をほめてくれた。不覚にも目が潤んで、私はアイスティのグラスに口をつける。さっぱりして、ほのかな柑橘《かんきつ》の香りが心地よかった。

「失恋でもしたか」

直球。図星だったので私はむせてしまった。こういうところはやっぱり時子さんらしい。もうちょっと遠まわしな言い方ってあるじゃないか。

咳《せ》き込んでいる私をよそに、もぐもぐとタルトを食べながら時子さんが平らな声で続けた。

「そういうのは、たくさん走っても簡単には忘れられないよね」

私は咳《せき》を鎮めながらも、言い当てられて驚いていた。

「なんでそう思うの？」

「だって、誰かを好きになるって、その人が自分に混ざるってことだもの」

「混ざる？　どういうこと？」

時子さんはそれには答えず、へらりと言った。

「まあ、失恋には時薬《ときぐすり》が必要だよ」

時薬。そのありきたりな言葉に、私はむらっと反発を覚える。

「その場しのぎの安っぽいこと言わないで。そういうの、嫌い。いつかは忘れるとか、そのうちいいことがあるとか。今つらいんだよ。今どうにかしたいの！」

憤る私の向かいで、時子さんは無表情のまま黙ってタルトの最後の一口を食べ終えた。私はお皿の水玉模様に視線を落とす。

「……早く忘れたい。毎日痛くてつらい。どうやったら消えるの」

時子さんは、今度は即答した。

「残念、消えません。消さなくていいの。その痛みは消えるんじゃなくて、別のものに変わっていくんだよ」

「別のものって？」

私がすがるように問うと、時子さんはふふっと笑った。

「それは人それぞれ。誰かを幸せにするほど素敵なものになるか、自分を追い込むほど醜くてみっともないものになるか、自分次第」

マグカップのお茶を飲みほすと、時子さんはからりと言った。

「さて、髪を切ってもらおうかな」

時子さんは東の部屋から姿見を運んできて、リビングの壁に立てかけた。その前に椅子を置き、私の持参したタオルとケープを巻いて簡易サロンが始まった。

美容学校に通い始めてから、こんなふうに家族や友達のヘアカットを頼まれることがよくある。でも時子さんの髪を触るのは初めてだった。

ヘアゴムを外し、水をスプレーしながら髪に櫛を通す。白髪がところどころ見え隠れした。

「時子さん、髪を染めたりはしないの？」

あえて白髪染めとは言わず、カラーリングと意味が重なるようにして訊いてみた。

でも時子さんは私の真意を酌《く》んで弾むように答えた。

「私、白髪って潔くて好きなの。黒が勝手に真逆の白になるんだよ、しかも、こんなキレイな純白だよ？　いったいどうなってるんだろうね、オセロみたい。なんか、少しずつ魔女にでも進化してるんじゃないかって、楽しみなんだ」

鏡に映った時子さんはすっきりと笑った。その笑顔を私は不思議な気持ちで眺めた。時子さんて、美しい人だ。初めてそう思ったから。


　時子さんの髪は肩につくくらいの長さで、そのヘアスタイルは私が物心ついてからずっと同じだ。短いと結べないし、これ以上長いと髪を乾かすのに時間がかかるというのが理由だった。三ヶ月に一度、千円カットに行っているという。今日は揃《そろ》えるくらいでいいよと言われた。櫛をあてながら、ハサミを入れていく。ぼさぼさだと思っていた時子さんの髪は、思っていたよりも傷みが少なくてコシがあった。カラーリングやパーマを一度もかけたことのない、そしておそらく紫外線にもあまり当たっていない、自然のままの時子さんの髪。

　時子さんはブローなんかしないだろう。括ったときに先が厚ぼったくならないように、少し内側を梳《す》いておこう。そうすれば、手をかけなくても変な方向に跳ねたりしないから、ぼさぼさには見えないはずだ。シャキンと気持ちのいい音を立てながら、毛の先が床に落ちていく。

「ミハルの髪の毛の触り方って、優しいね」

時子さんが言った。私はハッとして、そのあと佐久間さんをほろりと想った。

彼もそんなふうにほめてくれたっけ。でもそれは、私がいつも佐久間さんを見ていたからかもしれない。

佐久間さんが前に話してくれたことがある。美容師がお客さんと関わるのはほんのひとときだけど、僕たちの本当の仕事はそこだけじゃないって。お客さんがサロンを出てから次に髪を切るまでの期間、どれだけ満足して気分よく過ごしてもらえるか、そっちが勝負なんだって。

ひとりひとりへの対応がきめ細かくてていねいで、絶対に手抜きをしなかった佐久間さん。彼がいつも考えていたのは、サロンでの時間だけじゃなくてお客さんの未来。毎日の生活スタイルや、控えているイベントや、心の状態のこと。

私は無意識のうちに、佐久間さんがお客さんの髪を触るときの手つきを真似ていた。穏やかで礼儀正しくて、奥に潜む堂々とした自信がにじみでる、あの表情を自分に重ねていた。

ああ、そうか。きっと、こういうことなんだ。私の中に佐久間さんが混ざっている。私はそのことを誇らしく思った。

佐久間さんと出会えて良かった。好きになって良かった。

あの困った顔を思い出すとまだ苦しくなるけど、彼が他の人と結婚することを想像するとやっぱり泣きたくなってしまうけど、それでも。

日が落ちてきて、あの暴力的なまでの陽射しが緩み始めた。ケープを巻いたままの時子さんは、エアコンの温度を上げて黄色いカーテンを開けるようにと私に命じた。

ゆっくりとヘアカットしながら、私たちはいろんな話をした。仕事のこと、お母さんと過ごした時子さんの子どものころのこと。東向きのふたつの洋間は、ひとつは仕事部屋で、ひとつは寝室にしていること。事務所兼なので打ち合わせにリビングも使うし、友達が集まれるようにもしたいから、これくらいの部屋数が必要だったこと。時子さんは離婚したとき、たとえこのまま独身でいるにしてもいつか再婚するにしても、自分のためにマンションを買おうと決めていたのだそうだ。

「時子さん、思い切ったね。いくら少し安かったとはいえ、賃貸みたいなわけにいかないでしょ。ローン返済大変じゃない」

「ううん。全額一括キャッシュで買ったんだもん」

「ええ!?」

時子さんは得意げに唇の端を上げた。

「そりゃもう、がんばって貯めましたよ。独立するってことも決めてたし、ローンは組むまいって思ってたから。ひとりでも大丈夫、ふたり以上でも大丈夫って、どうなってもドンと来いにしたかったの。だって同じ状態なんて続かないからね。良くも悪くも、自分も周りも」

黒白ミックスの髪を指で挟みながら私は、抗うでもなく逃げるでもなく、いろんなことを受け入れてきたのであろう時子さんの日々を思った。この城を手に入れるために、こつこつと節約しながら一生懸命働いてきた時子さん。

「お金っていいよ、大好き。お金は私を自由にしてくれる。労働がお金になるなんて、本当にありがたいことだよ。大昔は物々交換だったんだからね。物の価値なんて人によって違うのにさ」

「それで趣味は貯金なんて言ってたんだね。私、時子さんってケチなのかと思ってた」

冗談めかして言うと、時子さんは吹き出した。

「まあ、趣味は貯金っていうのはシャレだけど。でも私、ケチではないと思うよ。本当に欲しいものしか買わないだけ」

私は唐突に、夏祭りのかき氷を思い出した。寒がりで冷え症の時子さんには、食べたくもない三百円のかき氷は安くなかったんだろう。でもきっと、仕事に使うパソコンやソフトや、くつろぐためのソファや、そしてこのマンションは、世間的にいくら高額でも彼女にとって納得のいく値段なのだ。本当に欲しいものだから。

「そういえば、こだわりの西向きって？」

私が訊ねると、ああ、と時子さんは柔和な顔つきになった。

「昔、結婚してたころにこんな感じのマンションに住んでたんだ。元ダンナが選んだの。西向きがいいぞって。離婚して南向きの実家に一時戻ったとき、ああ、西向きってあんなに良かったんだなあって気づいた。午後に陽射しがたっぷり入るぶん、冬はあったかいんだよ。それに、西にリビングがあると東の部屋ができるでしょ。朝日が入って目覚めがいいし、落ち着いて仕事できるし、快適なの。風水的にも東は仕事運アップの方角なんだよ」

確かに、住宅情報誌なんか見てると「南向きで陽当たり抜群！」とか、だいたいリビング主体の方角しか強調されていない。この間取りで南向きのリビングにしたら仕事部屋や寝室は北向きになる。風水はよくわからないけど、ともかく時子さん的にこの間取りは最適にして最高なのだ。時子さんのこの、やわらかく豊かな表情。つらいこともいっぱいあったんだろうけど、かつてのダンナさんが時子さんに愛しく混ざっているのがわかる。

「それからね、西向きって」

と、言いかけて、時子さんは口をぎゅっと結んだ。

「なに？」

「あとから教えてあげる」

時子さんはもったいぶるように言い、普段の食事のことに話題を変えた。味噌汁《みそしる》のダシは鰹節《かつお》を削るし、梅酒や糠《ぬか》漬けも自分で仕込むらしい。そんなことは、お母さんからも聞かされていなかった。というより、私に時子さんへの関心がなかっただけかもしれない。

「本当は今日、ミハルが来るからお昼ご飯作りたかったんだけど、ここんとこ立て込んでて買い物もろくに行けなかったし、昼過ぎまでかかりそうな打ち合わせが入ってたから。まあ、フリーの身で忙しいのはありがたいことでね」

「そんなに忙しいなら、別の日にしてくれてよかったのに」

「忙しくて疲れてるから会いたかったんだよ。前にドトールで会ったとき、私の髪の毛も切ってねってお願いしたでしょ。姪っ子が夢かなえて美容師になってさ、私がどれだけ嬉しかったか、あんたわかってる？　ミハルに髪切ってもらうなんて、やっとその日がきたかって」

　髪切ってね。言われたかな。言われたかも。そうだ、言われた。

　忘れたいと思ってたわけじゃないのに忘れていた。時子さんがこんなに私のことを思ってくれてるなんて知らなかったから。「時子さんはこういう人」って、一面しか見ないで決めつけてたから。夏の昼間だけの西向きリビングをちょっと見ただけで、時子さんの城全部を否定してしまったように。

　髪を切り終え、乾かし終わるともう五時をだいぶ回っていた。

「ミハル、夕飯も食べていけば？　私作るから、一緒にスーパー行こうよ」

「うん。でも私、料理も時子さんと一緒に作りたいな」

時子さんはにしゃっと笑い、私の頭にぽんぽんと手をやった。言葉のないその仕草に、時子さんの喜びが伝わってきた。時子さんがこんな顔をしてくれるなら、いくらでも髪を切りに来たり、一緒にごはんを作ったり食べたりしよう。恋だけじゃない、好きな人は……時子さんは、きっと私に混ざる。

私が後片づけをしていると、時子さんは窓辺に近づいていった。

「その前に」

時子さんはそう言いながら窓を開けた。

「こっち来てごらん。私の最大の、こだわりの西向きポイント」

私はケープとハサミをテーブルに置き、時子さんのほうへ歩み寄って外を見た。

「わ……」

ため息が出た。

黒いシルエットになった街並みはオレンジ色で縁取られ、黄色い光が立ちのぼっていた。その間《ま》に間《ま》に、赤く染まった雲がグラデーションをつけながら果てのない青へと引っ張られている。宇宙に向かって続く群青《ぐんじょう》は深い紫へ、濃紺へと混ざり合いながら次第に色を強めていく。

「こういう景色を見せてくれるんだよね、西向きは」

時子さんはそう言ったあと、私を振り返り、遠くまで手を伸ばすようにして笑った。

「私はね、この空を買ったの」

この窓から見える、この空を。

私は時子さんの隣で、言葉も出せずに立ちすくんでいた。黙ってただ見惚れているうちに、またその色合いは刻々とすがたを変えていく。

昼には暑いばかりの西の空が、時に任せて夕暮れにこんな美しい景色へと変わるのなら。

無理に忘れようとせずに待とう、と私は決めた。

まだ残るこの胸の痛みが、いつか誰かを幸せにするほど素敵なものに変わる、そのときまで。

［二枚目］

チケット

the words from
"MIKUJI"
under the tree

クサい、と言われてとうとうきたかと思った。

思春期の娘といえば「お父さん、クサい」だ。さつきが生まれたその日から、いや、美恵子《みえこ》の腹の中にいるのが女の子だとわかった瞬間から、俺は覚悟していた。

久しぶりに会社から早く帰宅して、家族三人で夕食を囲もうと、すでに食卓についているさつきのそばを通り過ぎたとたんにそれだ。ビクッと体が震えたが、俺は素知らぬ顔で椅子を引いた。

靴下はとうに脱いである。スーツだってスプレーして寝室にかけてきたから、昼メシで行った定食屋の揚げ物の匂いはついていないはずだ。ブレスケアのタブレットも忘れていない。だとすればあとは、認めたくないが加齢臭というやつか。

妊娠したかもと美恵子に聞かされたとき、俺は四十歳だった。美恵子は三十八歳で、正直、このまま夫婦ふたりの人生もアリだよなと思っていたところだった。ひとり娘のさつきは、ランドセルを背負い出したのもつかの間、またたくまにブレザーの制服を着るようになり、気づけば中学二年生だ。

「お母さん、これ、クサいってば」

さつきが眉を寄せて小鉢を指さす。盆に味噌汁の椀《わん》を載せて運んできた美恵子が

「それくらい我慢してよ、お父さんの大好物なんだから」と言った。

クサいって、これか。納豆キムチ。

安堵《あんど》の息をもらしそうになるのをこらえ、俺もさっき同様に眉を寄せる。

「文句言わずに、おまえも食え。体にいいんだぞ」

「むりむりむりむり」

呪文のような拒絶。俺は黙って小鉢を自分のほうに引き寄せた。

味噌汁を置き終えた美恵子が席につこうとしたとき、携帯電話の着信音が鳴った。

「あ、店から電話。先に食べてて！」

美恵子があわてて立ち上がる。はい、もしもし。ああ、ピアスは明日納品します。え、ブローチも補充足りないの？　じゃあ、それも今夜作っていくから……。甲高い声が奥の部屋に消えていく。数ヶ月前、パート先の手芸店に置いてもらった手作りのアクセサリーが好評だったらしく、美恵子はリクエストに応じて商品を制作するようになった。もともと明るい女だったが、ここのところますますイキイキしている。人気ハンドメイド作家さんはお忙しいですねぇ、と俺は心の中でつぶやきながら味噌汁を飲んだ。

シンとした食卓にさつきとふたり向かい合い、妙に気まずくなる。

「……で、どうなんだ」

「なにが？」

さつきの大きな目に捉えられて、情けないことにひるんでしまった。なんとか話をつなげなければ。

「なにって、学校とか」

「べつに、ふつう」

ふつう。ふつうって、なんだ。再び訪れた沈黙の中、俺のキュウリを噛《か》むぽりぽりという音が響く。さつきが意を決したように言った。

「あの、さぁ」

「ん？」

俺は身を乗り出した。なんだ、相談ならなんでも聞くぞ。

「テレビ、つけていい？」

「……おぅ」

さつきはリモコンを操り、バラエティ番組にチャンネルを合わせた。流行《はや》りの芸人のギャグと、やかましい笑い声が放たれる。さつきはハハッと軽薄に笑った。そのことに少しほっとしている自分がふがいなくて、俺は勢いよく小鉢をかきまぜた。さつきがイヤな顔をしたのに気づいたが、かまわず飯の上に納豆キムチをだぶだぶとかける。

電話を終えた美恵子が戻ってきて、リビングの温度が急に高くなった気がした。

「たっちんがさぁ……」と、俺の知らない友達の話をさつきが美恵子に振る。俺は会話に入れなくて、興味もないテレビに目をやった。なんとなくふたりの話に耳を傾けていると、どうやら友達ではなくさつきの好きな「キュービック」というアイドルグループの話をしているらしい。そうなるとますますわからなくて参加できなかった。女同士がけたたましくしゃべり続ける中、俺は黙って納豆キムチを食らう。うまいぞ、さつき。このクサいのが、またいいんだ。

出張中の部長の代理で、都心から外れたところにある取引先に打ち合わせに行った。俺は小さな硝子《ガラス》メーカーで営業をしている。初めて訪れるその町工場は自宅の最寄り駅から一区間で、静かな住宅街の隅にあった。会社よりよほど近いが、まったくなじみのない場所だ。

駅までの帰り道、シャッターの下りた雑居ビルが目に留まる。「テナント募集」の貼り紙は、ガムテープの端が一箇所はがれていた。

出来心で、はがれたガムテープに指を押しつけシャッターにくっつける。元は玩具屋だったらしい。「木下《きのした》プラモデル」というかすれた文字が、色あせたシャッターにうっすら見てとれた。

雑居ビルを通り過ぎるとすぐ隣に細い道があった。道の向こうには鳥居が見える。神社があるのだ。

急ぎの仕事はない。なんの気はなしに、足がそちらへ向いた。信心というものはまるでないが、行くだけタダだ。

広くはないが気持ちのいい神社だった。参道の植え込みはきれいに整えられ、ごみひとつ落ちていない。もっとも、閑散としていて人がそんなに来るところではなさそうだった。

俺は拝殿の前に立つと小銭を賽銭箱に放り投げ、鈴を鳴らした。

さつきとうまいこと、やれますように。

手を合わせて祈る。

拝殿に背を向け戻ろうとしたとき、視界の隅で何かが動いたのに気づいた。

猫だ。大きな緑葉樹の下に赤いベンチがあり、そこに黒い猫がうずくまっている。

猫はじいっと俺を見ていて、こちらも立ち止まって見返すとニヤッと笑った気がした。

まさか。笑うかよ、猫が。我ながらおかしくなって帰ろうとしたら、猫がひょいっとベンチから降り、片手を挙げたので思わず「へっ？」と声が出た。いや、片手って変か。左の前足。確かにまねき猫ってああいうポーズだけど、実際に猫がやっているのは初めて見た。意表を突かれて呆然としていると、猫は顔だけ俺に向けたまま樹のほうへ歩いていく。こっちへ来いと言わんばかりで、俺はふらふらと歩み寄った。

黒猫かと思ったが、よく見ると腹や足先は白い。顔も額から顎にかけて山を描くように白かった。猫はくるっと樹の周りを軽く走った。尻にも白いブチがある。まるで星みたいな形だった。

なんの樹なんだ、これ。見上げると、ところどころ葉の裏に何やら文字が書いてある。「ユーチューバーになりたい」とか「痩せますように」とか。書いてあるというか、ひっかいてある。もっと見ようと手を伸ばしかけたところで、猫がすごい勢いで樹の周りを走り出した。

「な、なんだ、どうした」

驚いている俺をよそに、猫は突然ぴたっと止まり、左前足をトンッと樹にかけた。はらりと一枚の葉が落ちてくる。

猫は俺と目を合わせ、ちょっと顔を傾けた。おずおずとその葉を拾うと、ギザギザした縁がチクリと指を刺す。裏返してみて、俺は首をかしげた。

チケット？　なんだこりゃ。なんのチケットだ？

「おい、これ……」

猫に話しかけるのもばかばかしいと思いつつ顔を上げると、猫はとっくに遠くまで行ってしまっていた。追いかけたところでどうしようもなく、俺はベンチに座ってじっくりと葉を見た。

そこに、青い作務衣の中年男性が通り過ぎた。ビニール袋をひとつだけ持って歩いている身軽さから言って、この神社の神主だろう。俺に気づくと「こんにちは」と目を細めた。俺は声をかける。

「あの」

「はい」

「この神社、猫飼ってるんですか」

「いいえ」

小太りの神主は、ふくふくと笑った。いいえと言いながらも、すべてわかっているというような顔つきだった。

「受け取りましたね、ミクジの葉を」

「ミクジ？　あの猫ですか」

「ええ、ミクジに出会えるなんてあなたは運がいい。それはタラヨウという樹の葉です。そこに書かれたお告げ、大事になさってください」

「お告げ？　チケットっていうのが俺へのお告げなんですか？」

俺が立ち上がると、神主はビニール袋を持ち上げてかぶせるように言った。

「ああっ、肉まんが冷めてしまう。すみません、急いでいるので失礼しますね」

神主は足早に去っていく。俺はぽかんとしながら、そのむっくりとした背中を見送った。

猫も葉も神主も、全体的になんだか奇妙だったが、会社に戻って仕事しているうち、俺はそのことをあらかた忘れていた。もうあの神社に行くこともないだろう。

十時過ぎに帰宅すると、さつきはいつものように自分の部屋に入ったままで、美恵子はソファでテレビドラマを見ており、食卓に夕食の支度がしてあった。普段と変わらない光景だ。

「味噌汁、あっためるね」

コマーシャルになってから美恵子が立ち上がる。俺が部屋着に着替えて食卓につくと、さつきがそろりと出てきた。

「……おかえり」

「おぅ」

菓子でも取りに来たのかと思ったが、さつきはテーブルを挟んで突っ立ち、なにやらもじもじしている。ちらちらと美恵子に目配せをして助けを求めているようだ。

「なんだ？」

俺が身構えていると、美恵子が対面キッチンからさつきに声をかけた。

「ちゃんと自分で言いな」

さつきはごくん、と唾を飲み込んだ。俺もつられて、ごくん、とする。

金か？ それともまさか、彼氏ができた、とか。心臓がばくばくする。さつきがやっと口を開いた。

「あの、スマホを……」

なんだ、そんなことか。答えなんか決まってる。

「ダメだ。まだ早いって言っただろう。高校に行くまでは我慢するって約束だったじゃないか」

「違うの、あのね」

「みんな持ってるっていうのは、もう聞き飽きたぞ。ウチはウチだ」

違うんだってば、と、さつきは首を横に振る。今にも泣き出しそうだ。ここであっさり承諾すれば、ちょっとは俺に対して心を開くのかもしれない。でもそれはダメだ。中学生にスマホなんて必要ない。子どもたちの間でトラブルが起きて事件にまでなっているこことがしょっちゅう報道されてるじゃないか。さつきをみすみす危険な目に遭わせることなんかできない。頭の固い親父だと嫌われても、だ。

「……貸してほしいの。お父さんのスマホ」

「貸す？ なんで」

震える声でさつきが言った。

「チケットを取りたいの。だからお願い」

チケット。

思わず息が止まる。さつきは顔を真っ赤にして説明を始めた。

さつきの話を要約すると、つまりこういうことだ。さつきは二年前からキューピックというアイドルグループの大ファンなのだが、ファンクラブには入会しておらず、金もないのでアルバムもレンタルで済ませていた。コンサートのチケットはほぼファンクラブ会員の元に渡り、早いもの勝ちの一般販売日に電話してもまずつながることのないまま二分で完売してしまうのだという。

ところが、今回、初回限定で発売されたシングルCDにシリアルナンバーがついていて、応募した中から抽選でコンサートチケットが二枚当たるというのだ。シングルならさつきの小遣いで手が出る金額だった。さつきにも、いちかばちかの可能性がでてきたというわけだ。しかし応募にはメールアドレスが要る。抽選結果がメールで届くからだ。

「お母さんの携帯で応募すればいいじゃないか」

「私、ガラケーだもん」

いつのまにかソファに戻っていた美恵子が、ドラマから目を離さずに言う。ガラケーやパソコンではエントリー不可で、スマホのみの受付らしい。くだらんシステムだ。

「二枚って、誰と行くんだ」

「当たったら、誰か友達を誘う。キュービックのファンの子、たくさんいるし」

「中学生ふたりでか？　終わるの夜遅くだろ」

「……じゃ、お母さんと」

さつきが美恵子をうかがう。美恵子は「えっ、私もキュービックのコンサート行けるの？　ラッキー♪」と拳を上げた。俺がしぶっていると、さつきは突然、怒ったような口調で言った。

「貸してくれないなら、スマホ買ってよ」

人にものを頼むのに逆ギレとは何事だ。俺も声を強める。

「当たるかどうかもわからないのに、応募するためだけにスマホ買えっていうのか。いくらかかると思ってるんだ。ファンクラブに入るほうがよっぽど安上がりじゃないか」

「それなら、ファンクラブは入っていいの？　保護者の承諾が必要なんだけど」

ぐっと言葉につまる。そうだ、ファンクラブ入会を禁じたのは俺だ。さつきはふてくされて唇をとがらせた。

「お父さんはいつも私にダメダメって、頭ごなしにダメばっかり。チケット申し込むくらい、いいじゃないのよ」

チケット……。チケットか。俺は一瞬ためらったあと、腹を決めた。

「……よし。いいよ」

「え？」

「いいよ、俺のスマホで申し込んでやる。そのシリアルナンバーとやらを見せてみろ」

さつきの目が大きく見開かれ、頬がリンゴみたいにぱあっと赤くなった。

「ちょ、ちょっと待ってて」

さつきがバタバタと自分の部屋に走っていく。ドラマが終わったらしく、美恵子がひやかしてきた。

「急に折れたね、耕介《こうすけ》さん」

俺はちょっと迷い、スーツのポケットから葉を取り出した。

「なんかな、今日、神社で猫にこれもらって」

「猫？」

美恵子が目をぱちくりさせながら葉を受け取る。

「チケットって書いてあるだろ。俺へのお告げなんだって。なんのことだろうと思ってたんだけど、さつきがチケットって言うから、このことなのかなぁって」

「は？」

「だって偶然すぎないか、これをもらった日にさつきがチケットって言い出すなんて」

美恵子は葉をじっと見つめた。

「えっと、誰にもらったって？」

「だから、猫。神社の。尻に星があって、笑ったりして」

「あなた、大丈夫？」

葉を俺に返しながら美恵子は真顔で言った。

「なんにも書いてないじゃない」

「え？　ほら、ここにちゃんと……」

「あーっ、予告始まってる。黙って黙って」

俺にしか見えないのか。そんなバカな。

神主の肉まんに負け、美恵子のドラマ予告に負けた俺のところに、さつきがやってきた。満面の笑みを浮かべて。それを見て救われた気持ちになる。よくわからんが、これで願いがかなうはずだ。俺はスマホを取り出した。

ダカラキューアールコードガヒツヨウデスクショジャダメデオトーサンノスマホジャナキャハイレナインダッテバ！

さつきが何を言っているのかわからない。宇宙人が目の前で泣き叫んでいるみたいだ。

コンサートに応募して二週間後、当選メールが届いた。内容をろくに見ないまま、当たったぞと言ったら、狂喜乱舞していたさつきが文面を読んで動揺し始めた。困った口調で俺に何か説明してきたのだが、意味が通じない。そのうちヒートアップしたさつきは金切り声を上げて泣き出したのだ。

美恵子を交えてよくよく話を聞いてみると、さっきの宇宙語は

「だから、QRコードが必要で、スクショじゃだめで、お父さんのスマホじゃなきゃ入れないんだってば」

ということらしかった。デジタルチケットといって、スマホが入場券になるという。つまり当選したスマホじゃないと会場に入れないということだ。メールに載っているURLにアクセスしてQRコードを取得し、会場に入るとき係員が機械に通したうえで本人確認もするらしい。申し込んだときに、名前も性別も年齢も正直に打ち込んでしまった。

慣れている人には当然のことなのだろうが、ただコンサートに行くことだけを夢見ていたさつきや、コンサートなんて三十年近く行っていない俺や美恵子には未知の世界だった。三人とも、当選したらてっきり紙のチケットが二枚送られてくるものだと思い込んでいたのだ。

「なんでもデジタルにしやがって、かえって不便じゃないか」

「転売防止みたいだよ」

ガラケーなりにネットを駆使し、デジタルチケットについて調べていた美恵子がつぶやく。

「転売？」

「キュービックのチケットなんて、もとは八千円なのに十万円くらいで売られちゃうんだから」

「ってことは、今なら俺のスマホが十万円で売れるのか？」

軽い冗談のつもりだったが、さつきが足をバタバタさせて怒り出した。

「そういう人がいるから、こんな面倒くさいことになるんだよっ！」

さつきは乱暴にティッシュをつまみ、音を立てて鼻をかむと、キッと顔を上げた。

「お母さん、お父さんに変装して。入り口で男のふりしてればいいんだもん。身分証明書なんて写真ついてない保険証でも持っていけばいいし、帽子かぶって眼鏡とマスクしてればわかんないって」

「なにそれ、楽しそう」

美恵子が笑い出した。俺はあわてる。

「待て。お父さんのスマホをお母さんに預けるということか」

「そうだよ、問題ある？」

「問題ある？」

美恵子までにやにやと俺を見る。やましいことなんかない。でもそれはちょっとはばかられた。俺はひとつ息をつき、答えた。

「……わかった」

「スマホ貸してくれるの？」

さつきが飛び跳ねる。

「いや、貸さない。俺が行く」

「え」

「俺がさつきと、ふたりで行く。キュービックのコンサート」


流行りのJポップが響く店内は、ばかみたいに明るい。新作アルバムの並んだ棚の脇には小さなモニターがあり、半裸の女の子たちが並んで景気よく踊っていた。去年行われたコンサートのDVDらしい。

キョロキョロと目当てのCDを探す。黒いエプロンをかけ、壁にポスターを貼っている男性スタッフに声をかけた。

「ちょっと、すみません」

「はい」

スタッフがくるりと振り向く。襟足はさっぱりしているが前髪が長い。細身のジーンズにおさまった脚もまた、すらりと長かった。ハタチそこそこというところだろう。

胸に「田島《たじま》」というバッジをつけている。

「きゅ……キュービックのCDを探してるんだけど」

五十過ぎのくたびれたオッサンが、チャラチャラしたアイドルグループの名前を口にすることすら恥ずかしい。しかし「田島」というその青年は、感じよく笑ってうなずいた。

「アルバムですか」

「う、うん」

「タイトルわかります？」

田島くんが言う。髭《ひげ》生えないのかなと疑問に思うくらい、肌がつるんとしていた。

「よくわからないんだけど、娘に頼まれてね、娘に。なんでもコンサートに行くとかって」

「へえ、良かったですね、娘さん。キュービックのコンサートチケット取るのって、ファンクラブに入っててもすごい倍率なんでしょ。宝くじみたいなもんだって、お客さんが言ってました」

田島くんは人なつこく言い、「こちらです」と俺を促した。そうなのか。まあ、そうなんだろうな。十万円で転売されちゃうくらいなんだからな。

「ドームツアー、始まりますもんね。だったらこのアルバムです」

田島くんが差し出したCDのジャケットには、六人の男の子がいた。全員色違いの

Tシャツを着て、大きなサイコロのオブジェの周りで笑顔を見せている。

さつきが一番好きなのは、どれだっけ。確か「た」がついたはずだ。みんな似たような ヤサ顔で、区別がつかない。

「た……ナントカって、どれ？」

「たっちんですか。たっちんは、緑のシャツの、八重歯の子です。葛原達彦《くずはらたつひこ》」

くずはら・たつひこ。通称、たっちん。緑のシャツ。八重歯。よし、覚えた。

「キュービック、いいですよね。僕も好きです」

「えっ、どんなところが」

「そう言われるとうまく答えられないけど。なんか、見てると元気出るじゃないですか。イケメンなだけじゃなくておもしろいし」

おもしろいのか。女の子みたいな顔したこの若造たちが。田島くんはたっちんを指さした。

「個人的には、たっちんはすごく自然体っていうか。芸能人ってみんな、歯をきれいに矯正するじゃないですか。でもたっちんは八重歯のまま勝負してて、自分の魅力をよくわかっててかっこいいなと思います」

へえ、なるほど。田島くんの分析に感心して俺は言った。

「君だって、この中に入ったってぜんぜん遜色ないよ」

「えっ、僕ですか？　むりむりむりむり、超一般庶民。今、必死で就職活動中ですよ。

そいじゃ」

田島くんは軽くお辞儀をして行ってしまった。むりむりむりむり。さつきとの共用語をたくさん持っていそうだ。就職活動中ってことは、大学生なのか。

ぼんやりと田島くんを眺めていると、彼は別の客に声をかけられ、また愛想よく受け答えていた。制服を着た女子高生ふたり組だ。女の子たちはにこにこしながら顔を見合わせ、明らかに田島くんに好意を寄せている。

いいな、と、素直に思った。

ただそこにいるだけで人を集めてしまう、天性のやわらかな空気を田島くんは持っている。オッサンでも若い女の子でも、誰に対しても彼は同じように人あたりよく接することができるんだろう。さつきだって、田島くんとだったらどれだけ話が盛り上がるだろうか。

若さがまぶしいのとは少し違う気がする。俺にだって若いころはあった。でも俺は一秒たりとも田島くんみたいだった時期はない。バブル時代の恩恵を受けた記憶もないし、ミラーボールを見たこともない。ずっとさえなくて、女の子とろくに挨拶もできなくて、学生時代は時給六百五十円で配送のアルバイトをしていた。田島くんはオッサンになってもきっとあか抜けてて、娘を持ったとしても仲良くアイドルの話ができるものわかりのいい父親になるんだろう。

手の中のCDジャケットに目を落とす。さつきの大好きな男。さつきの大好きなたっちん。さつきはあんたの虜《とりこ》だよ。会ったこともないくせに。

CDを鞄《かばん》の底にしまい込み、帰宅した。

美恵子は奥の部屋でアクセサリーを作っているらしい。ドア越しにおかえりーとだけ声が飛んでくる。

リビングに行くと、風呂上がりのさつきがテレビを見ていた。ソファに腰を下ろし、タオルで頭を拭きながら前のめりになっている。芸人が司会するバラエティ番組に、キューービックが出ているのだった。

ひょろっとした男の子が、芸人に合いの手を入れた。八重歯。そうだ、これがたっちんだ。芸人につっこまれ、たっちんはボケ返す。さつきが「あははは！」と声を上げげた。

「……見てると元気出るな、キューービックは」

ネクタイを緩めながら、なるべく自然を装って田島くんの受け売りを口に乗せた。

さつきが大げさに振り返り、目を見開いている。俺は続けた。

「イケメンなだけじゃなくて、おもしろいし」

「えー？」

さつきが顔を傾け、はにかんで笑った。なんでおまえが照れるんだ。

「お父さん、キューービックのメンバーわかるの？」

「お、おぅ、まあな。この、たっちんがいいな。八重歯のまま勝負してるところが、自然体っていうか」

「まじで！」

さつきは一瞬立ち上がり、俺にとびつかんばかりだったが、テレビからたっちんの声が聞こえるとすぐに座りなおして画面にくぎづけになった。そういうところ、美恵子にそっくりだ。コマーシャルになるとやっと顔をこちらに向けた。

「お父さんもたっちんオシなんて、意外。見る目ある」

「だろ？」

抑えようとしたが、にやけが止まらない。俺とふたりでコンサートに行くことになったとき、さつきはあからさまに落胆していた。その態度は少なからず俺を傷つけたが、寝る前になってさつきが神妙な顔つきで「コンサート、よろしくお願いします」と頭を下げたのを見て、俺は確信した。これをきっかけに、俺たちの絆《きずな》は深まる。さつきが大人になってから何度も思い出すような、最高の思い出になるんだ。

「いいよねぇ、たっちん」

ため息まじりのさつきに、俺は「そうだな」と相槌《あいづち》を打つ。もうこれ以上のたっちん情報を持っていないので、素直に質問してみることにした。

「いくつなんだ、たっちんは」

「十九歳」

「若いな」

「でも十歳ぐらいから事務所入ってるから、芸能人歴はけっこう長いよ」

おお、会話が続いている。いいぞ、仲良し親子の空気だ。俺がすっかり気を良くしたところで、さつきがぽつりと言った。

「……結婚、したいんだ」

「はっ？」

ギョッとしてさつきを見ると、濡れた髪の先を指に絡めながらほほえんでいる。

「け、結婚っておまえ……」

「本気だよ。私の夢なの。たっちんと結婚するんだ」

さつきはもう約束したかのように、嬉しそうにタオルに顔をうずめた。パジャマ姿のさつき。丸みを帯びた肩のライン、白い首筋。得体の知れない怒りのような不安のような、むらむらと黒い煙が俺の中にたちこめる。

「ダメだ。何言ってるんだ、おまえ、まだ中学生だろうっ」

自分でも予想外の大声が出た。さつきがタオルから顔を上げ、さっと表情をなくす。

「結婚なんてそんな簡単なもんじゃないんだ、軽々しく口にするな。会ったこともないくせに。あっちはおまえのことなんかこれっぽっちも知らないんだぞ。コンサートに行ったところで、おまえなんて山の中の砂粒ひとつでしかないんだからなっ」

さつきの顔がみるみるゆがんだ。唇を曲げ、黙って立ち上がる。タオルをぎゅっとつかんで自分の部屋に去っていくさつきと入れ替わりに、美恵子が入ってきた。

「あー、もう、目がショボショボ」

美恵子はキッチンに入り、マグカップにティーバッグをセットした。さつきが乱暴にドアを閉める音が響く。

「どうしたの？」

「知らんっ。さつきがたっちんと結婚するなんて言うからだ」

「えぇー？ 信じられない」

美恵子がプッと吹き出す。

「だろ？ バカだよな、あいつ」

味方を得たようで心強くなり笑いかけると、美恵子はポットからカップに湯を注ぎながら言った。

「違う違う、私が笑っちゃうのは、そんなことを本気で怒ってるあなたのほうよ」

……なんだ、それ。

バカはあなた、と言われた気がして、俺は憮然《ぶぜん》とテレビのリモコンをつかんだ。美恵子は鼻歌まじりにカップを持って奥の部屋へと戻っていく。

チャンネルをパチパチと変えてみた。追い打ちをかけるように結婚情報誌のコマーシャルが流れ、ウェディングドレス姿の若い女優が空を飛んでいた。テレビを消す。

静寂が訪れて、世界から切り離されたように俺はひとりになった。

それから数日、さつきとは気まずいままだった。父親と娘なんて、話をしなくても生活にそう支障はないのだろう。

コンサートを明日に控え、俺はあの神社にもう一度行ってみることにした。ミクジとかいう猫からまたお告げがもらえるかもしれないと思ったからだ。無理やり用事を作って町工場へ挨拶に行き、その帰りに鳥居をくぐる。

チケット。ここまではやった。俺がコンサートのチケットを取ることで、さつきとの距離が少し縮まった気がした。せっかくいい感じだったのに、俺はまたぶちこわしてしまった。さつきが悪いんだ、結婚なんて言うから。いや、俺が大人げないのか。だから次。次のお告げは。どうすれば俺はさつきとのわだかまりがとける？

神社の隅々まで、俺は歩いた。ミクジは姿を見せなかった。参拝するときに鈴を大きく鳴らしてもみたが、ミクジにもらった葉を眺めていると、神主が通りがかった。今日はベンチに座り、ビニール袋の代わりに脚立を持っている。

「すみません」

ベンチから立ち上がって声をかけると、神主は俺を認め、「ああ」と笑いかけた。

「こんにちは。以前いらっしゃいましたね」

「あの……猫は。ミクジには会えませんか」

「どうでしょう、わかりません。ミクジに何か御用ですか」

「この間もらったお告げ通りにしたんだけど、うまくいかないんです。そのあとはどうしたらいいのかなと思って」

神主は首をひねった。コキッと音がする。

「お告げは本当に完結したんですか」

「完結？」

ええ、と神主は穏やかにうなずいた。

「あなたの中で、きちんと自分のものになったのでしょうか。ただ言われるままに行動を起こしただけで、期待した結果が得られないからといってさらなる手を求めるのは怠慢というものです」

厳しい意見だったが、説教くさくは感じなかった。もっともだ、という気もした。

「失礼、社務所の電球が切れてしまいましてね」

神主は脚立を持ち上げ、すたすたと行ってしまった。今日は電球に負けたらしい。

駅に着き、改札を通ろうとしてストップをかけられた。そういえば、ICカードの残金がほとんどなくなっているのを忘れていた。

切符の自動販売機でカードと札を入れたとき、ふと、パネルの英文字が目に留まった。

TICKET。

チケット。

……そうか。切符のことも、チケットって言うよな。

ぼんやりしたままチャージをすませ、改札を抜ける。客のまばらな電車はすぐにきて、俺はボックスシートに座り込んだ。窓からの慣れない景色に、旅しているような気分になった。

鞄からポータブルCDプレイヤーを取り出す。十五年ぐらい昔、会社の忘年会のときにビンゴ大会で当たってたまに使っていたものだ。乾電池を入れたら難なく動いた。優秀だ。機器の文明はこれくらいの時代で止まってくれたって良かったのにな。スマホなんていくらいろんな機能があったって三年もすりゃ買い替えなくちゃいけないし、だいいち、進化のスピードが速すぎてこっちは置き去りにされていく一方だ。

イヤホンを耳につけたら、向かいに座っていた男子高校生が珍しそうに俺のCDプレイヤーを見ていた。こいつらには、CDを何枚も持ち歩いていた時代があったなんて想像もつかないだろう。遠慮のない視線を無視して、俺は再生ボタンを押した。むろん、中にはキュービックのアルバムがセットしてある。

チケット。切符。飛んでいく知らない町を眺めながら、俺は考える。

家族って、電車に乗り合わせたようなもんだ。最初は一緒に乗っていたって、いつか乗り継ぎの駅がきて、子どもは違う場所へと行ってしまう。それまで隣に座っていたのに。同じ景色を見ていたのに。揺られながらいろんな話をしたのに。でも俺だってそうだ。時期がきたら自然に、自分の意志で親と違う電車に乗り継いだ。そして美恵子と出会って、ふたりで同じ電車に乗って……そこにさつきが乗ってきたんだ。さつきはさつきの切符を持って。

いつからだろう、さつきのやることなすことに「ダメだ」と言ってしまうようになったのは。さつきの中に芽生え始めた自我がこわかったのかもしれない。俺の目の届かないところに離れていってしまいそうで、心配でたまらなくて。

だけど親子はいつまでも同じ電車に乗っていられない。だとしたら、乗り継ぎ駅に到着して子どもが席を立ったとき、ちゃんと次の電車に乗れるように信じて見送ることしか、親にはできないのかもしれない。

愛が地球を　まわすんだよ

君が　教えてくれたんだよ

キュービックが高らかに歌う。サビで何度も繰り返されるこのフレーズは、語尾の「だよ」が「だ・よー！」と強調されている。

君が教えてくれたんだ・よー。

男子高校生がパッと顔を上げて俺を見た。どうやら、無意識に口ずさんでしまったらしい。タイミング良く、電車が乗り継ぎの駅に停まる。俺はそそくさと立ち上がった。

家に帰ると、美恵子が握り飯を作っていた。さつきは自分の部屋にいるのだろうか、味噌汁の椀が食卓に伏せられたままだ。

「どうした？」

「さつきが晩ごはんいらないって部屋に閉じこもっちゃって。おにぎり作っておけば、夜中に食べるかなと思って」

「具合でも悪いのか」

美恵子は握り飯を皿に置き、ラップをかけた。

「コンサート行かないって言ってる」

「なんで！」

やっぱり俺とは行きたくないって、そういうわけか。じりじりとした苛立ちと悲しみが押し寄せてくる。美恵子は淡々と続けた。

「熱愛発覚だって。たっちんと、ドラマで共演してた女優の日垣芽衣《ひがきめい》。メイメイだよ。手つないでるとこ週刊誌に撮られちゃったみたい。わざわざコンサートの直前を狙ってそういう記事出してくるんだよねぇ、ほんと悪質。たっちんもファンも気の毒」

……熱愛って。手をつないだぐらいで？

美恵子の話を最後まで聞かず、俺はさつきの部屋へ向かった。ぴったり閉じられたドアには、内鍵がかかっている。

「おい、さつき。さつきっ！」

ドアをバンバンと叩《たた》くが、反応がない。

「ほっときなさいよ」

美恵子が来て俺の腕に軽く手をかけた。俺はかまわずドアを叩き続ける。

「おまえ、たっちんと結婚するんだろ。さつきはかわいいぞ。メイメイなんかより、ずっとかわいいぞ！　負けんなよ、たっちんにその顔見せてやらないでどうすんだ」

部屋からは何も聞こえない。美恵子が俺から手を離した。俺は叫ぶ。

「おまえの夢って、そんなもんなのかよ。本気なら、メイメイもお父さんも蹴り倒して貫き通せ！」

ガチャっとノブが回り、ドアが少し開かれた。泣きはらした赤い目のさつきが顔をのぞかせる。

「…………」

「…………」

さつきはうつむいたまま、立ちすくんでいる。俺もさつきの顔を見たとたん、何も言えなくなってしまった。向かい合ってお互いに黙り込んでいると、美恵子があっけらかんと言った。

「おにぎり、食べる？　ツナマヨだよ」

さつきはこくんとうなずき、部屋から出てきた。そして、ちらりと俺と目を合わせ、ほんの少しだけ唇の端を上げた。ただそれだけのことなのに、ほわっと心が灯った。

すごいな、さつき。早々にお父さんの言うこと聞くなんて。だってお父さんは今、さつきの笑顔に蹴り倒されて、体ごと花畑につっこんだみたいな気分だ。

握り飯をふたついらげ、そのあと普通に夕食を食べ切ったさつきが風呂に入ると、食器を洗っていた美恵子がカウンター越しに言った。

「私さぁ、決めてることがあるんだ」

「うん？」

顔を向けると、美恵子はいたずらっぽく俺を見つめ返す。

「生まれ変わったら、あなたの娘になるの。それで、べっとべとに愛してもらう」

そんな。それじゃあ、俺が美恵子のことを愛していないみたいじゃないか。口にすることなんかないけど、俺は俺なりに……。言葉にできないままの俺をどう解釈したのか、美恵子はカラカラと笑った。

「だって、あなたとさつきを見てるとおもしろいんだもん。でも今世は耕介さんの奥さんでけっこう満足してるから、今後もよろしく」

きゅっと水道を止め、美恵子は小首をかしげた。

こちらこそ、よろしく。願わくば、俺たちふたりはこのままずっと同じ電車で。


翌日、家を出る前に美恵子が「じゃーん」と言ってブレスレットをふたつ、俺たちの前に差し出した。うわあっとさつきが歓声を上げて手に取る。

「すごい！　メンバーカラーの六色全部入ってるじゃん。お母さん、作ったの？」

カラフルなビーズでつながれたブレスレットは、小さなサイコロもついている。そういえば、アルバムのジャケットもサイコロのオブジェだったなと思い出す。

「サイコロさんっていうんでしょ、キュービックのファンのこと」

どこで仕入れた情報なのか美恵子が言う。なるほど、六面体か。

「そうそう、そうだよ。さすがお母さん。超かわいい、マジで売れるって、これ！」

さつきがはしゃぎながら、ひとつ俺によこした。

「売るのか？」

「違うってば。するんだよ、おそろ」

「えっ、俺、するの？　これ？」

有無を言わさず、美恵子がブレスレットを取り上げ俺の手首に装着した。

「サイコロさんふたり、出来上がり〜。いってらっしゃい！」

会場のエントランスでQRコードを表示したスマホを機械に通すと、レシートのような紙がするりと二枚出てきた。

「はい、おふたりですね」

係員から紙を受け取る。座席の番号が書いてあった。一枚をさつきに渡す。

ホーッと、さつきとふたりでため息をつく。スマホを忘れていないか、ちゃんと充電されてるか、落とすな、濡らすな、なくすなと、さつきは家を出てから会場に着くまで相当しつこかった。俺自身、スマホがどこでどう不具合を起こすかわからないし、QRコードが会場でうまく出てくるのかも心配だった。こんなに心臓に悪いチケット、もう勘弁だ。薄い紙の感触に、ただただ安らぐ。

席はスタンド席の前から二番目だった。ステージは遥か彼方にあり、そこに人間が立っていても小指ぐらいにしか見えない。自分の顔を見てもらうどころか、こっちもたっちんの顔なんかぜんぜんわからないじゃないか。

それでも、俺たちは前のほうなのだと途中で気づいた。客席を見回すと、三階席の上のほうまでびっしりと埋まっている。

「なあ、これ、何人いるんだ？」

「ざっと五万五千人……ちょっと、トイレ行ってくる」

さつきがごそごそと立ち上がった。

「大丈夫か？　こんなに広くて五万五千人いるんだぞ、戻ってこられるか」

俺が言うと、さつきはちょっと動きを止め、あきれたような視線を向けた。

「このチケット持ってるから大丈夫だよ。私の席、お父さんの隣しかないんだから」

はっとした。

その言葉は、俺の胸の中で風鈴みたいに甘く涼やかに響いた。何か、とてつもなく大切なことを言われた気がした。

俺の膝をまたぎ、すみませんすみませんと小さな声を出しながら他の客の前を抜けていくさつきの姿を、俺は見届ける。

たったひとつ、隣同士に定められた俺たちの席。与えられたチケット。大丈夫、さつきはこの広い世界を自由に動いて、必要なときにちゃんとここに来る。

三十分してさつきが戻ってきた。「トイレ、すごい混んでたぁ」と言いながら、席に座る。間に合ってよかったなと言いかけたら、さつきがサッとこちらに手を伸ばした。

「はい、これ」

ペンライトだ。さつきの顔を見ると、頬を紅潮させている。

「外のグッズ販売見たときは、並んだら間に合わないかなと思ってあきらめたんだけど。ペンライトは中で売ってたから……あの、私からのお礼。ありがとう、お父さん。キュービックのコンサートに連れてきてくれて」

「……お、おぅ」

なんだ、金もないのにそんな気遣いしやがって。涙が出そうになるのを、歯をくいしばって噛み殺す。さつきの「お礼」は、スイッチを入れると六色に光った。

ほどなくして、ステージの照明が消えた。きゃあぁっと会場中に黄色い声が上がる。始まるのだ。爆音のイントロ。光と共にキュービックが現れ、歌い始めた。

愛が地球を　まわすんだよ
君が　教えてくれたんだよ

誰が決めたのか、「だ・よー！」のところでペンライトを持った右手を上げるのが暗黙のルールらしい。俺は周囲に倣《なら》って歌いながらペンライトを振った。さつきが目を見開いて俺を見る。なんで歌えるのって顔だ。俺は得意な気持ちになりながら、ペンライトを持つ手を振り上げた。俺の隣で、さつきの歌声が合わさる。

たっちんは、今十九歳で。

俺は十九歳のとき、何してたかな。

なんも考えてなかったよな。ステージの上のあの子たちは、小学生のころから、わけのわからない大人たちの中で、歌やダンスの特訓を受けてたんだろうな。それで、ものすごい数の中から選ばれて生き残って……いやなことだってたくさんあるだろうに、こんなふうに笑って。ものおじもせず堂々と、こんなに大勢の人を楽しませて。プロだ。

すげぇな、たっちん。すげぇな、キュービック。

何曲か続いたあと、MCを挟み、彼らは衣装を替えながら汗だくになって踊って歌った。圧巻だった。巨大なスクリーンに映し出されるたっちんは、俺から見てもドキドキするくらいカッコよかった。始めのうちはスクリーンを見ていたのだが、遠くても確かにそこにいるのに現物を見ないのがもったいなくて、俺は途中から小さくても本物のたっちんに集中することにした。スクリーンじゃテレビと一緒だ。そうだ、コンサートのDVD。毎回出るんだろ、そういうのって。今度はお父さんがさつきにプレゼントしてやる。今日のお礼だ。

曲が変わり、小さな移動ステージ（さつきが言うに、トロッコというんだそうだ）

数台にメンバーが分かれて乗り込み始めた。

「ああっ、来る!」

さつきが大声を上げる。トロッコはゆっくりと、アリーナ席とスタンド席の間を回り始めた。

「ちょ、ちょっと、ここの前通るよ、近い近い近い、目が合っちゃうかも!」

さつきは興奮して顔をぷるぷると動かした。近いったって、知れてる。こんなにいっぱい客がいるんだから、あっちから個人を判別するなんてできないだろう。

そうは言っても、俺は彼らがずっとステージにいると思っていたので、顔がちゃんとわかるくらいのサイズで見られるならそれは来たかいがあったというものだ。ぴかぴか光るトロッコが近づいてきて、たっちんがあちこちに手を振りながら大きくなってきた。

たっちんを乗せたトロッコが、俺たちの前を通る。

お?

……………たっちんと、目が合った。

え? 俺? 目、合ったよな、今。あっちも「お?」って顔したよな。

たっ……。

「たっちんっ。たっちーーん、たっちーーーーーーーーん！！！」

俺はありったけの声で叫びながら、ぶんぶんと大きく手を振った。ほんの一瞬だけど、たっちんはにこっと笑ってちょんちょんっと俺とさつきを指さし、こちらに向けて手を振ってくれた。見間違いじゃない、絶対に。

ひゃあああああっと、さつきが悲鳴を上げた。たっちんはあっというまに遠ざかり、ファンたちに手を振り続ける。

八重歯の光る笑顔で、汗と愛をふりまきながら――。

「だからー、お父さんのおかげでたっちんはこっち見たんだ」

「……お父さん、もう七回め、それ」

帰りの電車で並んで座りながら、俺はコンサートの興奮が冷めないままだった。若い女の子たちの中で、俺みたいなオッサンは目立ったのだろう。それが功を奏して「ファンサ」がもらえたんだ。ファンサって、「ファンサービス」のことなんだって、もう覚えたぞ。上がりっぱなしのテンションで、早く美恵子に話したいなと思う。

「お母さんに何か、お土産買っていくか。アイスとか」

俺が言うと、さつきは「えー？」と笑った。

「お母さん、今日、友達と飲みに行くって嬉しそうだったじゃん。まだ帰ってないかもよ」

「……そうだっけ」

まあ、いい。俺がなんでもない素振りで足を組みなおすと、さつきは静かにシートにもたれた。

「ああ、でもたっちん、本当にいた。やっと会えたぁ……」

うっとりと閉じた目の端が、濡れて光っている。

そうだな。そうだよな、さつき。嬉しいよな。「会ったこともないくせに」なんて言ってごめんな。お父さんもそうだった。忘れてた。

お母さんのおなかにおまえがいるって知ってから、おまえに会うのがすごくすごく楽しみだったよ。大好きだって思ったよ。会ったこともないくせにな。


電車は揺れる。俺たちを運んで。

眠ってしまったさつきの頭が、俺の肩にトンと落ちてきた。

今はまだ、もう少し、もう少し。この愛しい重みを俺に受け止めさせてくれ。

キィーッと合図のようなブレーキ音がして、電車が停まる。さつきが目を覚ます。
それぞれの手首につけられた、揃いのサイコロが揺れていた。

［三枚目］

ポイント

the words from
"MIKUJI"
under the tree

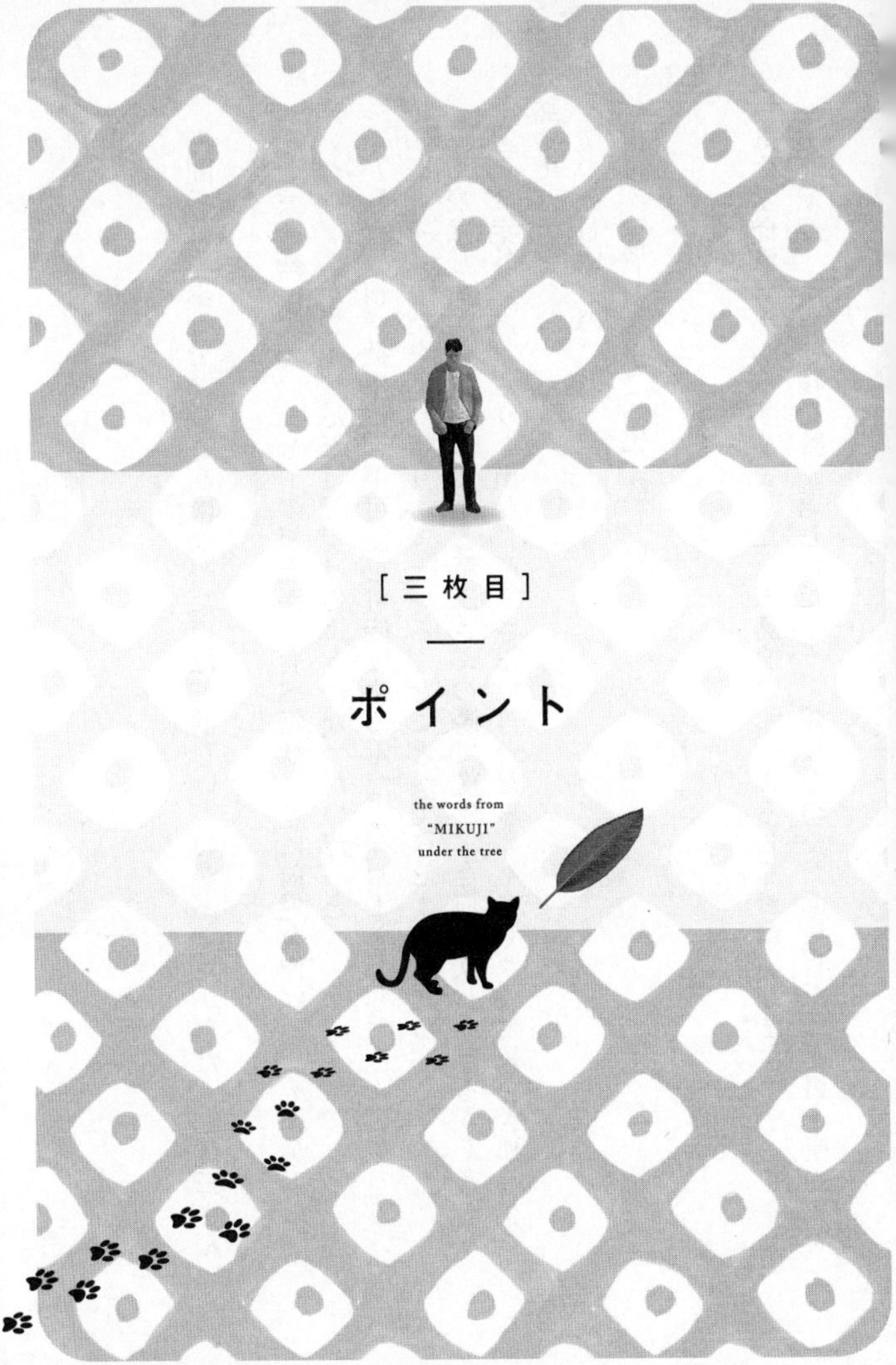

人間が二足歩行できるようになったのは、欲しいものがあったからだ、と竜三《りゅうぞう》さんは言った。

それまで四つ足だったヒトの祖先が、食べ物欲しさに前足を伸ばし、それが手になりいつのまにか二本の足だけで歩けるようになったのだ、と。

だからね、慎《しん》。欲望は、不可能を可能にするんだよ。おまえももっと欲しがっていいんだ。そうしたら、今よりもっといろんなことができるようになる。

唾を飛ばしながら熱っぽく語る竜三さんの隣で僕は、今何が欲しいだろうと考えた。答えは案外、あっさりと出た。竜三さんに言ったらめんどくさい説教をされそうで、黙ってたけど。

僕の欲しいもの。

僕は、「欲しいもの」が、欲しい。

「S大学経済学部から参りました、田島慎です。よろしくお願いします」

もう何度、この挨拶を繰り返しただろう。頬杖をついた面接官が履歴書と僕の顔を一瞥《いちべつ》する。似たような学生ばかりで飽きているっていう表情だ。

志望動機も自己PRも、どこでも同じようなことを答えているので、僕はすでに緊張感がすり減っていた。飽きているのは僕のほうかもしれない。金融、メーカー、出版、IT、保険……新卒採用をしている企業を手あたり次第に探しまくり、エントリーしたのはどれくらいだったかな。今のところ二十社あたりだ、たぶん。説明会や面接を重ねるほど、どこも同じような気がしてくる。ネットで検索すれば情報はいくらでも出てくるけど、逆にありすぎて何がどう重要なのかわからなくなっていた。

今日受けているのは、ええと、なんだっけ。そうだ、印刷会社だ。四人のグループ面接で、僕は一番端っこに座らされている。回答のトップバッターになるのはきつい。なんのアルバイトをしているのかと聞かれたので「CDショップです」と答えると、三人いたうち真ん中の、縦縞《たてじま》ネクタイの面接官がちょっと笑った。

「へえ。お客さん、来る？」

「ええ、まあ」

僕も笑い返す。その質問は僕のことを知りたいわけではなく、淘汰《とうた》されていくCDショップのゆくえを単にうかがうだけのものに違いなかった。ここで話題を広げられれば多少のアピールになるんだろうけど、それ以上のことは言えずに僕は口を結んでしまう。

就職活動は僕にとって初めて経験する「選択の関門」だ。自分で会社を選び、そして会社に選ばれなければならない。

これまでの僕は、なんでも誰かに決めてもらって、運ばれるようにして生きてきた。小学五年生のときに母さんが「この学校、慎ちゃんにぴったりだと思うの」と私立中学のパンフレットを持ってきて、特に異論はなく塾に通い受験をし、入学した。偏差値はそんなに高くない。少し勉強をして少し行儀よくしていれば、そして少し多めの授業料を払えば、中学から大学までストレートに進学できる学校だった。

大学の学部は父さんに「つぶしがきくぞ」と言われるまま経済学部にしたし、それでよかったと思うことも特にない代わりになんの後悔もない。アルバイトだってそうだ。一年前、友達が急にバイトを辞めることになって、すぐに後釜を連れてこいって言われたんだけど慎、やってくれないかと頼まれた。他にやりたいこともなかったし、CDショップで働くのがイヤだとも思わなかったから引き受けて今日に至る。

卒業後の就職先もそうやって、誰かが決めてくれたらいいのに。はい、田島慎くん。君は四月からここね。適当に良さそうなところを見繕っておいたから。そんな人が現れたらいいのに。さしあたって、僕の欲しいものってそれかもしれない。

僕がただ曖昧《あいまい》に笑っているだけなのを知ると、面接官は隣の学生に質問を移した。終了。そこから僕は、薄ら笑いを浮かべながらパイプ椅子と一体化し、石像みたいに固まっていた。

……今後のご活躍をお祈り申し上げます。

バイトの休憩中にお祈りメールが届いて、つまりは不採用。だからといって僕はたいしてへこんでいない。まあ、だめだろうなと思っていた。事務室の中は、僕の前に誰かが食べていたらしいカップラーメンのにおいがこもっている。

メールを閉じ、来る途中で買ってきたサブウェイのサンドイッチを食べていると、ドアが勢いよく開いた。

「おう、おつかれ」

竜三さんがビニール袋を提げて入ってくる。離れ気味の小さな目で、僕を見てにへっと笑った。分厚い唇は意味不明な方向に曲がっている。

それにしても見事なクルクル頭だ。一年前、最初に会ったときはパーマに失敗したのかなと思っていたけど、天然パーマな上に寝ぐせを直してこないだけらしい。膝のすり切れたジーンズはファッションではなく、それ一本しか持っていないので劣化しているだけなのだった。彼が椅子に足を組んで座ると、元の色がわからないくらい汚れたスニーカーに穴が開いているのが見えた。

「すごいぞ、今日のオレの昼めしは」

竜三さんはビニール袋から焼肉弁当と巻き寿司を二本取り出した。彼の昼食は惣菜パンが多いので、確かに今日は豪勢だ。巻き寿司をひとつ手に取り、竜三さんは僕のほうをうかがうように見た。

「慎にもやろうか？」

「いや、いいです」

表示シールの賞味期限はおとといの日付だった。CDショップのほかに竜三さんは複数のバイトをかけもっていて、そのひとつがコンビニだ。二十五歳フリーターの彼の栄養源はほぼ、売れ残って破棄されかけた商品にかかっている。竜三さんは焼肉をつつきながらスマホを操作し、動画サイトを開いてこちらに向けた。

「先週のライブ、アップしてもらったよ」

こう見えて、彼はアマチュアのロックバンドを組んでいる。男ばかりの四人組で、竜三さんの担当はエレキギターだ。曲はほとんど、竜三さんが作っているらしい。僕は特にロックが好きというわけではないけど、シフトが一緒になった初日にチケットを買ってくれと頼まれて断れず、行く羽目になった。他のスタッフはいつもみんなうまくかわしているみたいで、少し同情された。

でも行ってみて驚いた。ギターを弾いている竜三さんは、別人みたいに輝いていたのだ。竜三さんは抱きしめるようにギターを操り、体をそらしたりジャンプしたりしながら、踊るように演奏をした。僕にはギターまで生きているように見えたし、その音色は軽くしびれを起こさせるような甘くて強いパッションがあった。

ステージの上の竜三さんがくっきり鮮やかに見えたのは、照明のせいばかりじゃないと思う。竜三さんは本当は、すごいものを隠し持ってるんじゃないかって気がした。ライブのあとにそれを素直に伝えたら、竜三さんは僕に突然がしっと抱きついて「友よ！」と叫んだ。足まで絡めてきたので引いたけど、それから毎回、僕はどちらかというと積極的に竜三さんのライブに行くようになった。

「今回も来てくれてありがとな、彼女にもよろしく言っといて。愛梨《あいり》ちゃんだっけ」

「あ、彼女とは終わりました」

そうなの？　竜三さんは大げさなくらいびっくりして首を突き出した。彼女と別れたのはまさに、竜三さんのライブの帰りだ。

「なんで」

「わかんないけど、振られちゃったんです」

「……へええ、そうか。仲良さそうだったのにな」

僕はまた、曖昧に笑う。仲は良かった。ケンカなんかしたことなかった。彼女を否定したことは一度もないし、頼まれたことは忠実に守った。でも愛梨に限らず、僕はなぜだかいつも振られてしまう。決まって女の子のほうから告白されて、僕がそれを受けて、交際が始まって、あるところまでくると女の子のほうから去っていくのだ。「あたしたち、なんか合わないかも」とかいう、よくわからない理由で。「顔がタイプだったし、話しやすかったけど、つきあってみたら思ってたのと違った」と言われたこともある。知るかよと思ったけど、怒れなかった。要は僕がつまらない人間ってことなんだろう。

動画サイトに映る竜三さんは、ギターと戯れるように弾いている。ボーカルの男性のほうがよっぽど美形だけど、竜三さんの圧倒的な存在感は彼を完全に食っていた。

「ギター弾けるのって、いいですね」

僕はつぶやいた。

「ギター、興味ある?」

竜三さんが弁当から顔を上げる。僕は「はい」と答えたけれど、半分嘘《うそ》で半分本当だった。ギターそのものをやってみたいわけではない。でもこんなふうに夢中になれるものがあったら楽しいだろうな、と思っていた。

「じゃあ、オレんちに見にくる? アコギなら一本、貸してやってもいいよ」

しまった。竜三さんが目をキラキラさせている。

「え……そんな、悪いです」

「いいって、いいって! 興味持ったときが始めるときだよ、善は急げ」

いや、それ、善じゃないから。僕が断る理由を探しているうち、竜三さんは電話の隣にあったメモ用紙を一枚破り、ボールペンでさらさらと地図を書き始めた。

竜三さんと休みの合う二日後の午後、僕はバイト先からふたつ離れた駅で降りた。

竜三さんが書いてくれた地図は、目印といい距離感といい非の打ちどころがなく、思ったよりずっと早くアパートの前に着いてしまった。さすがに三十分前にチャイムを鳴らすのは申し訳ない。

　完全な住宅街で、時間をつぶせる店もなさそうだ。あたりを見回していると、向こうからおじいさんがやってきた。

　ムシャムシャした眉のおじいさんは今にも壊れそうな雑居ビルの前で立ち止まり、手を後ろに組んですっと背筋を伸ばした。ビルの一階はシャッターが下りている。元は何かの店だったらしく、突き出た看板に飛行機のマークがうっすら残っていた。薄汚れたシャッターには、百年前からそこに貼りついているような「テナント募集」の紙。おじいさんはその字をじいっと見ながら、ビルの前にただ立っていた。

　暇なんだな。僕は思った。ぶらぶらと散歩に来て、ちょっと目についたものをじっくり見ながら物思いにふけるような、ゆったりとした日々を過ごしているのだろう。これくらいのおじいさんになれば人生における選択という選択はあらかた済んでいて、もう何も決めなくていいんだ、きっと。

　僕はこれから、ずっと働き続けられるような会社を決め、結婚相手を決め、住居を決め、子どもができたら名前を決め、今度は子どもの進路を決め……。ああ、考えただけでおかしくなりそうだ。そんな大きな決め事が自分の手にいくつもゆだねられているなんて。

　このおじいさんが決めることといったらせいぜい、朝起きてどこに散歩に行こうかというぐらいだろう。やることをやりきって余生をのんびり楽しんでいるんだ。いいな。僕も早くそんな生活がしたい。

アパートと雑居ビルの間にふと目をやると、細い道が続いているのに気づいた。その奥に石造りの鳥居が見える。神社か。約束の時間までたっぷりある。僕はそのまま、細道を歩き出した。

なんということもない、小さな神社だった。鳥居をくぐると十メートルくらいで賽銭箱の前にたどりついた。僕は財布から五円玉を取り出す。母さんが昔からよく「ご縁がありますように」って、お賽銭には五円玉と決めているのを思い出したのだ。

僕が投げた五円玉は、こつんと軽い音がして賽銭箱に吸い込まれていく。ガラガラと鈴を振り、僕は手を合わせて目をつぶった。

どこでもいいから、早く就職が決まりますように。

できればそこそこ給料が良くて楽で休みが多くて残業が少なくて転勤とかなくて、定年までここでいいやと思える会社に。お願いします。それ以外、たいして要望はないんで。

僕はちょっと頭を下げ、目を開けた。

拝殿の左側に大きな樹があり、その下に赤いベンチが設置されている。ここでスマホをいじっていれば時間がつぶせそうだった。僕はベンチに座ってスマホを取り出した。

そのとたん、突然さっと黒いものが足元を横切った。驚いて腰を上げると、そいつは僕の代わりにベンチの上にひょいと乗ってきた。猫だった。

「びっくりしたぁ……」

息をもらして座りなおすと、猫は僕をじいっと見た。なんというか、意志のある金色の瞳だった。全体的に黒くて、鼻のあたりから喉元にかけて三角形に白くなっている。プロレスラーのマスクをしているみたいだ。なんだ？ 何か言いたいのか？ 見つめあっていると、猫はクイッと顎をしゃくりあげた。上を見ろ、と指示するように。

見上げると視界いっぱいに枝と緑の葉が広がっていた。ところどころ、葉の裏に文字が見える。一番近いところの葉を触ってよく見ると、「ハワイに住みたい」と引っかき傷みたいに刻まれていた。

なんだこれ。七夕の短冊的なものか？

「これに願いごとを書けって？」

猫に言ったというわけではないのだがそう声に出すと、猫はすとんとベンチから降りた。そして僕と顔を合わせ、ニィーッと口を横に広げた。笑った？ 飼ったことないけど、猫って笑うっけ？ 僕はスマホの検索画面に「猫　笑う」と打ち込んだ。検索ボタンを押そうとしたとたん、猫が急に樹の周りをびゅんびゅんと走り出す。今度はなんだよ。

あっけにとられて見ていると、猫は黒い体をしならせて走り回り、突然ピタッと止まった。ここだ、とでも言うように、左足を樹にトンとかける。黒猫だけど足は白いのな、と見当外れなことを思いながら眺めていると、ひらっと葉が一枚落ちてきた。樹の根に引っかかったそれを拾い上げる。

ポイント?

なんのことだ? ていうか、この葉が何?

葉を持ったまま顔を上げると、猫はもうそこにはいなかった。しっぽをゆっくり左右に振りながら、拝殿の脇を通って奥のほうへ向かっている。尻に星みたいな形の白いブチが見えた。変な猫。写真撮っておけばよかった。

よくわかんないけど、とりあえずツイッターにアップしておくか。僕は左手に葉を持ち、右手でスマホのカメラアプリを起動させた。

「あれ？」

僕はスマホを持つ手を引っ込め、葉を見た。「ポイント」と確かに書いてある。だよな。もう一度、スマホのカメラを葉にかざしてのぞき込む。

……おかしい。

カメラ越しだと、どうしてだか「ポイント」の文字が見えないのだ。一応、シャッターを切ってみたが、やっぱり文字は写らなかった。

なんだこれ、気持ちわりぃ。でも、なんかすげぇ。ぞわっとしたところで背後にがさがさと何かの気配を感じて、僕は思わず飛び跳ねた。

おそるおそる振り返ると、小太りのおじさんが、かがみ込んで賽銭箱の後ろに腕をつっこんでいる。地面に落ちている小銭を拾っているのだろう。こんな明るい時間に、ずいぶん堂々とした賽銭泥棒だ。僕はそーっと、おじさんに気づかれないようにスマホのカメラを向けた。警察に突き出すかどうかはともかく、神社の人には伝えるべきだろう。

でもそんなことしたら「なんで止めないで見てたんですか」って言われちゃうかな。迷っているうちにおじさんが立ち上がり、拾った小銭をすべて賽銭箱の中に入れた。泥棒じゃなかったのか。疑ったりして、申し訳ないことをした。

おじさんは僕に気づくと、ふっくらと笑って「こんにちは」と言った。青い作務衣を着ている。神社の人らしい。えーと、神社でお祓《はら》いとかしてくれる人のこと、なんていうんだっけ。

「住職さん……ですか」

作務衣のおじさんは「はっはっは」と口を大きく開けて笑った。

「いいえ。ここは神社で神道ですから、わたしはシンショクです。住職はお寺の僧侶のことです」

「シンショク……」

あまり聞きなれなくて繰り返したら、「シンショクさん」は穏やかに言った。

「神の職で神職です。わたしは自分のことを神職と言いますが、人からは神主さんとか、宮司さんとか言われることが多いです」

「神主と宮司って、どう違うんですか」

「総称と役職なんです。神社を会社とすると、神主が『会社で働く人全般』で、宮司は『社長』です」

「へえー！　社長さんなんだ！」

僕のリアクションに、社長である宮司さんは楽しそうに体を揺らせた。

「わたしはここで生まれ育っていますから、父を継いだという形です」

それじゃあ、この人は運ばれ続けている人なんだ。生まれながらにして職が決まっていたパターン。よっぽどイヤな仕事じゃなければ、こういう形の就職って僕には理想的だ。周囲からも喜ばれるし。なんで僕の父さんは公務員なんだろう。

「宮司の仕事って、難しいですか。お金は儲《もう》かります？」

「うちぐらいの小さな神社だと雑用のほうが多いくらいですし、みなさんが思われるほど難しくはないと思いますよ。ただ、儲かっている宮司とはあまりご縁がございません。神職だけでは食っていけなくて、副業をしている人ならたくさん知っていますす」

「ええーっ！」

「かくいうわたしも、三年前まで中華料理屋で働いていました。なかなかうまいんですよ、わたしのチャーハン」

宮司さんは中華鍋を振るようなジェスチャーをした。宮司が副業で中華料理屋。意外と自由なんだな、神社って。

ああ、そうだ。聞きたいことがあったんだ。僕は持っていた葉を差し出す。

「あの、この葉っぱ、なんですか」

宮司さんは「ほう」と小さく言い、何か意味ありげに僕の顔を見てから答えた。

「それはね、タラヨウという樹の葉です」

タラヨウ。僕はスマホで検索してみた。出る出る出る、画像も説明書きもブログも、ショッピングサイトに至るまで、どれから開いたらいいかわからないくらいに出る。

とりあえず植物事典っぽいサイトにアクセスしてみた。傷をつけるとその部分が茶色く残るので、昔は葉に経文を書いたり情報をやりとりするのに使われたらしい。常緑樹なのか、なるほど。

僕が記事を読んでいると宮司さんもスマホをのぞき込み、鷹揚《おうよう》に言った。

「便利ですねえ、わたしよりずっと物知りだ」

僕はハッと顔を上げ、あわててスマホを下ろした。話している途中だったのにスマホで調べものをするなんて、失礼なことをしてしまった。

「す、すみません」

「いえいえ」

考えてみれば、僕が本当に知りたいのは植物事典に載っているようなことじゃない。朗らかに笑う宮司さんに、僕はもう一度葉を差し出した。

「なんか、変な猫が現れて、そこの樹からこの葉を落としたんですけど。この文字、カメラに写らないんです」

「そうでしょうね。わたしにも、なんの文字も見えません」

「え？　見えないんですか」

宮司さんはまるで最初から何もかも知っていたかのようにうなずいた。

「あなたは運がいい。ミクジに会ったんですね」

「ミクジ？　あの猫のことですか」

「そうです。その言葉はあなたへのお告げです。あなたにしか見えないのは、つまりあなただから見えるということ。どうぞ大切になさってください」

宮司さんはそう言って、ゆっくりと僕に背中を向けた。

ミクジ？　お告げ？　ますますわからなくなって、僕はまたスマホを取り出した。画面に人差し指を当てようとしたら、宮司さんが社務所の前からのんびりと言った。

「ああ、そうそう。ミクジのことは、検索しても何も出てきませんよ」

僕は指を止めた。何も出てこないって？

宮司さんは社務所の中に入っていった。再びスマホに目をやると、画面の時計表示が約束の時間を過ぎている。僕はスマホと葉をジーンズの尻ポケットにしまった。


竜三さんのアパートは茶色いトタン張りの二階建てだった。錆《さ》びた鉄の階段を上がって一番奥が竜三さんの部屋だ。チャイムはなかったので、木のドアをノックした。今どき和式トイレで、風呂はなかった。畳は毛羽立っているし、窓はすりガラスだ。ボロい扇風機ががたがたと首を振りながら回っている。

置いてある家具はなんだかちぐはぐだった。六畳の狭い部屋に、黄緑色のタンスと安っぽいスチールのハンガーラック、その隣にはなぜか、古いけど立派な鏡台があった。タンスの引き出しには剝がしきれなかったシールの跡がいくつもある。よく見るとアニメのキャラクターたちだ。

タンスの前にいた僕に、竜三さんは缶ジュースを一本よこした。見たことのない赤い缶には太い白字で「COLA」と書いてある。僕は竜三さんが同じものをごくごくと飲んでいるのを確認し、こっそり賞味期限をチェックしてからプルトップを開けた。

「この部屋、全体的にレトロですね」

他に言いようがなくてそうコメントすると、竜三さんはうんうん、と大きくうなずいた。

「いいだろ、ここ。家賃安いし、今はオレの他には一階にひとりフリーターが住んでるだけだからギターの音で苦情言われることもないし、すごく気に入ってるんだ。大家さんもいい人で、ここにある家具ほとんどくれたんだぜ」

僕はあらためて家具を見た。これはあきらかに「いい人だからくれた」じゃなくて「粗大ごみに出すのもお金かかるから押しつけられた」が正しい。

よかったですね、と言いながら僕は缶ジュースに口をつけた。その謎の飲み物は、確かにコーラだった。きっとどこか遠い遠い国で製造された薄味の。

「うまいだろ、それ。バイト先の酒屋で店長が間違えて発注しちゃって、返品できなかったんだって。しょうがないから一本二十八円で売ってたんだけど、誰も買う人いなくてさ。それで場所取るのも邪魔だからって、オレに二ケースくれたの！　店長、太っ腹！」

僕は返す言葉が見つからず、部屋を見回した。竜三さんはパンと手を叩く。

「そうそう、ギターね」

竜三さんは部屋の隅に移動した。さすがにギターは丁重に扱われていて、二本のエレキギターがスタンドに立てかけてある。竜三さんは、その奥でひっそりと壁に寄りかかっていたアコースティックギターに手を伸ばした。

「これな、オレの最初のギター。スリーエスっていうアコギで、トリプルオータイプのすげえかわいいやつ」

「トリプルオー？」

「サイズが小さいの。中学一年生のときだったな。近所のおっさんがゴミ置き場に捨てたところにたまたま遭遇して、拾ったんだ。上の兄ちゃんがもう大学生で、サークルにギター詳しい友達がいるって聞いてたからさ、頼み込んで教えてもらって、お年玉で弦買って張り直して。そこからギターはオレの相棒になった」

竜三さんはあぐらをかいてギターを構え、じゃん、と弦を鳴らした。エレキのときとは違って、竜三さんは本当に中学一年生みたいな幼い表情になった。

「上の兄ちゃんってことは、下の兄ちゃんもいるんですか」

「そう、うち、四人きょうだい。兄ちゃん兄ちゃん姉ちゃんオレ。慎は？」

「ひとりっこです」

僕が答えると竜三さんは、とんでもなくいいことを思いついたというように身を乗り出した。

「じゃあオレ、慎のアニキになってやってもいいぞ。弟、欲しかったんだ」

「ははははは」

僕の乾いた失笑をどう受け止めたのか、竜三さんはネックをきゅっと持ち上げ、弾き語りを始めた。『線路はつづくよどこまでも』だった。竜三さんのギターは何度か聴いたけど、歌は初めてだ。

ちょっとかすれた、荒々しい歌声だった。でもどうしてだか、傷つきやすいような繊細さが伝わってくる。うまいのか下手なのか、どちらとも言えない。でも、僕は好きだと思った。

あどけない童謡は竜三さんの声で人生の奥深いところをなぞりだし、ギターの音色に合わせて僕をどんどん遠い場所へ連れていってくれた。僕は列車に乗り、長い長い線路を滑走した。どこまでも、どこまでも、終点がわからないまま。

曲を弾き終えると、竜三さんはギターを僕に向けた。

「持ってみな」

こわごわとギターを受け取り、見よう見まねで構えてみる。思ったより重い。そして弦も、思ったよりずっと硬い。竜三さんの腕の中で安らかだったギターは、突然僕によこされて居心地悪そうだった。母親の胸にいた赤ん坊が、いきなり知らない人に抱かれて泣き出しそうになるみたいに。

「最初に覚えるのはCコードな」

竜三さんは僕の左手の指をひとつひとつつまんで、弦に当てた。竜三さんの指はごつごつと固くて、僕は自分の指のやわらかさを初めて知った気がした。竜三さんに促されて、ギターの穴近くで右手を振り下ろす。じゃん。それがCコード、と竜三さんは言った。

「和音で言うと、ドミソだよ」

「へぇ！」

コードって、和音なのか。小さく声を上げた僕に、竜三さんはふっと目を細める。しばらく鳴らしていると、だんだんコツがつかめてきた。ギターがまるごと、和音を奏でる。その響きが腹に伝わって、体とギターが少しずつなじんでいった。

竜三さんが言った。

「そのまま、Cコード押さえててみ」

竜三さんが僕と向かい合うようにして座りなおす。僕が左手でぎゅっとコードを押さえていると、竜三さんは弦を上からひとつずつ弾き下ろした。

「ピンポンパンポーン♪」

館内アナウンスのチャイムのメロディ。リズムをつけた竜三さんの声。僕は竜三さんと顔を見合わせて笑った。

「すげぇ！　おもしろい」

僕が言うと、竜三さんは「な？」と得意げに僕の顔をのぞき込んだ。

「ギターっていいよな。オレ、絶対メジャーデビューするんだ」

僕は絶句した。竜三さんは本気でプロを目指してるのか。フリーターやって、時々バンドして、そのときそのときを楽しく暮らしてるっていうわけじゃないのか。

マジか、と言いそうになるのをこらえ、「好きなことを仕事にできたら、幸せですよね」とあたりさわりなく答えるしかない。

「そうだね、オレ、三男だから親にたいして期待されてないし、放っておかれてるから気楽」

竜三さんは立ち上がって半開きだった窓を全開にした。暑いな、と言いながら扇風機を強にする。

ふと窓のほうに目をやると、壁に一枚の紙が画鋲《がびょう》で留められていた。カレンダーかと思ったが、手書きのマス目に★のマークが半分ほど並んで埋まっているだけだ。

それを見ていたら、さっき神社で見た猫……ミクジの尻の星マークを思い出した。

「それ、なんですか」

「ああ、これ」

竜三さんはなぜか照れくさそうに頭を掻いた。

「ポイントカードみたいなもんかな」

ポイントカード。

……えっ？　ポイント？

「竜三さん、もしかしてあの神社に行きました？」

「神社？　なにそれ」

違うのか。ミクジとは関係ないらしい。あの葉のことを話そうかとポケットに手を入れたところで、竜三さんはデスクの上のペンを取り、マスにひとつ星を書き入れた。

僕もギターを置いて立ち上がり、竜三さんの隣に並ぶ。マス目は10×10になっていた。左端の余白に、踊るような字でＶＯＬ15とある。

竜三さんはペンをデスクに戻し、ちらりと僕を見ると満足そうに言った。

「今日もひとつ。まあ、そんな感じ」

「そんな感じって、どんな感じですか」

「ヒミツ」

竜三さんはぽってりした唇をチューの形にした。その表情は、おなかいっぱいに満ち足りた子どもみたいだった。

竜三さんはＣコードの他にもうひとつ、Ｇコードを教えてくれて、まずはそのふたつを覚えなと言い、ソフトケースと一緒にギターを貸してくれた。

自分の部屋でひとり、ギターを抱えて僕は考える。

ポイント。僕への「お告げ」って、あの神社の宮司さんは言ってたっけ。竜三さんの「ポイントカード」につながってるんじゃないかと思うけど、だとしたらどういう意味なんだろう。

今日もひとつ。そう言って竜三さんは星をつけた。あれはもしかして、僕にギターを教えたり貸したりって、そういうこと？

そうか、わかった。ジャン、とCコードを鳴らす。

あの星マークはきっと、「一日一善」だ。誰かにいいことをしたら星をつける。いかにも竜三さんが思いつきそうなことだ。僕はそのひらめきに確信を得て、ギターを置いた。

次の週に、またひとつ面接があった。福祉関係の会社だった。

「学業以外で、何か力を入れたことはありますか」

顎髭の豊かな面接官にそう聞かれて僕は「きた！」と思った。用意していた通り、勢いよく答える。

「一日一善のポイントカードを作って、毎日つけていました」

これだ。人とちょっと違う、ユニークな回答。面接官に印象づけるような。考えたのは僕じゃないし、実際やってるわけじゃないけど、嘘も方便というやつ。

「それはおもしろいね」

面接官が机の上で両手を組んだまま言った。

やっぱりこれがミクジのお告げだったんだ。この面接、通るかもしれない。面接官が姿勢を崩さず畳みかける。

「どんなことが田島くんの善ですか」

ギクリとしたが、僕は作り笑いをキープしながら答えた。

「道に落ちているゴミを拾うとか、電車でお年寄りに席を譲るとか」

「なるほど。ではポイントがいっぱいになったら、何がもらえるんですか」

面接官が唇の端を片方だけ上げた。好意的な笑みではないことが、すぐにわかる。まずい、そこまで考えていなかった。心拍数が上がってきたのをなるべく意識しないように、僕はしどろもどろになって答えた。

「えっと……いいことがある、とか」

「いいことって？」

「……それは」

答えられなかった。竜三さんだったら、なんて言うんだろう。膝の上で握った手に汗がにじむ。

「自分にいいことが起きてほしいから、ゴミを拾ったり席を譲ったりするんですか？それは見返りを期待した偽善だとは思わない？」

偽善。かあっと顔が熱くなった。そうだ。その通りだ。

「……そうかも、しれません」

にせものの笑顔を続けていたせいで、頬の筋肉がつれている。お門違いに竜三さんを恨みたいような気持ちにもなった。そのあとの質問にも満足に答えられず、僕はうなだれた偽善者のまま面接を終えた。


竜三さんが来月いっぱいでバイトを辞めてしまうと聞かされたのは翌週のことだ。シフトがふたりとも早番で、誘われるまま帰りに寄ったマクドナルドで告げられた。もしかしたら竜三さんは、僕にそれを伝えるために声をかけてくれたのかもしれない。

「オレのバンド、デビューできるかもしれないんだ」

カウンター席に並んで座り、百円のホットコーヒーを飲みながら竜三さんが言った。指と声が、少しだけ震えていた。

動画サイトを見たプロダクションから声がかかったらしい。大手ではないけど、所属しているアーティストを聞くとそれなりに実績のある会社だった。

「そんなすぐにバイト辞めなくたって……」

「うん……でも、オレの気持ちの問題なんだ。もちろん売れるまではまたバイトして食いつながなきゃだけど、今は少しの間、曲作りや練習だけに全力かけたい」

竜三さんの口調は穏やかだけど熱がこもっていた。反して僕の心は冷えていく。

ふたつの感情が生まれていた。ひとつ。驚くべきことに、僕は竜三さんがいなくなることを寂しいと思っているのだった。そしてもうひとつ。竜三さんが夢をかなえようとしていることに対して、おもしろくないと思っているのだった。

どちらも予想外で僕は自分自身に戸惑い、苛立ちを鎮めようとコーラをずずっとすすった。マクドナルドのコーラはしっかり濃い味がする。竜三さんが言った。

「おまえもがんばれよ、就活」

竜三さんに肩をポンっと叩かれて僕は思わず、振り払うように体をよじった。

「いいですよね、竜三さんにはギターがあって」

え、と竜三さんの口が半開きになる。僕はふつふつと湧き上がってくる憤りをどうにも抑えられなかった。

「自分にしかできないようなことがあって、フリーターしながらお気楽に生きてて、夢もかなっちゃうんですか。すごいですね。何をやりたいのかもわからない僕とは大違いです」

冗談っぽく明るく言ったつもりだったけど、いくつも棘《とげ》が飛び出てしまう。怒ってくれ、止めてくれ、と僕は思った。でも竜三さんは手元の紙コップを両手で包むようにして見つめながら、ぽつんと言った。

「オレにしかできないことなんて、ないよ」

その声があまりにも儚《はかな》くて、ドキリとした。竜三さんは穏やかな笑みを浮かべながら、僕を見た。

「大学って、どんなとこ？」

唐突な質問だ。この話の流れで、なんでそんなこと。

「どんなって……」

「オレさ、大学受験したかったんだ。勉強得意じゃなかったけど、兄ちゃん見てて、いいなあって。サークルとかゼミとかさ。でも親に却下された。ウチはそんな金ないって。お兄ちゃんは特待生で大学行ったけど、あんた頭悪いんだから受けたってしょうがないわよとか。酔っぱらった父ちゃんに、貧乏なせいで安い酒しか飲めねぇ、子ども四人もいらなかったなぁって言われたこともある」

竜三さんは淡々と語った。抑揚のないその話し方が、かえって竜三さんの悲しみをリアルに浮きだたせていた。僕は相変わらず気の利いたことも言えず、押し黙る。竜三さんはちょっと声のトーンを上げた。

「まあ、そうだよなーって、納得と反発をこめて、高校卒業してからは親から離れて好きなことだけやることにした。そこからデモテープ何本もいろんなとこに送って、ライブできるようにあちこち足運んでかけあって。ここまで続けてきてやっと認めてくれるプロダクションが現れたんだ。だから今となっては、ハングリー精神を養ってくれた親にも感謝」

竜三さんはそう言うとコーヒーを飲みほし、ふう、と息をついた。最後のひとことはなんだか無理やり自分に言い聞かせているようにも見えた。彼は唇をぎゅっと結んだあと、体ごと僕に向き直った。

「なあ、慎。自分にしかできないことって、そんなのあるのかな。オレがギターをやめたって、誰も困らない。バンドから抜けたって、誰か別のギタリストが入るだけだよ。オレより何倍もうまい奴が星の数ほどいる」

僕を食い入るように見つめる竜三さんから、目がそらせない。竜三さんはこわいくらい静かに言った。

「オレにしか弾けないギターなんてない。ただ、オレだから弾けるギターがあるって、そう思うんだ。オレが唯一こだわってプライド持ってるのは、そこなんだ」

すみませんでした、竜三さん。謝りたかったけど、うまく言葉にできなかった。自分の何がどう悪いのか、確証が持てなかった。ひとつだけ気がついたのは、竜三さんの人知れぬ努力とか苦労とか悩みとか葛藤とか、そういうものを僕はまったく見過ごして、彼が最初から自分の欲しいものをたやすく手にしてのほほんと生きてるなんて、ずっとそう思っていたってことだ。

「竜三さん、僕……」

そう言ったきり次の言葉が出ない僕に、竜三さんはくしゅっと顔を崩した。

「おまえにもあるよ。慎にしかできないことって考えたらしんどいかもしれない。だけど、慎だからできるんだってことが、きっとある」

少しの間、沈黙になった。僕は耐え切れなくなって、必死で言葉を探した。

「……竜三さんのポイントカードは、いっぱいになったら何がもらえるんですか」

「うん？　すっげえ喜びがもらえる」

竜三さんは笑って、紙コップをペコっとつぶした。なんだ、それじゃあ僕の「いいことが起きる」とたいして変わらないじゃないか。はぐらかされた気がしたけど、僕はそれ以上追及できなかった。


翌日、僕はあの神社にもう一度行ってみることにした。

竜三さんに「慎だからできること」と言われたとき僕は、「あなただから見える」という宮司さんの言葉を思い出した。ミクジがくれた葉のお告げ。どうしても「ポイント」の意味を知りたかった。それは今の僕にとって、すごく重要なことのように思えた。ミクジに会えたら、教えてもらえるかもしれない。

神社の中を探し回ったが、ミクジの姿はどこにもない。ベンチに座り、スマホを取り出す。

あれから何度か、ミクジのことを検索してみた。でも宮司さんの言う通り、それらしい情報はつかめなかった。自分が発信したら誰かリプをくれるかなとツイッターに書き込もうともしたのだが、途中でなぜかバグるのだ。数回トライしているうちに、気がそがれてしまった。このことをアップしたところで何になるんだろうと思ったら、なんだかもう、どうでもよくなった。

検索してもどのサイトにも載っていないことが、イコール「存在しない」ということではないんだよな、と思った。今さら当たり前だけど。僕たちはつい、検索すればコンピューターがバシッと正解を教えてくれるように錯覚してしまう。だけどネットの情報はすべて、誰かのちまちまとした不確定な手作業なのだ。

ツイッターを開き、いつもの顔ぶれのつぶやきを流し見する。パンケーキと空と室内犬の写真と、海外で大地震があったことと日本の政治批判とブラック企業に対する問題提起と、アイドルの熱愛発覚とドラマの感想とお笑い芸人の下ネタと、眠いとかおなかがすいたとか頭が痛いとかいう個人的な体調報告と、べつに知りたくもないショップの広告が、タイムラインにびっちり並んでいた。スクロールさせると、するするといくらでも流れる。これが世界だ、と僕は思う。絵本に出てくるようなパンケーキとくだらない下ネタと何万人も死者が出た天災が、同じ箱の中で隣り合っている。

僕が何もしなくても、世界は動いてる。僕が何も書き込まなくても、コンテンツを読むだけで一日が終わる。僕が何かを考えたり生み出したりする必要なんて、どこにもない。やりたいことがなくたってそれなりに楽しく暮らせるんだから、必死になって仕事の意義とか目標とか見つけなくたっていいような気がする。ずっとそう思っていた。

だけど……。

スマホから目を離すと、社務所から宮司さんが出てくるのが見えた。今日は作務衣ではなく、白装束に紫色の袴《はかま》を穿いている。僕は立ち上がり、宮司さんに歩み寄った。

「こんにちは」

宮司さんは僕と目を合わせ、「こんにちは」とにっこり答えた。

「今日はすごく、宮司っぽい恰好ですね」

「宮司っぽいというか、わたし、宮司ですから」

宮司さんが笑う。僕は小さくすみませんと謝った。

「たまにはちゃんと神職らしい仕事もするんですよ。ご祈祷《きとう》を頼まれたりね。普段はお掃除なんかの作業がしやすいように、作務衣を好んで着ていますが」

衣装をまとった宮司さんには前とは違う迫力があった。しっかりした信念がなかったらこんな堂々とした威厳は出ない。ただ運ばれてきただけの人じゃない、誇りを持ってるんだ。

僕は助けを求めるように言った。

「あの、ミクジはどこにいますか」

宮司さんはふふふ、と笑った。

「どこでしょう、わかりません。なにしろ猫ですからね、どこにいるのかいつやってくるのか、見当もつきません。ミクジに何か御用ですか」

「お告げの意味を、知りたくて……。考えてもわかんなくて」

「それでミクジに聞こうと」

「はい」

「もう、考えるのはやめてしまったんですか？」

それは、僕が今まで何度も受けてきた面接官の冷たい詰問とはまったく違う、優しい問いかけだった。僕は手元のスマホに目を落とす。ああ、そうだ。聞いたら即答してくれるなんて、ミクジはそんなにインスタントじゃないのかもしれない。

僕が黙っていると、宮司さんはタラヨウの樹を見つめながらゆっくりと続けた。

「何かの答えを見出すのは素晴らしいことです。でも、そこにたどりつくまで迷いながら歩く日々のほうこそを人生と呼ぶんじゃないかと、わたしは思うんですけれどね」

僕は何も言えなかった。宮司さんは僕に一礼をすると、拝殿の脇を通り、その奥の細い階段をゆっくりと上っていった。


内定がひとつも出ないままの僕を、父さんがとうとう見かねたらしい。不動産会社を経営している遠縁の親戚がいるから、話を通してやってもいいと言ってきた。

そんな切り札があるのなら最初から言ってくれればいいのにという想いが胸をかすめる。そして次の瞬間、ざらついた舌でなめられるような不快感を覚えた。すぐにはわからなかったけどそれは、世話してもらうのが当たり前みたいに思っている自分への嫌悪だった。でも、だからといってそんないい話にのらない潔さは持っていない。べつに悪いことしてるわけじゃないんだからと、僕は初めて芽生えた感情を押しつぶす。

数日後、父さんから「一応、形だけでも面接しようって言ってきてるぞ」と言われた。一応。形だけでも。話は通ったということだ。

よかった。よかったじゃないか。これで決まりだ。不動産会社って何をすればいいのかよく知らないけど、そんなことは入社してから教えてもらえばいい。ほっとしているはずなのに、なぜだか僕は落ち着かない気持ちになった。

日程をすぐに指定されたので、父さんから渡された社名と住所を元に、僕は会社への行き方をネットで調べた。うちからは遠く離れた場所にあって、聞いたことのない駅から歩いて二十分ほどかかりそうだった。まあ、いい。スマホのマップアプリでなんとかなるだろう。

それで今日、僕はスマホを片手に、知らない町に降り立った。単線の駅は小規模な商店街に続いていて、そこを抜けたら田んぼの中にぽつんぽつんと民家があるような田舎道だった。マップアプリに社名を打ち込むと、あっさりと経路が出る。自分のいるところに青、会社に赤のマーク。地図の上でつながれた線の通りに、ただ歩いていけばいい。

便利だな。こんなふうに、これからの人生も道順をはっきり示してもらえればなんの無駄もない。ナビに従っていけば、問題なくたどりつく。

………問題なく。そうかな。問題ないのが問題ってことも、あったりして。

ぼんやりしながら歩いていたら、手をすべらせてスマホを落とした。拾い上げたスマホは画面が真っ暗だった。

やばい。冷や汗をかきながら電源ボタンを何度か押してみる。衝撃で一度シャットダウンしたスマホは、しばらくすると息を吹き返した。

胸をなでおろし、あらためてアプリを立ち上げる。社名を打ち直すと会社の場所に赤いピンがついたが、自分の居場所を示す青い丸がひょこひょこと動き出して定まらない。GPSがうまく作動していないらしかった。

僕はあたりを見回す。ここはどこだ？　スマホの画面ばかりに集中していたので、周囲をよく見ていなかった。スマホに出ている地図にはめぼしい目印はほとんどなく、ただ細い道が交差している。道の脇にもなにかしらのビルや家があるのに、地図の上では空白が広がっているだけだ。唯一、途中にガソリンスタンドのマークがあるけど、見渡す限りそんな看板はない。

青い丸は挙動不審にうろうろし続けている。なんだか僕みたいだ。せっかく行き場を示されているのに、自分の立ち位置がわからないせいで結ばれることのない点と点。

……ポイントと、ポイント？

そう思ったとたん、はっと目の前がクリアになったような気がした。

僕は。

僕はずっと、どこへ行けばいいのかわからないって思っていた。何を選べばいいのか、何を決めればいいのか。先にある終着点だけを探していた。でも、それよりも前に、もっとわかっていないことがあった。

まず知るべきは、目的地じゃない。

現在地だったんだ——。

TAB譜の本を一冊、買った。

ギターのコードを押さえるポジションが書かれている楽譜だ。今まで気にも留めていなくて知らなかったけど、本屋の一角にはたくさんの種類のTAB譜が売られていた。楽器屋だったらもっとあるかもしれない。ギター人口がこんなにあるんだと、僕は驚いた。

僕が選んだのは初級編から上級編まで載っている厚めのやつだ。初級編に『線路はつづくよどこまでも』が載っていたので迷わずレジに持っていった。

部屋でひとり、ページを開き、あぐらをかいてギターを構える。

あの「形だけの面接」の日、僕はアプリを閉じて会社に電話をかけ、道に迷ったことを告げた。とりあえず駅まで戻ってと言われ、通りすがりの人に道順を尋ねながら駅にたどりつくと、「遠縁の親戚」であるおじさん、つまり社長がみずから車で迎えに来てくれた。

白髪混じりのとても温和な人だった。社員はパートさんを含めて十五人ほどだそうで、僕が社長についていくとみんな歓迎ムードで笑いかけてくれた。

応接室に行ったらお茶が出て、社長とふたりで少し話をした。履歴書を渡したものの、社長はテーブルの上に置いたまま見もしなかった。「お父さんは元気?」とか、「小学校のときサッカーやってたんだっけ?」とか、質問の内容は親戚の枠を超えず、本当に面接とは名ばかりだった。

帰るときになってやっと、付け加えるように社長は言った。

「うちは小さい会社だけど長いつきあいのお客さんが多くて、そこそこ安定してると思うよ。お給料はそんなに高くないけどね。慎くんがよかったら、経理か事務か、そのあたりで席を用意しておくから」

内定確定だ。志望動機すら聞かれていないのに。僕のほうにはそれを断る理由なんかない。

でも、なんだろう。ざわざわした違和感がおさまらなかった。

これでいいのかなって、そう思うなら、いいわけないんじゃないかって気がした。

「あの……社長は、どうしてこの会社を設立したんですか」

僕が尋ねると、社長はほんの一瞬だけ宙を見て、そしてなつかしそうに話し出した。

「高校のとき、親とケンカして、家出したことがあってね」

「家出？」

「そう。勢いだけで飛び出しちゃったから行くところなくて、公園で寝た。一晩でもしんどかったよ。人は建物がないと生きられないんだと、あらためて感動した。建物はどんなものも、それぞれ素敵だ。でもあいにく、僕は建築士には向いていなかったみたいでね」

社長は少しだけ自嘲気味に言い、そのあとすぐ、どこか勇ましくほほえんだ。

「だけど、建物を作り出すことはできなくても、求めている人たちに案内することはできる。そこで暮らす人や過ごす人に安心を与えられる建物をね。作る人ばかりじゃなくて、伝える人もいないとだめだ。ガイドもすごく重要な役で、きっと僕にはそのほうが合っている。それが、僕がこの仕事を愛して会社を設立した理由です」

なんだか、がつんときた。幸福と自信に満たされた笑顔だった。この人がここまで大切な想いで経営してきた会社に、こんないいかげんな僕が入っていいんだろうか。

僕にとって、仕事って？　就職って？　僕は何がしたい？　何ができる？

マニュアルを見ながらさんざんエントリーシートに書いてきたはずのことを、僕は今になってやっと本気で自問し始めていた。この会社で働く自分が想像できなかった。もっとも、今までそんなふうにイメージしたことさえなかったんだ、僕は。

そう考え出したら止まらなくなって、翌日、社長に電話をかけて辞退を申し出た。父さんは「他の会社から内定が出てからにしろ」と言ったけど、そのほうが失礼な気がした。社長は電話の向こうで「がんばれよ。今度お父さんも一緒に、みんなで酒でも飲もうな」と言ってくれた。嬉しいのと申し訳ないのとで、少しだけ涙が出た。僕は本当に、酒を酌み交わす日を楽しみに思った。社長じゃなくて「おじさん」と、もっとゆっくり話がしてみたい。きちんと就職が決まったら、必ず。

電話を切って、僕は父さんに「ありがとう」と頭を下げた。僕の進路を心配して、社長にもっと深く頭を下げてくれたであろう父さんは、戸惑ったように「うん」とだけ答えた。

どうして今まで気がつかなかったんだろう。僕はただ運ばれてきたわけじゃない。いろんな人のいろんな支えで、ここまで来ることができたんだ。親や、友達や、彼女や。僕はすごくすごく、恵まれていたんだ。なのに、なんのありがたみも感じずに、まるで指示されているように受け取っていた。いつも僕の体を気遣ってくれる母さんにも、いいバイトを紹介してくれた友達にも、礼を言ったことがあっただろうか。僕を好きになってくれた女の子にだって、思いやりのひとつも返してこなかった。

さあ、これからどうする。僕の現在地はどこだ？

Cコードを鳴らす。一本ずつピンポンパンポーン、とはじいてみる。デパートの迷子のアナウンスみたいだ。スリーエスのギターをお持ちの田島慎くん、二十一歳が、お連れ様をお待ちです。お心当たりのある方は、サービスカウンターまでお越しくださいませ。

お連れ様なんて、いない。僕はひとりでデパートに行くときがきたんだ。覚えたてのGコードに指を這わす。まだ慣れなくて、小指がつりそうになる。

竜三さんはあれから、いつも通りに接してくれた。僕は、ギターを返すという名目で、来週、竜三さんがバイトを辞める日に彼のアパートに行きたいと申し出た。サプライズだ。竜三さんに内緒で、はなむけに一曲マスターする。結局、ちゃんと謝れていないし、「がんばってください」と言葉にするだけじゃ嘘くさくなりそうな気がした。僕なりに考えついた、デビューに向けての応援メッセージのつもりだった。『線路はつづくよどこまでも』のコードは、CとGの他にD7とB7。四つならなんとかなるだろう。きっと弾けるようになって、竜三さんに聴いてもらおう。竜三さんみたいにうまくはできないけど、「僕だからこの音になる」って、胸張って言えるようなギターを。

竜三さんのバイトの最終日、ソフトケースに入れたギターを背負って店へ行き、竜三さんと一緒に上がった。店のみんなから小さな花束を贈られた竜三さんは、その日そこにいたスタッフ全員と握手した。ひとりひとり、ていねいに。ちょっと渋っている女の子もいたけど、竜三さんはかまわず手を握った。最初は逃げ腰だった子も、竜三さんに半べそで「ありがとう」と言われると、思わずもらい泣きをしてうなずいたりしていた。

ふたりで酒とつまみを買って、アパートに向かった。あたりはすっかり暗くなっていて、草むらで虫が鳴いている。秋の入り口の夜はもう、涼しかった。

缶ビールでお疲れ様の乾杯をし、軽く世間話をしたところで、僕はギターをケースから出した。酔っぱらってしまう前に、すませておかなくちゃ。

ぴりっとした緊張が腕を走り、胸底に重い石のようなものが投げ込まれる。一瞬だけ、普通にギターを返そうかなという想いがよぎった。でもギターと顔を合わせたらその気持ちは消えた。とにかく、やる。やり切るんだ。

「一曲、聴いてください」

僕がギターを構えると、竜三さんは「えっ！」と小さく叫んだ。そしてあわてふためいたように持っていた缶ビールをテーブルの上に置き、僕の前に正座した。空気が張る。竜三さんが僕を見ている。僕は息を整え、出だしのGコードに指を合わせた。

G↓C↓G。

メロディに歌詞をのせ、弾き語っていく。順調だ。そのまましばらくGを続けながら歌う。ここまでは良かった。顔を見る余裕はないけど、竜三さんからふわっとした温かな気が放たれているのが伝わる。

しかし、そのあとのD7で、さっそくつかえた。だめだ、いつもここで外してしまう。もうそこからは、何度も何度も指が止まり、そのつどやり直しては進み、Cコードでさえつまずいて、気持ちがどんどん乱れていった。

でもやめない。一曲。なんとしてでも一曲、弾き切るまで。

後半のララ……のところはもう、ほとんど歌になっていなかった。念仏みたいに唱えながら、なんとか完走に向かう。最後の「ラン」のGコードを勢いよく鳴らすと、僕は下を向いたままネックをぎゅっと握った。

「……すごいよ、慎！」

竜三さんが拍手をした。雨が降っているみたいなその音に包まれて、あ、やばいと思ったとたん、まぶたがぶわっと熱くなってくる。

「こんなんじゃ……こんなんじゃ、竜三さんへのはなむけにならないです」

竜三さんが拍手をやめた。僕はやりきれない想いと一緒に涙があふれてきて止められなくて、みっともないとわかっていながらボロボロ泣いた。

「くやしい。やれるかもって思ったけど、僕はまだまだダメで……指も痛くてぜんぜんうまく弾けない、本当に、くやしい」

涙も鼻水も次々に流れてくる。

童謡ぐらい、ちょっと練習すれば弾けるようになると高を括っていた。でもそれは、はなはだしい思い上がりだった。

できる限りの練習を積んだつもりだけど、四つのコードを操るのは僕には予想以上に難しかった。弦を押さえ続けていると指が痛くて痛くて、ちっとも慣れなかった。ギターを触っていないときでも一日中じんじんとした苦痛から逃げられず、なんの罰だろうと思ったぐらいだ。ギターを使うお笑い芸人やストリートミュージシャンを見てると、あんなに簡単そうなのに。ただ楽しそうなのに。みんなこんなつらい思いをして弾けるようになったのか。それとも、僕が並外れてヤワなのか。こんなの無理だ、と何度も思った。

それでも。それでも一週間、弾き続けた。竜三さんに聴いてもらいたかった。これをやり切らないと、次に進めない気がした。

だけど僕にはこれが精いっぱいだ。これから広い世界に出ていく竜三さんを激励したかったのに、僕はただ軟弱な自分を露呈しただけだった。情けなくて涙が止まらない。

竜三さんがティッシュペーパーを箱から二枚取り、僕に差し出した。

「慎、おまえなら大丈夫だよ。まだダメって思えるなら、絶対大丈夫だ。まだダメと、もうダメは、ぜんぜん違うんだ。まだってことは、これからがあるんだろ。ジャカジャカ弾いてるうちに指が固くなってくるから、そしたらもう痛くないよ、そのときはすげぇうまくなってるよ」

僕はティッシュを受け取りながら竜三さんを見た。

気づけば竜三さんも泣いていた。

「なくすなよ、そのくやしいって気持ち。大事に持ってろ。くやし涙が出てるときって、でっかくなってる最中なんだからな」

僕よりも鼻水が垂れている。僕もティッシュを取って竜三さんに渡した。

竜三さんはぶうううううんっと大きな音を立てて鼻をかみ、壊れた蛇口みたいにだあだあと泣いた。そのうち、一緒にティッシュを顔に当てているのがだんだんおかしくなってきて、ふたりで笑い出してしまった。

「ありがと。ありがとな、慎。すっげぇ嬉しいよ。オレもあれが最初にマスターした曲だったんだ」

竜三さんは立ち上がり、デスクのペンを手に取った。

「今日は星ひとつじゃ、足りないな」

例のポイントカードに、竜三さんは★を五つつけた。僕が座ったまま見上げていると、竜三さんは顔だけこちらに向けてほほえんだ。

「これ、ありがとうって気持ちになったときにつけてるんだ」

「えっ、誰かにいいことをしたときじゃなくて？」

「そんなのカウントしたってつまんないじゃん。それより、オレ、こんなに感謝したいと思えるようなことがあったんだって、再確認できるほうが嬉しいだろ。年明けから始めたんだけど、もう十五枚目だよ。一枚いっぱいになるごとに、オレって本当に幸せだなと思う」

ポイントがいっぱいになったら、すっげえ喜びがもらえるって言った竜三さんを思い出した。あれは茶化したわけじゃなくて、本心だったのか。

「過去にさかのぼって考えるともっともっと、次々に出てくるんだよね。近所のおっさんにもめちゃくちゃ感謝してる。オレ、おっさんが捨てようとしたギターに生かされたんだよ。おっさんだけじゃなくてね、何に言っていいのかわからないけどありがとう！って気持ちになる。こういうの、忘れたくないんだ」

竜三さんはペンをデスクに置き、僕の向かいに腰を下ろした。

ギターに生かされた。

それはそうかもしれないけど、竜三さんらしくていいけど、少し違う、と僕は思った。

捨てられるはずだったギターが、竜三さんに生かされたんだ。売れ残りの弁当も、大家さんの家具も、薄味のコーラも。

竜三さんは僕の手からそっとギターを取り、優しく構えた。一度だけCコードを弾き下ろすと、ネックをくいっと僕に向ける。

「このギター、預かってくれないか」

「え？」

「オレがメジャーデビューする日まで、慎が持っててくれ。ちゃんとCDが発売されたら、もっといいアコギ買ってプレゼントしてやる。それまでオレ、慎がこいつと一緒にオレのこと待ってるって思ってがんばるから」

竜三さんはもう一度、ネックをこちらに向ける。僕はおずおずと手を伸ばし、ギターを受け取った。ネックの「Three S」というロゴが、はにかむように僕を見ている。

僕は決めた。

「わかりました。それまでに僕、うんと練習して、今度こそ『線路はつづくよどこまでも』を完璧にしておきます。それだけじゃなくて、いろんな曲をたくさん」

欲しい。うまく弾ける腕が欲しい。そういう努力をするちからが欲しい。

どんなに指が痛くなっても、どんなにコードを覚えるのが難しくても、絶対に手放すもんかと僕は思った。つらいのに、ちっともうまくできないのに、それでもまたやりたいなんて気持ち、初めてだった。僕はギターをぎゅうっと抱きかかえ、竜三さんに言った。

「ずっと応援してるから……がんばって、アニキ」

竜三さんは「慎〜！」と叫びながら僕の頭を両手でわしゃわしゃといじった。僕の髪の毛はきっと今、竜三さんと同じようにクルクルになっている。まるで兄弟みたいに。

三十二社目の面接を受けに、僕は会場へやってきた。廊下に用意された椅子で待つ。もうすぐ僕の番だ。

あれから僕は、楽器メーカーや音楽教室など、楽器関連の会社にいくつもエントリーした。どれも営業部を希望している。

音楽学校を出ているわけでもない、知識が豊富なわけでもない僕に、特化したスキルはない。営業成績をすぐに上げられるような優秀な学生は、他にたくさんいるだろう。

だけど僕は、僕の言葉で楽器がどれだけ素敵かを誰かに伝えることならできる。ギターを触り始めたばかりの痛みやワクワクした気持ちをまだはっきりと覚えている僕。ようやく楽器と仲良くなりかけた喜びを味わっている僕。こんな僕だから言えること、わかることが、きっとある。そして何よりも、僕は今、それをやってみたい。

「次の方、お入りください」

案内されて、僕は立ち上がった。ネックを軽く握るときのように左手を閉じ、親指で他の四本の指先をそっとなでる。その感触は僕を落ち着かせた。大丈夫、きっと大丈夫。

長テーブルに面接官がふたり、座っていた。ひとりはボブカットの女性で、もうひとりは黒縁眼鏡の男性だった。女性は履歴書に目を落とし、黒縁眼鏡は背もたれに倒れかかるようにして深く腰掛けている。

大学名と名前を告げると座るように指示され、黒縁眼鏡がうつむきがちに言った。

「志望理由から聞かせてもらえますか」

僕は背筋を伸ばし、ふたりの面接官両方に心を送る。

僕の話を、どうぞ聞いてください。

「やっと固くなった左手の指が、とても誇らしくて嬉しいからです」

黒縁眼鏡の面接官はふと顔を上げ、背もたれから体を起こして僕をまっすぐに見た。

［四枚目］

タネマキ

the words from
"MIKUJI"
under the tree

ワシは飛行機を作っていたことがある。

船も車も、あるときは街だってな。

平等院鳳凰堂《びょうどういんほうおうどう》が完成したときには、みんなが目を丸くしたもんだ。建物だけじゃなく堀や砂利まで細かく手を入れたそのプラモデルは、我ながら本当に見事だった。

指先から乗り物や建物がひとつ生まれるたび、ワシは自分がなんだかとてつもなく大きなものに……そう、神になったような気分だった。

でもそれはもう、昔の話だ。

今はただの、厄介者のジジイ。こんな老いぼれには、息子の嫁は偉そうに口ごたえしてくるし孫はなつきもしない。


土曜日の買い出しには毎回つきあわされる。

いつも重いものばかり押しつけおって、この嫁は年寄りをいたわることを知らん。

今日持たされたのは、米五キロと醤油と白菜、加えて半切りのスイカだ。

「おい、君枝《きみえ》。スイカくらい持たんか。ワシは米持ってるんだぞ」

「こっちだって米より重い子ども抱いてるんだから、同じだよ」

ぐずっているうちに眠ってしまった孫の未央《みお》を片腕に抱き、もう片方の手にジャガイモやニンジン、鶏肉の入ったビニール袋を提げている。確かにいい勝負かもしれん。

「それにしたっておまえ、まだ三十歳そこそこのくせに、七十間近の爺《じい》さんと同じでいいってこたぁないだろ」

「おとうさん、まだ六十八歳でしょ。健康診断も問題なしでぴんぴんしてるじゃん。あたしはフルタイムで働きながら魔の二歳児育ててるんだよ？　週末ぐらいねぎらってほしいね」

口の減らん女だ。凹凸のないのっぺりした顔から、きつい言葉がぽんぽん飛び出てくる。

ワシはスイカをぶらさげて君枝の半歩後ろを歩いた。九月に入ったばかりの午後は、まだ暑い。

「あらぁ、哲《てつ》さん」

背後から野太い声がする。隣家に住む杉田《すぎた》のばあさんだ。ばあさんといってもワシとひとつしか変わらんが、昔からなにかと世話好きなうえに息子三人が独立して毎日ヒマらしく、おせっかいの度が過ぎる。聞こえないふりをして行ってしまおうかと思ったが、君枝が振り返ってよそゆきの笑顔を見せた。

「あ、杉田さん。こんにちは」

「まー、未央ちゃん、おねむなの。外で寝られちゃうと大変よねぇ、寝顔もかわいいけどねぇ」

杉田さんは未央のほっぺを人差し指でつつき、「そういえばさぁ」と、先向かいの曽根《そね》さんが骨折で入院したという噂話《うわさ》を始めた。食器棚の上の土鍋を取ろうとしてね、椅子の上に乗っててバランス崩して落っこちちゃったんだって。ああ、奥さんのほうよぅ。足の骨は折るし、割れた土鍋が飛び散って腕に傷作るしで、大変だったらしいわよぅ。でも骨折って、ポキッといっちゃったほうが治りが早いみたいね、うちの息子もさあ……。

米がずしりと重い。

つきあってられんので先に帰ろうとしたら、杉田さんが言った。

「哲さんは元気そうね。血色いいじゃない」

「……まあな」

ぶっきらぼうに返事をすると、杉田さんは芝居がかった憐憫《れんびん》の笑みを浮かべた。

「本当によかったわよね、哲さん。繁子《しげこ》さんがいなくなっちゃってから私も心配してたのよ。こうやって一緒に住んで世話してくれるいいお嫁さんがいて、ほんと感謝しなきゃよ！」

べつに、一緒に住んでくれなんて頼んでおらん。言い返しそうになったところで未央が寝ぼけまなこを開け、ふにゃっと泣き出した。君枝が未央を片腕に抱いたまま軽く揺らす。

「はいはい、帰ろうね。杉田さん、それじゃ」

君枝は軽く会釈して向きを変えた。


繁子は無口な妻だった。

もしかしたらよそでは違ったのかもしれん。しかし少なくとも、ワシにあれをしろこれをしろと指図してきたことは一度もなかった。

看護師をしていた繁子は結婚してからも仕事を続けると言い、息子の弘人《ひろと》を産むと乳飲み子のうちに保育園に通わせ働き続けた。

家事も怠らなかった。料理も掃除も手抜きをせず、育児の愚痴や不満も聞いたことがない。親戚に勧められた見合いで特に盛り上がることもなく結婚してしまったが、ワシにはじゅうぶんすぎるほど完璧な妻だった。繁子がいなくなってから三年が経つ。

「ちょっと、聞いてる？」

怒ったように言われてはっと顔を上げると、君枝が軍手を差し出している。

「どうしたの、ぼんやりして。今日の緑地清掃、一時からだよ。早く支度して」

わかっておるわ。せきたてられてワシは軍手を受け取り、立ち上がった。

先月、回覧板で緑地公園の清掃の知らせがあった。君枝は「行くよね？」と言ってワシが返事もせんうちに参加の欄に○をつけた。繁子がいたころは、町内会の活動にどんなものがあるのかもよく知らなかった。すべて繁子がひとりでやっていたのだ。

それが、君枝と暮らすようになってからはほぼワシも一緒に駆り出される。ドブさらいやら防災訓練やら通学路の見守りやら、まったく人使いが荒い。

君枝も出かける様子だがワンピースのままだ。緑地清掃に行く恰好ではない。土日は保育園がやっていないので、仕事もだいたい休みにしてもらっているはずだ。

「おまえは行かんのか」

「ちょっと水沢《みずさわ》に用事あるの。夕方には帰るから、おとうさんひとりで行ってきて」

水沢は君枝の旧姓だ。自分の実家のことを君枝はそう呼ぶ。

うちから歩いて十五分ほどのところにあるその家には、君枝の両親と兄夫婦が暮らしている。君枝がハタチのころ、千葉から越してきたらしい。商店街が企画した「まちコン」とやらで知り合った弘人と君枝は、結婚後、双方の家からわりと近くのアパートに住んでいたが、ワシのところに顔を見せに来ることはほとんどなかった。

それがこの春、弘人が大阪に転勤になった。すると君枝は突然、未央と一緒にこの家に住みたいと言い出したのだ。未央が生まれてすぐに働き始めた雑貨屋がいたく気に入っているらしい。

「せっかく仕事も覚えて未央の保育園も順調なのに、今から見知らぬ土地に引っ越して一からやり直しなんて冗談じゃないわよ。ちょうどいいじゃない、おとうさんひとりで部屋もいっぱい空いてるんだから。家賃かからないし水沢は近いし、はい、決定！」

君枝はそう言ってワシの意向も聞かず、そうするのが当たり前みたいにずんずんと事を進めた。確かにうちは、古いが戸建てで持ち家だ。転がり込むにはうってつけだったのだろう。

そして君枝は弘人の大阪行きと同時に未央とふたりでうちに押しかけてきた。そればかりか、荷物を家に運び込むなり、郵便受けにある「木下」の表札の下に、勝手に「哲・君枝・未央」と手製のプレートまでつけおった。こんなずうずうしい女を見たことがない。わが物顔で台所を仕切り、風呂掃除や食器洗いの当番なんぞも勝手に決め、君枝はまるでこの家の主みたいに大きな態度で暮らしている。

「あっ、虫よけスプレーしていくの忘れないでよ。おとうさん、こないだも蚊に刺された手の甲バリバリかきむしって、傷がしみるから洗い物できないとかぶつくさ言ってさあ……」

「うるさい、蚊なんか自分でよけるから大丈夫だ」

ひとり暮らしにもようやく慣れたころになって、君枝のおかげでこんな騒々しい生活が始まった。余生をひとりでのんびり過ごすつもりだったのに、まったく想定外だ。

ワシは玄関に向かうと運動靴に足を入れドアを開けた。蟬《せみ》が最後の力を振り絞って鳴いている。

「おつかれさまでしたー！　みなさん、一袋ずつ持って帰ってくださいね」

清掃が終わり、役員から白いビニール袋を渡された。ちらっと中を確認すると、ペットボトルのお茶が一本と、個包装の煎餅や飴玉なんかが入っている。

緑地公園は蚊がいっぱいいて、腕をしこたま刺された。君枝の言う通り、虫よけスプレーをしてくればよかった。ポリポリと掻きながら緑地公園を出ようとして、ふと立ち止まる。わずかな躊躇《ちゅうちょ》のあと、ワシは公園から神社に続く裏道を歩き出した。

雑木林の細い道を通っていくと途中に池がある。十歳ぐらいの男の子が池の縁に座り込み、うずくまってじっとしていた。鯉でも見ているのか。これくらいの子ども時代が一番楽しいだろう。好きなことだけして遊んで、親に守られて、大事にされて。できることならワシも戻りたい。

神社にたどりつく。小さな八幡《はちまん》さんだ。我が家にとっては氏神だが、この数年、ワシはここを訪れる気になれなかった。

神なんて。

神なんて、いない。

百歩譲ってもしいるとしても、ワシのことなど見てはいない。そう思っていた。

でも今日はどうしてだろう、なんとなく気が向いた。久しぶりに鳥居をくぐり、拝殿の前に立つ。ズボンのポケットを探ったら、小銭が何枚か指に当たった。

十円玉。そこに刻まれた平等院鳳凰堂を眺めると、ワシは賽銭箱には入れずポケットにまたしまった。鈴は鳴らしたが、手は合わせなかった。目も閉じなかった。

その代わり、拝殿の中にある円形の鏡に向かって語りかける。


神さんよ。もし本当にいるなら、聞いてくれ。

このまま何事も起こさず、静かに残りの人生を終わらせてくれないか。

何も苦しむことなく、誰のことも苦しめることなく。


鏡は何も答えない。

当然だ。これが神ってわけじゃないことくらいわかっている。

拝殿に背を向けると、すぐ近くの赤いベンチに猫がいるのに気がついた。尻をつき、体をしならせ自分の背中や腹を舌でなでつけるようになめている。やわらかいもんだ。

体は黒いが、腹や足はみごとに真っ白だった。しばらく見ていると、ふと目が合った。

警戒して逃げるかと思ったがそのままじっとしているので、ワシはそろりと近寄った。

「ニャーオ、ニャオゥ〜」

どうだ、なかなかうまい鳴きまねだろ。片手でちょいちょいっと手招きしてみた。

しかし猫は真顔のままだ。なんだか気まずくなってベンチに腰を下ろすと、猫も体を起こし、前足をちょこんと揃えて座った。その黒い猫は鼻のあたりから首元にかけて白く、黄金色の瞳は瞬きもせずワシに向けられている。ワシに興味があるのかと、今度は「チッチッチッ」と舌を鳴らしながら首をなでようとしたら、プイッと顔をそむけられた。

ふん、そうか、気に入らないか。どうせ猫にも嫌われるんだ、ワシは。

風が吹いて、ざざっと葉の揺れる音がした。ああ、この樹。タラヨウだ。ベンチに座ったまま見上げると、「やせたい」とか「万馬券！」とか、相も変わらずところどころ葉の裏に文字が見える。引っかくと茶色く残るから、おもしろがって落書きしていく奴があとを絶たないのだろう。

猫がひょいっとベンチから降りた。地面の上からもう一度ワシに顔を向ける。そして「ふ」と笑ったように見えた。

ばかな。笑うか、猫が。

猫はそのままゆっくりとタラヨウの樹の周りを歩き出した。尻に星形の白いブチがある。いいようのないなつかしさが、苦みを伴ってこみあげてきた。かつてワシのすぐそばにいつもあった、あの白い星のマーク。払拭しようと頭を振ると、猫はびゅんびゅんとスピードを上げて樹の周りを走り出した。

何をしとるんだ、こいつは。ワシは腰を上げてベンチの隣に立った。呆然としながら見ていると猫はあるところでピタッと止まり、左足を樹の幹にトンっとかけた。風に乗ってはらはらと、一枚の葉がワシの足元に落ちてくる。

　タネマキ。

　拾い上げたその葉には、そう記されていた。なんだ、タネマキって。

　樹の根元を見るともう猫はいない。消えたかと思ったが、拝殿の奥の階段をゆっくり上っていくのが見えた。上には本殿がある。

「木下さん？　木下さんじゃないですか！」

　妙に通る声がして振り返ると、青い作務衣を来た小太りの男が立っていた。

「なんだ、ヨシ坊か」

「そ、その呼び方はもうやめてくださいよ」

　ヨシ坊は真っ赤になって照れ笑いをした。先代の宮司、喜助《きすけ》は、ワシの三つ年上の幼馴染みだった。ヨシ坊は喜助のひとり息子で、もう五十歳ぐらいになるはずだ。

「おまえ、中華料理屋はまだやってるのか」

「いえ、今は神職だけです。三年前、父が他界してから」

「……そうだったな」

ヨシ坊は優しげにほほえんだ。福々しい輪郭や口元に、喜助のおもかげがある。

「木下さんは今、どうされてるんですか。ずいぶんお久しぶりじゃないですか」

「何もしとらん。何もする気になれん」

「でもお元気そうですよ。顔艶もいいような」

べつに元気でもない。顔艶がいいのはきっと、掃除をして体を動かしたからで……。役員にもらったビニール袋に目をやり、手にタラヨウの葉を持っていることを思い出した。

「この神社に猫、おるだろう。黒いやつ」

そう尋ねるとヨシ坊は眉をぴくんと動かし、なにやら嬉しそうに答えた。

「猫がいたんですか。でもそれは神社の猫ではありません」

「そうか。変な猫での、急にぐるぐる走り回ったかと思ったら、樹に足をぶつけてこの葉を落としよった」

ワシは文字が見えるように葉を裏側にして、ヨシ坊に差し出した。ヨシ坊は手を伸ばさず、首だけちょいと突き出す。

「ほう、そうですか」

「タネマキって、なんだろうな」

「はあ、木下さんはタネマキですか。なんでしょうね」

木下さんはタネマキですか？　その言い回しが引っかかってヨシ坊を見ると、意味ありげに目を細めている。

「木下さん、運がいいですよ。それはミクジのお告げです」

「ミクジ？」

「木下さんがお会いになった猫です。そうめったにもらえるものじゃないですから、その言葉を大切になさってください」

ワシはぽかんとして葉を見た。お告げだって。タネマキが？

「あの猫が神の使いだとでもいうのか」

「どうなんでしょうね。わたしにもよくわかりません」

「ばかばかしい」

ワシはなんだか腹が立ってきて、葉をヨシ坊に向かって投げつけた。さして重さのない葉は、ヨシ坊まで届かずたよりなく地面に落ちた。ワシは踵《きびす》を返す。

なにがお告げだ。猫なんかにワシの人生をとやかく言われる筋合いはない。

神社を出ようとすると、鳥居の手前で突然風が吹いてきた。まともに立っていられないほどの強い風で、ワシは足を踏ん張ってこらえた。

しばらく耐えていたらまた突然、ひゅっと風がやんだ。なんだったんだ。気を取り直して歩き出すと、ヨシ坊の声が背中に飛んできた。

「木下さーん、ミクジは相当、木下さんのこと気に入ったみたいですー！」

ヨシ坊のやつ、暑さで頭がイカれたのか。神社を出るとワシは、細い道が大通りにつきあたる角で折れ曲がった。

おんぼろの雑居ビル。いつからなのか三階に公文教室が入ったところを見ると、まだビルとして活用されているらしい。四階にはあのころと変わらず、窓に怪しげな税理士事務所のステッカーが見える。

シャッターが下りたままの一階に、ワシは不思議な安堵感を覚えた。まだ誰も、ここを欲しがらないのだ。テナント募集の貼り紙は、ワシがここを去ったときと同じものだった。

ワシは三年前までここで、プラモデル屋をやっていた。弘人が小学校に上がった年に、勤めていた証券会社を辞めて開業し、三十年間続けた店だ。

業者が雑に消した「木下プラモデル」というシャッターの文字は、中途半端にかすれて残っている。看板にも飛行機のイラストがうっすらと見えた。

倉庫として使っていた内階段でつながる二階も、借り手がつかずそのままセットで残っているのだろう。時間と埃《ほこり》が積もっているであろうあの空間に、行ってみたい衝動にかられた。

後ろに手を組んで見上げていると、大学生ふうの若い男がワシの後ろを通り過ぎていった。それでふと、我に返る。

もう、昔の話だ。今さら思い出にひたったところで、何も始まらない。


夕方になって君枝が帰ってきた。

「これ、なに」

ワシが食卓の上に置いたビニール袋を、君枝が指さす。

「ああ、掃除したらもらった。菓子だろ。未央にやっていいぞ」

「おせんべいと飴かぁ、未央が食べられそうなものないじゃん」

ペットボトルを取り出したあと、君枝はがさがさと不満げに袋の中を探る。くれてやると言っているのに、文句しか出てこんのか。

「ひゃっ！」

君枝が悲鳴を上げてビニール袋を放り投げた。なにごとかと行ってみると、小さな透明の保存袋が飛び出ている。中に一センチくらいのうす茶色い粒がいくつか入っており、袋には白いシールが貼ってあった。文字は老眼鏡がなくてもぎりぎり読みとれた。声に出して読み上げる。キンセンカ。

「あ、あー、なんだ、花の種か。虫かと思った。びっくりしたあ」

君枝が胸に手を当てながらワシの隣に来た。確かに、肉厚な三日月のような形は幼虫みたいだ。表面がぶつぶつしていて不揃いなのがまたそれっぽい。

「いやっ、もう、見れば見るほど幼虫じゃん。種ってわかってても気持ち悪い」

「このサイズだと、カナブンぐらいだな」

「やめてよ、そういうリアルな表現」

ふたりで頭を寄せ合っていると、テレビでアニメを見ていた未央がやってきた。

「みょーも」

未央も、と言いたいらしい。小ちゃな手を必死に伸ばしてくる。君枝が袋を高く持ち上げた。

「だめだめ、これはジージの」

「べつにワシのじゃない」

軽く否定したが君枝は無視して袋をワシに押しつけ、しゃがみ込んで未央に目線を合わせた。

「ジージがね、種まきするんだって」

……………なに？

今、なんて言った？　タネマキ？

ぶるっと悪寒が走ったが、頭を振ってキンセンカの種を白いビニール袋に戻した。するりとした薄いものが手に触れる。まさか。

取り出してみると、そのまさかだった。一枚の緑の葉。その裏には「タネマキ」と茶色く刻まれていた。背中に冷たい汗が伝う。どうしてこれがここに入っているんだ。

神社に捨ててきたはずなのに。

「種まき、種まき」

「たえまき、たえまきー」

君枝と未央がタネマキを連呼して笑っている。なんなんだ。これはいったい、何が起きているんだ？　お告げからは逃れられないって、そういうことか。

「いいじゃん、種まきしてみなよ。おとうさんが咲かせた花、見たいなあ」

君枝が笑いかけてきた。

ワシはやるとは言っとらん。言っとらんぞ。

もう一度手にしたタラヨウの葉には、執拗《しつよう》なくらい色濃くタネマキと記されている。


翌日の日曜は、駅ビルまで連れていかれた。子ども服の店舗が閉店バーゲンをやっているので未央の服を買いに行くという。うちからは歩いて二十分くらいだ。道すがら、ベビーカーの中で未央は眠ってしまった。

駅ビルに着くと君枝は子ども服売り場には直行せず、百円均一ショップの園芸コーナーで「どれにする？」と言った。棚には色とりどりの植木鉢が陳列されている。

「ほら、これがキンセンカ」

君枝はスマホ画面をぐいっと突きつけてきた。丸いオレンジ色の花のアップ写真が表示されている。大柄なタンポポみたいだ。

「あんな幼虫みたいなのが、こんなきれいな花になるんだねぇ」

君枝は嬉しそうに言うとスマホをしまい、植木鉢を選び始めた。

「この黄色のかわいいけど、花がオレンジだから合いすぎちゃうかなあ。いっそ白っていうのもいいよね。うーん、迷うね」

「……これがいい」

きょろきょろと棚を見ていた君枝が、ワシの声にぴたりと動きを止めた。

「これがいい。この、レンガ調の」

ワシは赤茶色の植木鉢を手に取ると、レジに向かった。君枝がのびやかに叫ぶ。

「土も売ってるよ、買わないとー！」

子ども服のワゴンに手をつっこみ血眼になっている君枝を遠目に見ながら、ワシは店前のベンチで未央の番をしていた。ベビーカーが少し揺れ、見ると未央が目を覚まして動き出していた。

「ちゃーちゃん」

おかあさん、と呼んでいるのだ。ふえふえっと泣き出す。ワシはベビーカーを引いて君枝のところに行った。

「おい、起きたぞ」

「えー？　ちょっと待って、もう少しだから」

未央は暴れ出した。ベビーカーから出たいのだ。ベルトを外して抱き上げると、ぺっとりしがみついてきた。珍しい。いつもはワシが抱っこしようとしても嫌がるのに。泣くのをやめてワシに体をもたれさせ、指をしゃぶっている。君枝はちらっとこちらを見ると、服をつかんだまま言った。

「隣におもちゃ屋があるでしょ、そこでちょっと待ってて！」

いやだとは言わせない剣幕だ。ワシはベビーカーを君枝の脇に置いて未央と店を出た。

おもちゃ屋に入ると未央は体をよじらせて降りたがり、足が床に着くと同時に走り出した。ぬいぐるみを見つけ「ねこー」と言う。おお、ニャーニャじゃなくてちゃんと「ねこ」と呼ぶようになったか。白いペルシャ猫のぬいぐるみを抱きしめている未央の頭を、思わずちょいとなでた。髪の毛が信じられないくらい細くてやわらかい。

「猫、好きか」

「ねこ、ちゅき」

そう言った舌の根も乾かぬうち、未央はペルシャ猫をぽいと放り投げて走り出した。好きって言ったじゃないか、なんだこの扱いは。未央はあっというまにコーナーを曲がって姿が見えなくなる。ワシは猫を棚に戻し、未央を追いかけた。

壁際の棚の前で、未央は商品を見上げていた。心臓が早打ちする。

「ひこーうき」

プラモデルの飛行機だった。

クリアケースに収められたそれは銀色の金属製キットで、タラップまでついている。完成品の脇にあった箱を確認すると、アメリカの古い郵便飛行機らしい。機体の頭にはプロペラがついていて、いっちょまえに回るようだった。

「ひこーうき、くるま、うね」

展示品は飛行機だけだったが、積んである箱の写真を見ながら未央はひとつひとつ指さして言う。「うね」は「ふね」だろう。ワシは車のプラモデルの箱を取り出した。

「あか」

「そうだな。赤い車だ。ランボルギーニっていうんだ」

「あんうぉるいーに」

「そうそう、ランボルギーニ」

ワシが箱の蓋を開けると、未央は「おおぉーう」と興奮し、頭をつっこんできた。

箱の中にはパーツがプラスチックの細い枠にはめ込まれ、シート状になって三枚入っている。塗装済みの車体とホイール。初心者向けの、組み立てればいいだけのごく簡単なキットだ。それでも久しぶりにパーツを目前にして高揚感が突き上げてくる。ワシも未央のように声を上げたい気分だった。

「これをな、ひとつひとつ外して、接着剤でくっつけながら組み立てるんだ。そうすると、この写真の車が出来上がるんだよ」

未央はワシの話を聞いているのか聞いていないのか、黙って車のパーツシートを手に取り、目を輝かせている。指でなぞったりつまんでみようとしたり、ひゃははと笑ったりした。弘人はプラモデルにまるで関心を持たなかったが、未央は食いつきが違う。隔世遺伝というやつか。

「やってみたいか？」

「やってみたい！」

未央ははっきり言った。店の中が急に明るくなったような気がした。

「よし、ジージが買ってやる」

蓋を閉め、レジに行こうとしたところで君枝がやってきた。ベビーカーには未央の代わりに店のロゴが入った大きな袋が乗っている。

「おまたせー、いい子にしてた？」

「くるまー！」

未央がぴょんぴょんと飛び跳ねる。ワシの持っている箱に目を走らせると、君枝はハッとのけぞった。

「未央がな、これやりたいって言うから……」

「え、未央？　だめだよ、未央にはまだ早いよ」

君枝は続けて何か言おうとしていたが、未央が店を出てあらぬほうへ走り出したのであわてて後を追った。

にべもなく一蹴か。そりゃそうだ、プラモデルの良さなんて、君枝にわかるはずもない。それに、ワシはもうプラモデルはやめたんだ。

ランボルギーニの箱を棚に返し、ワシは手ぶらのまま店を出た。


しかしそれから数日、おもちゃ屋でのことが頭から離れなかった。嬉しそうな未央の顔。ぬいぐるみよりプラモデルに興味があるなんて。あの子にはやっぱり、プラモデル作りの素質があるんじゃないか。

「早く朝ごはん食べちゃおう、ね」

食卓で立ったままパンをかじっていた君枝が、スプーンを未央の口元に持っていく。未央は「イヤー！」と言ってスプーンをはたいた。

「じぶんでっ！」

このところの未央の口癖だ。「イヤ」と「じぶんで」。自我の芽生えだと君枝は言った。人から強要されるのをイヤがることと、自分でやりたがること。弘人のときはどうだったかと考えてみたが、まったく思い出せなかった。

「はいはい、じゃあ自分でちゃんと食べてください！」

半分キレながら君枝はスプーンを未央に渡す。

「おまえも座って食べんか。立ったままなんて行儀悪い」

「忙しいのよ」

君枝はパンを口に押し込むと食卓を離れ、洗濯籠を持ってベランダへ出た。出勤前に干していくのが君枝の担当、夕方に取り込むのがワシの担当になっている。

「あーっ！　おとうさんっ、来て！」

ただごとならぬ声に急いで腰を上げ、ベランダに赴くと君枝がしゃがみ込んでいた。日曜日に種まきしたキンセンカの鉢を指さす。

「見て、ほら！」

三つ、芽が出ていた。若々しい緑色の、小さな小さな双葉だった。

「……おぉ」

知らずのうちに頬が緩む。君枝が「かわいいねぇ」と首を傾けた。

「おっと、時間」

君枝は手早く洗濯物を干し始めた。

ワシはそこに座ったまま、キンセンカの芽を見つめた。もの言わない植物が、ワシに何か訴えかけてくる。

タネマキ。

もしかしたらあのお告げは……ミクジという猫は、ワシに希望を与えようとしているんじゃないか。

　乾いた種がこんな瑞々《みずみず》しい葉を広げた。その小さな緑は、未央を思わせた。やっと自我に目覚めてあちこちに興味を持ち始めた、芽吹いたばかりの命。

　ワシがとうに放棄してしまった想いのほんの少しでも、未央が受け継いではくれないだろうか。プラモデルを好きになってくれないだろうか。そしたらワシは、この世に生まれてきたせめてもの意味を見出せるかもしれない。ミクジはワシにそのことを気づかせようと、背中を押してくれたんじゃないだろうか。

　君枝と未央が「いってきまーす」とあわただしく外へ出ていく。ワシはしばらく考えたあと、昼になる前に駅へ向かった。


　土曜日。君枝が「おとうさん、今ちょっとだけ未央のことお願いできる？」と言った。

「図書館の本、返したつもりでいたらソファの後ろに落ちてたみたい。返却してくださいって電話かかってきちゃった。クリーニング屋にも寄って、二時間ぐらいで戻ってくるから」

「かまわんよ」

　ワシはこの日を待っていた。これまでも、少しの時間なら未央と家でふたりになることはたまにあったが、こんなにわくわくするのは初めてだ。

君枝が家を出ると、ワシはランボルギーニの箱を取り出した。こっそり駅ビルに行って買っておいたのだ。専用の接着剤も用意してある。ミクジの尻を見て思い出した、タミヤの定番商品だ。ラベルに描かれた白い星形マークがまぶしい。

「ランボルギーニだ、未央」

未央はピアノのおもちゃに夢中になっている。鍵盤を押すと光って音が出るやつだ。水沢のバーバに買ってもらったばかりらしい。

「未央、ほら。母ちゃんが帰ってこないうちに、ジージとこれで遊ぼう」

箱を開けると未央は中をのぞき込んだが、すぐにピアノに気を取られていった。なんだ、店ではあんなに興味深そうにしていたのに。

ワシはローテーブルの上にパーツシートを広げた。ナンバーの振られた細い枠から、ニッパーでパーツを切り取っていく。

作業しているとようやく未央が近づいてきた。

「みょーも」

ほれみろ、やっぱりやりたいんじゃないか。ワシは未央にニッパーを握らせ、自分の手を添えてパーツを切った。

「イヤー！　ジージ、ないのっ。じぶんで！」

ひとりでやりたいらしい。でもさすがにそれは無理だ。細かすぎるし、ニッパーの刃が危ない。

「パッチンは難しいからジージがやるよ。組み立てるのを一緒にやろうな」

「やーだっ！　ジージ、だめなのっ！」

「ジージはだめじゃないのっ！」

ワシはニッパーを取り上げ、未央の手が届かない戸棚の上に置いた。やっぱり、君枝の言う通りまだ早かったか。わあああん、と未央が泣き出す。

「みょーがやるのー！」

「わ、わかったから」

本意ではないが、手で直接パーツをもぎ取っていく。未央も小さな指でねじっていたがうまくいかず、タイヤの入ったビニール袋をいじり出した。

「あけてー」

未央がぶんぶんと袋を振り回す。破ってやったところで、チャイムの音がした。

玄関に出ていきドアを開けると、杉田さんがいた。

「こんにちはー、回覧板持ってきたわよ」

「ああ」

「あら、哲さんひとり？　君枝ちゃんは？」

「出かけておる」

回覧板を受け取りドアを閉めようとしたら未央がちょこちょことやってきた。杉田さんが歓喜の声を上げる。

「まあ、未央ちゃん。おじいちゃんとふたりでお留守番なの」

未央は答えず、口をもごもごとさせた。頬がふくらんでいる。何を食っているんだ？

「ごはん中だった？　ごめんね……」

明るく言いかけた杉田さんがさっと顔色を変えた。半開きにした未央の口から、円形の黒いものが見える。タイヤだ。あっと思ったとたん、未央はぐふっと音をさせ顔をゆがめた。

「未央ちゃんっ」

杉田さんは靴を履いたまま上がり込み、未央に駆け寄った。喉につまらせたか？早く取り出さなくては。ワシはあわてて未央の口の中に指を入れた。未央は苦しそうにもがく。

「指なんか入れたってダメよっ！」

杉田さんはさっとしゃがんで片膝を直角に立てた。未央をくるっとさかさまにして腹をそこに乗せ、背中をドンッと叩く。ぽろり、と唾で濡れたタイヤが床に落ちた。未央が大声で泣き出す。ワシはへなへなと座り込んでしまった。

「こんな小さいおもちゃ、まだ危ないわよ。一歳や二歳の子どもなんて、なんでも口に入れるんだから」

杉田さんは靴を脱いで玄関に置き、泣いている未央を抱き上げると居間に入っていった。玄関先で座り込んだままのワシのところに、荒々しい声が飛んでくる。

「あらやだ、プラモデルなんて。他の部品も口に入れてない？　飲み込んじゃってるかもしれないから確認して」

あらやだ、プラモデルなんて。プラモデルなんて。プラモデルなんて。

ワシはのろのろと立ち上がり、居間へ向かった。タイヤはすべて残っている。他のパーツも間違いなくあった。息をついて全部箱に収め、蓋を閉じた。

「……大丈夫だ」

未央が「おりるー」と足をばたつかせる。杉田さんは未央を下ろすと窓の外を見て言った。

「あ、雨よ」

晴れていたのに、急な雨だった。

「大変、洗濯物」

杉田さんは勝手に窓を開け、ベランダへ出ていく。物干し竿からハンガーを外しては、ワシによこしてきた。ありがた迷惑だと思いながらワシは黙ったまま受け取った。まだ頭の奥がぼんやりしている。

「何か植えてるの？」

植木鉢に気づいた杉田さんが言った。

「……ああ、キンセンカ。緑地公園の清掃で種をもらった」

「そういえばトモエ生花店が配ったって言ってたわね。私はあの日、曽根さんのお見舞いに行ってて清掃には参加しなかったんだけど……ねえ、これもうダメなんじゃない？」

そう言われて鉢を見て、愕然《がくぜん》とした。

双葉が三つとも、ぐったりと横たわっている。葉の先はもう茶ばんでいて、完全に生気を失っていた。

そんな。昨日、元気がなかったからたくさん水をやったのに。

「根腐れしちゃってるわよ。水あげすぎたんじゃないの」

鉢を持ち上げながら杉田さんが言った。

「でも私はキンセンカってあんまり好きじゃないわねぇ、不吉な花言葉なのよ、知ってる？　別れの悲しみっていうの」

わんわんと耳鳴りがした。別れの悲しみ。不吉なキンセンカ。

杉田さんは鉢を置き、腰を上げた。

「そういえば君枝ちゃんの具合、どう？　あんまりひどいなら手術でしょ」

「君枝の具合？」

「えっ、哲さん、知らないの？」

なんのことだ。ワシが黙っていると、杉田さんは変に納得したようにうなずいた。

「ま、まあ、そうよねぇ……。哲さんには言わないか。じゃ、私はこれで」

杉田さんはそそくさと出ていった。

胸の奥に鈍痛が走る。知らない。ワシはいつも知らされない。誰からも、何も。


それから三十分ぐらいして君枝が帰ってきた。

長座布団の上で未央が眠っている。腹にかけたタオルケットが呼吸に合わせて動いていた。

「あー、傘持っていけばよかった。最悪」

君枝がタオルで髪を拭きながら居間に入ってくる。ゴミ箱につっこんであるランボルギーニの箱に気づき、不思議そうにワシを見た。

「……さっきな、未央がプラモデルのタイヤを喉につまらせた」

「えっ！」

君枝が未央のそばに走り寄る。

「たまたま居合わせた杉田さんが助けてくれた。大丈夫、今は単なる昼寝中だ」

「あ……そ、そうなんだ。よかった。あとで杉田さんとこにお礼に行ってくる」

「すまなかった。あんなもの、やらせようとして」

ワシが頭を下げると、君枝は首を横に振った。

「ううん、あたしも、ちゃんと言わなかったから。プラモデルがだめってことじゃなくて、本当にまだ早いっていうだけで……」

「おまえ、病気なのか」

君枝が顔をこわばらせる。

「なんの病気なんだ」

ワシが訊いても、君枝は下を向いて黙ったままだ。雨が屋根を叩く音が響いていた。

しばらくすると君枝はふっと顔を上げ、「なんでもないよ」とわざとらしく笑った。

――三年前のあの日もそうだった。雨が降っているのに、繁子は晴れ晴れとしていた。見たことのない顔だった。若草色のカーディガンも、大きな翡翠《ひすい》のペンダントも、真っ赤な口紅も、初めて見た。まるで知らない女みたいで、でも、似合っていると思った。

朝起きたら繁子が居間で待ち構えていて、ワシの顔を見るなり取ってつけたように「おはよう」と笑った。勤めていた病院を六十歳で定年退職した翌日だった。テーブルの上には離婚届だけが置かれていた。

「最後までがんばってお勤めしたし、弘人も君枝さんと結婚して家を出たし、私はもう自由になりたいの。これからの人生、好きなことだけして生きたいの」

離婚届は半分埋まっており、繁子の唇と同じような朱色の印が押してあった。いったい何が起きているのかわからず、口を開けたままのワシに繁子は続けた。

「あなたが今までずっとそうしてきたみたいにね」

ニッパーでパチンと切るような鋭い声だった。繁子はソファに置いてあったショルダーバッグをつかみ、吐き捨てるようにつぶやいた。

「……プラモデルなんて」

金槌で殴られたような気分だった。忌々しげなその声が、今も耳から離れない。繁子がこんなにもプラモデルを憎んでいたなんて、知らなかった。

「急に何を……。弘人だってなんて言うか」

やっとのことでそう言うと、繁子はショルダーバッグを肩にかけながらにっこり笑った。

「知ってるわよ、あの子。賛成してくれたもの」

賛成？　いつのまにそんな話になっていたんだ。ワシが言葉を失っていると、繁子はてきぱきと仕事の指示を出すように言った。

「離婚届、書いたら弘人に渡してね。弘人が私のところに持ってきてくれることになってるから。じゃ、あとはよろしく」

今思えば、待ってくれ、とか、話し合いをしよう、とか、繁子を引き留める言葉はいくらでもあったかもしれない。でもそのときのワシには何も言えなかった。それどころか、あほうのようにぽかんと突っ立って繁子の後ろ姿を見ているだけだった。

さようなら！　玄関のドアが閉まる前に、はしゃぐような繁子の声だけが残された。

それからどんなふうに過ごしたか、よく覚えていない。ただ、何をすればいいかわからず呆然としていただけだ。三日後に弘人が家に来た。

「母さんが離婚したがるのも無理ないよ。父さん、昔からずっと店にこもりっきりじゃないか。家にいるときはほとんど口きかないし、母さんが風邪引いたって気づきもしない。プラモデルにしか興味ない父さんといるの、ずっと苦痛だったんだと思うよ。……俺だって、子どものころは休みの日に家族で遊園地に行く友達がうらやましかった。一緒に野球してくれるようなお父さんが良かった」

ワシは何も答えられず、弘人の前で離婚届を書くしかなかった。それきり、弘人はワシとろくに口もきかなくなった。

言ってくれればよかったじゃないか。風邪引いてしんどいって。キャッチボールやろうって。おまえたちが黙っているから、文句ないんだと思っていた。今になってあんまりじゃないか。取り返しのつかないくらい遠いところへ、気持ちが行ってしまってからなんて――。

なんでもないよ、と言ったきり、君枝はワシと目を合わせようとしない。

「杉田さんには言えても、ワシには言えないのか」

ワシが問い詰めると、君枝は口をとがらせた。

「あー、やっぱり杉田さんか……。たいしたことないってば」

「なんでみんなしてワシに大事なことを隠すんだ。いつもワシにだけ、かんじんなことを知らせんまま、つまはじきにしやがってっ！」

君枝がはっとワシを見た。

「繁子も弘人も、ワシだけのけものにしていなくなった。ああ、そうだよ、ワシがプラモデルに夢中になってたのが悪いんだろ。だからきれいさっぱりやめてやったわ！」

「かんじんなこと言わなかったのはおとうさんだって同じでしょ？　プラモデルのせいにするの、やめなよっ！」

ぴしゃりと浴びせられた言葉にワシは耳をふさぐ。

「うるさい！　うるさい、うるさい！」

「どこ行くのよ！」

ワシは傘をつかんで家を飛び出した。雨脚がどんどん、強まってくる。

店をたたむずいぶん前から、プラモデルは売れなくなっていた。ネットショッピングとやらもそれに拍車をかけた。ロボットアニメのプラモデルを買いに来る子どもが時折いたが、四年前、駅ビルの中におもちゃ屋ができてから、みんなそっちに流れていった。それでも貯金を切り崩してなんとか持ちこたえてきたのは、繁子が家計を支えてくれていたからだ。

　昔はよかった。客の来ない日なんか、一日もなかった。クリスマスには親がこっそり来てプラモデルと一緒にプレゼント用の包装紙を求めてきたし、年明けにはお年玉の袋を携えた子どもたちが店にあふれた。買わなくてもいい。ただわくわくした表情で箱を手に取っている子どもを見ているだけで嬉しかった。完成品を眺めて称賛してくれたり、ワシが店の隅で作っているのをじいっと見ている子がいると、ワシは満ち足りた気持ちになった。みんなプラモデルが好きなんだと感じるだけで、ただそれだけで。

　でももう、時代は変わったんだ。

　繁子の退職とほぼ同時に、ワシは閉店することを決めていた。経営はもう厳しい。残りの人生は繁子とふたり、年金暮らしでゆっくり過ごそうなんて思っていた。会話の少ない夫婦だが、これからは一緒に散歩したり温泉に行ったりしよう。プラモデルは家でやればいい。きちんと店を閉めてから、ちゃんと話そうと思っていた。

　それがこのありさまだ。繁子が出ていったのは、ワシが不動産屋で店の賃貸解約手続きを済ませた翌日だった。繁子が役所に離婚届を出したという弘人からの電話のあとすぐ、追い打ちをかけるように喜助の訃報を聞いた。心臓の病で突然だった。ワシが唯一、心を開ける幼馴染みだったのに。

　ワシは神社に向かった。鳥居をくぐると、財布に入れていたタラヨウの葉を取り出す。

これはきっと……凶だったんだ。

お告げだなんて、頼んでもいないのに。タネマキと言われてうっかり花の種を植えたり、未央にプラモデルを伝授しようなんて考えてしまった。別れの悲しみだって？　どこまでワシを痛めつけるんだ。ミクジ、あいつ、笑ってたな。あれは嘲笑《あざわら》ってたんだな、ワシのことを。

「ミクジ！　おいっ、ミクジ！　猫っ！」

こんなもの。こんなもの。ただでさえ不幸のまっただなかにいたワシを、突き落としやがって。

「呼んだって来やしませんよ、ミクジは」

振り向くとヨシ坊が傘をさして立っていた。今日は袴を穿いている。

「どうされたんですか、そんなに怒って」

「この葉な、なんでか知らんが、捨てたはずなのにビニール袋に入ってたんだ」

「ええ、そうですよね。風が吹いたとき、葉っぱがビニール袋の中に入り込むのが見えました。だからミクジはよほど木下さんにお告げを伝えたかったんだなぁと……」

「これ、凶だろ。大凶だ。こんなものいらん、大吉をよこせ！」

ヨシ坊はふと黙り、穏やかな笑みを浮かべた。そのやわらかな表情が喜助と重なる。ワシがイライラと愚痴をこぼすと、喜助はいつもこんな顔をしてワシを諭《さと》した。

ヨシ坊はおかしそうに言った。

「この神社はお正月ぐらいしかおみくじの販売をしていないんですけど、おもしろいものでね。凶を引いた人の多くが、もう一度引きたがります」

「……」

「自分が凶なんて納得いかないってことなのか、凶を引いたら不幸になると思っているのか。凶では終われないというのが人情のようです。だから箱の中を凶ばっかりにしたら儲かるかなぁなんて思ったりしますよ、ははは」

「ワシが引いたわけじゃない。勝手に凶を押しつけられたんだっ」

声を荒らげると、ヨシ坊はワシのことをすっと見据えた。

「木下さんは、ひとつ勘違いをされています。ミクジのお告げは、吉凶を示すものではありません。あくまでも、大切なことを伝えるための導きの言葉です」

「……とんでもない導きだよ。キンセンカは枯らせるし、孫をえらい目に遭わせてしまうし……何を伝えたいっていうんだ。不幸の種をワシがまいてるってことか。それともワシがろくでもない人間だって、そう言いたいのか。そんなこと、とうに知っておるわ」

雨がさらに強くなってきた。傘をさしていても、ズボンの裾が濡れる。

「しばらく雨はやまないようですから、立ち話じゃなくて社務所でお茶でもいかがですか。町内会の会長さんから最中をいただいたんですよ」

和菓子屋の紙袋をちょっと掲げ、ヨシ坊はワシを促した。

社務所の中に入り、テーブルにつくとヨシ坊が茶の用意を始めた。社務所に来るのも三年ぶりだ。喜助が生きていたころは、店の帰りにここでよく一緒に酒を飲んだりもした。

「……まだ置いてあるんだな」

ガラスケースに平等院鳳凰堂の模型が飾られている。ワシが作ったものだ。喜助が欲しいというので、ケースごと渡した。

「はい。ここに来られる方はみなさん、しげしげと感心して見ておられますよ」

「神社で寺を飾ったりして、いいのか」

ワシが言うと、ヨシ坊が茶を注ぎながら笑った。

「神様はそのあたり、柔軟ですから。美しいものはなんでもお喜びだと思います」

湯気のたつ茶碗《ちゃわん》が目の前に置かれる。ワシは鼻を鳴らした。

「神なんかいない。少なくとも、三年前からもうワシにはついとらん」

「神職としては、その通りですとは言い難いですね」

ヨシ坊が最中を差し出してくる。ワシは受け取らずに続けた。

「店はつぶれる、妻には離婚届を突きつけられる、息子は離れていく、幼馴染みに先立たれる。ワシは大事なものをいっぺんになくしたんだ。神がいたら、ワシのことを見ていてくれたら、こんな不幸ばっかり続けて起きるわけ……」

そこまで言ってハッとした。ワシにとって幼馴染みの喜助が他界したことは、つまりヨシ坊が父親を失ったことなのだ。

「おまえだって……喜助が逝《い》ったときは悲しかっただろう。神を恨んだりしなかったのか」

「悲しかったですよ、とても」

ヨシ坊はほほえんだ。

「でも、父の死が不幸なのかどうか、わたしにはわからないのです」

静かな声だった。ワシは口をつぐんだ。

「これはわたしの持論なんですけれども」

ヨシ坊は最中の包み紙をていねいにはがしながら言う。

「神様って、個人に何かしてくれるってことは稀《まれ》だと思うんですよ。もちろん、そういうこともないとは言いません。でもそれよりも、人間には到底かなわない、人智を超えた圧倒的で抗えない力が常にそばにあって、わたしたちがそこから勝手に何かを受け取ったり拒絶したりしていくことのほうが多い気がするんです。わたしはそちらのほうに、より神を感じます」

「……難しいな」

でも難しいなりに、胸に響いていた。ヨシ坊は最中をぱくりと食べた。

「たとえば雨は雨ですよね。人間は雨を悪いお天気みたいに言いますが、天気に吉凶も幸不幸もない。ただ雨は降る。わたしは雨を降らせることもやませることもできないけど、こうして木下さんをお茶に誘う口実にすることはできます」

「…………」

「雨が降っていてよかった。これが今日、わたしが勝手に受け取った神の恵みです」

口元についたあんこをペロリとなめ、ヨシ坊は笑った。

ヨシ坊と少しのあいだ喜助の思い出話をし、社務所を出ると雨はやんでいた。たたんだ傘をぶらさげて家に戻ると、誰もいなかった。やっぱり君枝からも愛想をつかされたか。

君枝を好きになりたくなかった。未央をかわいいと思いたくなかった。一緒にいてくれて嬉しいと喜びたくなかった。どうせワシのことを嫌いなら。どうせいなくなってしまうなら。

でももう、手遅れだ。ワシは君枝や未央が大事でたまらない。最初は面倒だとしか思わなかった家事の分担も、買い物の荷物持ちも、通学路で旗を振るのも、楽しいと思い始めている。君枝とぽんぽん言い合いをするのも、未央のおぼつかないおしゃべりを聞くのも、幸せだと感じ始めている。

この日々を失ってしまうことが、今こんなにも怖い。

わかっていた。ワシは不幸なんかじゃなかった。この年になって、思いもよらないこんな優しい時間が授けられた。でもだからこそ、受け取るのを拒否していた。なぜって、ワシだけが一方的に幸せなのはつらいからだ。君枝や未央にも同じように、ワシといるのが幸せだと思ってもらえないのなら結局ワシも不幸だからだ。

がちゃん、とドアの開く音がする。君枝がひとりで入ってきた。

「ただいま」

「……未央は」

「水沢にお願いしてきた。今日は、未央だけあっちに泊まらせる。あたし、ちょっとおとうさんと話がしたくて」

きっと、この家を出ていくと言うんだろう。未央をあんな危険な目に遭わせたんだ。無理もない。

「杉田さんにも、お礼言ってきたよ。すごく気にしてた」

「…………くれ」

「え？」

「出ていかないでくれ。未央と一緒に、ワシといてくれ」

ワシは床に手をつき、頭を下げた。

「もう絶対にプラモデルはやらん。ワシがプラモデルを好きでいることが、周りを不幸にする。今度という今度は、本当によくわかった。だからここにいてくれ」

少し間があって、君枝が大きく息をついた。

「出ていかないよ、こんな居心地いいとこ」

顔を上げると、君枝が笑みをこらえるようにへの字口をしている。

「そういうふうに、おかあさんにもちゃんと伝えればよかったんだよ。離婚したくなかったんでしょう。客観的に見ておかあさんもやりすぎだと思うけど、おとうさんだって、ちゃんと伝えなきゃわからないよ。今あたしに言ってくれたみたいに」

違ったら申し訳ないんだけど、と前置きして君枝は言った。

「おとうさん、プラモデルをやめればもしかしたらおかあさんが戻ってくるんじゃないかって、願掛けみたいに思ってたんじゃないの？　残酷なこと言うけど、おかあさんはもう、ここには戻ってこないと思う。違う男の人と住んでるよ」

……まただ。

ワシの知らんところで、どんどん事が進んでいる。

でも不思議と、ほっとしていた。そうか。繁子は今、新しい生活で幸せに暮らしているのか。ワシはもう、待っていても仕方ないのか。そうか、待っていなくて、いいのか。

君枝は戸棚の上からランボルギーニの箱を取り出した。いつのまにか、ゴミ箱から救出していたらしい。

「ねえ、これ、ふたりで作らない？」

教えてよと君枝が言うので、ランナーだのゲートだの、名称を伝えながら作業していたが、組み立てる段階になってすぐに気がついた。

「手際がいいな、おまえ」

「そう？」

君枝はすました顔でボディにヘッドライトをはめ込んだ。小さなものを扱うときの手つきが、なんというか、慣れている。初心者がパーツを持つときのぎこちなさがない。

教えるには君枝が器用で優秀だったせいもあり、プラモデルは一時間もしないうち完成した。四十三分の一、ランボルギーニ・ウルス。千円ぐらいだったが、エンブレムもしっかりしていて安っぽくない。なかなかいい商品だ。艶のある赤い車体が誇らしげに光っている。

君枝はランボルギーニを両手で持ち、無言でそっとワシに差し出した。

「ん、なんだ？」

「やっぱりおとうさん、あたしのこと覚えてないよね」

ランボルギーニをテーブルに置き、君枝は言った。

「小学四年生のときにね、修学旅行に行ってるお兄ちゃんのプラモデルを、うっかり

落とし て壊しちゃったことがあって。白いスカイラインだったな。ミラーが取れてボンネットにひびが入って、あたし、まっさおになって木下プラモデルに駆け込んだの」

「だっておまえ、千葉に住んでたんじゃないのか」

君枝は首をすくめる。

「うん、五年生からね。それまでは緑地公園の裏の団地にいたんだ。ハタチ過ぎてから一家で戻ってきた感じ」

「知らんかった」

「言わんかった」

イヒヒと歯を見せたあと、君枝は話に戻った。

「プラモデルを新しく買うお金は持ってないし、なんとか直してもらえないかなと思ってどきどきしながらお店に入ったら、隅っこの作業台に店主のオヤジがいて」

「ワシか」

「そう。すっごい精密な客船を作ってた。あたしが近づいてもちっとも気がつかないで、真剣な顔で。ちっちゃいちっちゃいパーツがいくつも台の上にあって、オヤジがそれをなんの迷いもなくどんどんつけていくの。パーツがまるで、勝手に船体に吸いついていくみたいだった。オヤジの体全体が光って見えた。オーラっていうんだろうね、ああいうの。それであたし、思ったんだ」

君枝はひと呼吸おき、つぶやくように言った。

「神だ、って」

気恥ずかしさでいっぱいになる。君枝は興奮気味に話し続けた。

「それで、五回くらいすみませんすみませんって声かけて、やっと気がついてもらえて、わけを話して。そしたらオヤジがスカインを手に取ってちろっと見たあと、『明日取りに来い』って、それだけ」

そんな女の子がいただろうか。言われてみればそんなことがあった気もするが、覚えていない。

「次の日、学校が終わってからすっ飛んでいったらさ、ちゃんと直ってるの。ホントに感動した。ひびなんて、まったくわからないの。おまけにおとうさん、修理代も取らなかったじゃない」

「ミラーが取れたくらいなら接着剤でつければすむ話だし、ボンネットのひびはパテで埋めて表面を研磨すればいい。白い塗料の品番はだいたい見当がつくから、再塗装で手直しもそう難しいことじゃないだろ。そんなんで小学生から金なんかとるか」

「おとうさんには簡単なことだったかもしれないけど、あたしにとっては人智超えてたんだよ。怒られるからお兄ちゃんには隠しておこうと思ったのに、あんまり感動して正直に話しちゃった」

ワシは吹き出しそうになった。人智を超えるだって。さっきヨシ坊に聞いたような話だ。

「そのあとすぐ引っ越したから、お店には行けなくなっちゃったけど。でもそれが、あたしと模型の運命の出会い」

「運命？」

君枝は写真を一枚取り出した。洋館模型の隣で、今より若い君枝が賞状を持っている。

「これ……」

「すごいでしょ」

ドールハウスコンテスト　優勝　水沢君枝。賞状にはそう書かれていた。

「最初は真似して船だの飛行機だの作ってたんだ。そこから高校のときドールハウスに目覚めてね。もう、あたしの人生はドールハウスと一緒に歩んできたようなもんだよ。未央が生まれてからしばらく我慢してたんだけど、その抑圧がいいほうに爆発して、授乳しながら決めたの。近い将来、絶対にドールハウスの店持つんだって」

君枝は遠くにまなざしを向けた。強い熱意がそこに見てとれる。

「今働いてる雑貨屋の人たちも応援してくれてるんだ。少し前からドールハウスのサンプルを作らせてもらったり、お店に置いてもらったりしてるの。資金貯めだって、もうすぐ目標金額に届くよ。近くにいい物件も見つけたし、準備しながらもう少しのあいだ雑貨屋で経営のノウハウ学んで、春にはオープンできると思う」

すごいな。

ワシは心を揺さぶられ君枝に見とれた。店を持つのか、こいつも。

君枝はランボルギーニを持ち上げ、再びワシに差し出した。

「おとうさん、あたしとやろう。もう一度、お店やろう」

息が止まるかと思った。君枝は身を乗り出す。

「もちろんおとうさんはプラモデルを売るの。ううん、隅っこで作ってればいいよ。最高のプロモーションになるから」

ときめくような話だった。でも、そのときめきはワシを怖気づかせる。

「プラモデルなんて、もう流行らないぞ」

「あたしたちで流行らせればいい。ワークショップやったりするのも楽しそうじゃん。親子で来てもらったりさ。ドールハウスとプラモデルをメインにした、模型の専門店だよ」

そんな……そんな夢みたいなことが、本当にあるのか。一度にいろんなことがありすぎて、言葉が出ない。そんなワシを見て、君枝がしおらしく言った。

「ずっと黙っててごめんね。あたしだって、まちコンで知り合った弘人さんがあのオヤジの息子なんてびっくりしたよ。木下ってそんなに珍しい苗字じゃないし、弘人さんも何も言わないんだもの。結婚の挨拶に行く前日になってやっとお店のこと聞かされて、驚いたのなんのって」

「なんで今まで……」

君枝はぐっと息をつまらせ、言いよどんだ。

「……弘人さんが、言うなって」

そうだろうな、と腑《ふ》に落ちる。仕方ない。そんな武勇伝、弘人にはおもしろくないだろうし、ワシを喜ばせたくなかったんだろう。

「相当な嫌われっぷりだな」

わかってはいたことだ。しかし君枝が首をかしげる。

「それはどうかな。あたしも正直、意外だったんだけど、弘人さんが転勤になってあたしが未央とこの家に住みたいって言ったときね、弘人さん、すごく喜んだんだよ。『ありがとう、安心した。よろしく頼む』って、なんだか泣いちゃいそうな顔してね。それ以降はパタッとなんにも言わなくなって、また前みたいに知らんぷりしてるけどさ。ほんと、木下家の人たちってみんな面倒くさい」

弘人が……弘人がそんなことを言ったのか。君枝にごり押しされて、いやいや承知したのかと思っていた。ありがとうって。安心したって。本当に？

「弘人さんはプラモデルが嫌いなんじゃなくて、嫉妬してただけなんだよ。小さいころ、おとうさんから作業中に来るなとか触るなとか言われたことがあって、悲しかったんだって。自分はプラモデルほど愛されてないって。おとうさんへの態度も、大好きの裏返しだったんだと思うよ」

ああ、それなら思いあたる。店を始めたばかりのころだ。作業していてうっかりラッカーを床にぶちまけたとき、弘人がやってきた。シンナー臭のきついところで弘人が気分悪くなったらいけないと、来るなと言った。塗装中のプラモデルに手を伸ばした弘人にも、触るなと言った。塗料が手につくとやっかいだからだ。そういうことが、一度や二度ではなかったかもしれない。

そうか、それで弘人は店に寄りつかなくなったのか。プラモデルを見るとイヤな顔をするようになったのか。弘人を思っていたからこそだったのに、プラモデルの良さも、父親としての愛情も、ちゃんと伝えられなかった。

「やっぱりワシは……種まきはうまくできなかったな。キンセンカも枯らしてしまったし」

君枝が軽く首を横に振る。

「種って本来は、勝手に飛んでいって親の知らないところで勝手に咲くもんでしょう。あたしだけじゃない、きっとあの店に来てた子どもも大人も、今ごろどこかで好きなように花を咲かせてるよ」

ワシの手を力強く握り、君枝は言った。

「あのお店でずっと、おとうさんは種まきしてたんだよ、いっぱい」

君枝の手はあたたかくて、いったいどこを病んでいるのだろうと不思議になるくらい瑞々しかった。言いたくないのかもしれんが、どうしても聞いておきたい。君枝の病気を治すためならワシはなんだってする、なんだってだ。

「それでおまえ、病気は……」

ワシがもぞもぞと切り出すと、君枝は「ああっ、もう！」と弾けるように体をそらした。

「やっぱり言わないとダメか。痔《じ》だよ。痔！」

「……じ」

君枝は頬をふくらませ、口早《くちばや》にまくしたてた。

「あたしにだって羞恥心《しゅうちしん》があるんだよ。おとうさんには言いたくなかったの！　診察の日に、曽根さんのお見舞いに来てた杉田さんとばったり会っちゃってさ。どうして総合病院の待合室ってオープンなんだろうね。あたし、肛門科のとこにいたから、言い逃れできなかった」

「それで……手術とか」

「ぺろっとお尻出して、ぐりぐりされて薬塗って、おしまいだよ。何日かは座るのもつらかったけど、もうほとんど治ったから大丈夫。おならするとき油断しないように気をつけなさいって。お相撲さんがシコ踏むみたいに、股ひらいてやるといいんだってさ」

「うわははは、君枝山だな」

「ほらー、笑う。ホントに痛かったのにさぁ」

口をとがらせたあと君枝は、小学生の女の子みたいに無邪気な笑顔でワシを見た。

ワシの種が君枝の中で育ち、今度は誰かが君枝から種を受け取るのだろう。そんなふうに、想いはこちらが意図しないところで回っていくのかもしれない。

ならばワシはただただ、プラモデルを愛していこう。

どこかで勝手に咲く花を、知ることはなくても——。


ワシは飛行機を作る。

船も車も、あるときは街だってな。

その精巧な完成品に、子どもが目を見開いている。その子の隣で、今は父親となったかつての子どもが、なつかしそうにプラモデルの箱を手に取る。

ドールハウスのワークショップとやらにも、人が集まってくる。ひとり、またひとり。

小さな世界の創造に、みんなが夢中になる。頬を染めて、目を輝かせて。

でもそれはまだ、これからの話だ。

ワシはただの、プラモデル好きのジジイ。でもこんな老いぼれのそばにも、神はきっと、いつもいる。

[五枚目]

マンナカ

the words from
"MIKUJI"
under the tree

ぼくにとって最高に美しいものが誰かにとっては気味の悪いもので、だからぼくは何かを好きだって口にするのをやめた。触られないように、汚されないように、心の中にしまっておくんだ。

でもそんなふうに決めたら何を話せばいいのかわからなくなって、ぼくはあっというまに「しゃべんない根暗なやつ」になった。実際のぼくがどうであれ、みんなにとってそれが「深見和也《ふかみかずや》」という転校生なんだから仕方ない。

ぼくだって、最初のうち少しは努力したんだ。

七月という中途半端な時期に転校してきたぼくは、夏休み前のそわそわした教室で注目を一身に浴びた。前の小学校でぼくの学年は一クラスだけで、それも二十五人しかいなかったから、担任の牧村由紀《まきむらゆき》先生から「今日から四年三組ね」と言われたときはびっくりした。この小学校の四年生は、四十人のクラスが五つもあるのだ。教室の中にみっしりと詰まった机、みっしりと詰まった生徒。ぼくは指先がふるふると震えるのをぎゅっと握ってこらえながら、黒板の前に立って挨拶をした。誰も声ひとつ上げず、無表情でただ見つめられてとてもきゅうくつな気分だった。

その日、クラスの誰も話しかけてこなかった。時々、ちらちらっと視線を感じただけだ。

帰りの会が終わると、くだけた教室の中で男子が四人集まり、このあと遊ぶ相談をしていた。ぼくは思い切って近づいていき、なるべく明るく声をかけた。

「あの、ぼくもいいかな」

ぱきっと空気が固まった。四つの顔、八つの目が、ぼくに集中した。そして次の瞬間、同じタイミングで八つの目は仲間同士の間で泳ぎ始めた。

どうする？　どうする？　どうする？　どうする？

口にせずとも、絡み合う視線がそう語り合っていた。

ぼくはミスを犯したのだと後悔でいっぱいになった。そのうち一番体の大きい子がぼくを見た。

「おまえんちに行くならいいよ」

他の三人も、珍しい生き物を見るような目つきでぼくの返事を待っている。ぼくは内心、それはちょっと困るなと思った。お母さんがいないときに部屋に人を上げないようにって約束していたからだ。でもそんなこと、黙っていればわからない。これから友達になれるかもしれない子が、ぼくの家に来たいと言ってくれたのは嬉しかった。

それでぼくは自分の家を教えて、三十分後に約束して、急いで走って帰った。目につくところをざっと片づけて、冷蔵庫に麦茶のポットがあるのを確認して、コップを揃えて待った。

どこかで待ち合わせしたのか、四人はいっぺんにやってきた。「おまえんちならい」と言ってくれたのは岡崎《おかざき》くんという子だった。体ががっしりしていて、あとから聞いた話では小さいときから柔道をやっているそうだ。岡崎くんを先頭に玄関からぞろぞろと入ってくると、みんなは居間で好き好きに座ったりテレビをつけたりした。「プレステある？」と聞かれたので「ない」と答えると、「じゃあ、ウィーとかは」と言われた。それもない。

ぼくのほうから「麦茶飲む？」と尋ねると、「ジュースないの？」と聞き返された。ごめん、それもない。

岡崎くんは「あれやろうぜ」と言ってリュックからカードゲームを取り出した。あとの三人もめいめいにカードを出し、食卓でゲーム大会が始まった。ぼくの知らないゲームだった。四人掛けのテーブルは満席。ぼくはそばでただ見ていた。四人はおおいに盛り上がっていたけど、ぼくは存在を消されたように立っていただけだ。ぼく、本当にここにいるのかなと腕を軽くつねってしまったくらいだ。気がつかないうちに幽霊にでもなってしまったんじゃないかなって。

ゲームに区切りがつくと、岡崎くんは立ち上がって家の中を歩き出した。トイレ、風呂場、お父さんとお母さんの寝室。三人も岡崎くんの後をついていく。ぼくは四人の後ろでハラハラしていた。「狭い」とか「古い」とか「汚い」とか言われて、なんだか申し訳ないような気持ちになった。最後にぼくの部屋に入ると、岡崎くんは本棚のコミックをチェックし、「たいしたもん、ねえな」と言った。

「あれ、なに？」

窓辺の棚に置いたふたつの瓶を指さして岡崎くんが言った。ぼくの胸はちょっとふくらんだ。岡崎くんがぼくの宝物に興味を持ってくれたと思ったのだ。

ジャムの空き瓶に入っているのは、前の学校の校庭から採らせてもらったエゾスナゴケ。サツキの植え込みの間に生えてたやつ。湿ると星形になるんだ。かわいいだろ。もうひとつ、佃煮の空き瓶のほうは、前に住んでた家の庭のナミガタタチゴケっていうんだけど、波の形が優しくて気に入ってる。苔《こけ》って、すごくおもしろいんだよ。土がなくても大丈夫なんだ、葉で空気中の養分を吸ってるから。コンクリートとか石垣とか、そこらじゅうに居場所を見つけて、他の植物のじゃまにならないようにけなげに生きてるんだよ。

好きなところで好きなように生えてるから、苔に申し訳なくてめったに採取することはないけど、このふたつだけはね、記念に一緒に来てもらったんだ。

「それね、ぼくの……」

ぼくの説明を聞かず、岡崎くんは瓶を持ち上げてのぞき込んだ。

「うわー、なんだこれ。こいつ、カビなんか集めてんの」

他の三人も岡崎くんのところに寄っていき、大声で騒ぎ出した。

しゅるると、体ごと心がしぼんだ。カビじゃない。それは苔だよ。すごく大事にしてるんだ。叫びたかったのに、喉に蓋がされているみたいに声が出なかった。

「おまえ、深見じゃなくてフカビだな」

岡崎くんの発案に、みんなが爆発音みたいに笑った。

ぼくも笑おうとした。笑ってしまえば、みんなにとってもぼくにとっても、なんでもないことになる。そう思った。なのに勝手に涙がにじんできて、それに気づいた岡崎くんがしらけた顔をした。

「それ……苔だよ」

ぼくが震える声でせいいっぱい主張すると、岡崎くんは瓶を乱暴に置いた。

「カビも苔も同じようなもんじゃん、気持ちわりぃ」

同じじゃない。岡崎くんは、苔のことを何もわかっていない。カビは植物じゃなくて菌じゃないか。あいつらは苔の大敵だ。ぼくはこの子たちがカビないように、細心の注意を払っている。害しかない悪党のカビと、控えめで清らかな苔を一緒にされて、ぼくは心の底から不本意だった。

岡崎くんは他の三人に向かって「ゲームやろうぜ」と言い、四人は居間に戻っていった。ぼくは窓際に駆け寄った。よかった、無事だった。瓶を振られてぐちゃぐちゃになったりしていないのがせめてもの救いだ。もちろん、カビも生えていない。

岡崎くんたちは再びカードゲームに興じると、三十分ぐらいして帰っていった。そしてその日からぼくは、フカビになった。

それからすぐに夏休みに入り、新学期になれば何か変わるかなと思っていたけど、やっぱりぼくはフカビのままで、誰とも打ち解けることができなかった。暴力を振るわれるとかいやがらせをされるとか、目立ったことは何もない。仲間はずれともまた違う。でも誰にも話しかけられず、ぼくから話しかけることもなく、休み時間や放課後はいつもひとりだった。

席替えのクジを引いたら、いったん隣になった子が牧村先生に何か言われて、代わりに岡崎くんがきた。体に鉛をぶちこまれたような気がした。

「よう、フカビ」

岡崎くんはにやにやとぼくの隣の席に座った。

それからが地獄だった。岡崎くんは何かにつけ、大きな声でぼくを構うのだ。ぼくの筆箱を勝手にチェックして鉛筆の本数が少ないからもっと持ってこいとか、おまえの図工の絵はしょぼいから手伝ってやるとか、うんざりするようなことばっかり。いつのまにか岡崎くんはぼくの「担当」みたいになっていて、他の子たちはなおさらぼくに近づいてこなかった。

なんでだろうと不思議だったんだけど、理由はすぐにわかった。放課後に牧村先生に呼び止められたときのことだ。

「深見くん、学校慣れてきた?」

ふわりとスカートの裾が揺れる。牧村先生は教師になって三年目で、いつもフリルとかリボンとかのついた洋服を着ていて、友達みたいに生徒と親しくしてくるので人気があった。ぱっちりした目にはくるんと上向きのまつげがくっついている。

ぼくが軽くうなずくと(だってそうするしかない)、牧村先生は嬉しそうに両手を合わせた。

「よかった。すぐニックネームもついて、仲良くしてもらってるもんね。フカビーなんて、ゆるキャラみたいでかわいいじゃない」

仲良くしてもらってる。

あだ名の由来を先生が知らないのは仕方ないとしても、そっちのほうにぼくは少し傷ついた。牧村先生はちょっとだけ腰をかがめて言った。

「わからないこととか困ったことがあったら岡崎くんに聞いたらいいよ。先生、深見くんを助けてあげるようにって岡崎くんに頼んでおいたから」

アイドルみたいに整った顔をかしげながら、牧村先生は得意げに笑った。そうか、そういうことか。全身から力が抜けて、座り込みたくなった。話は終わったはずなのに、先生はにこにこしながらぼくの前に立っている。それでぼくは、先生が感謝の言葉を待っているのだとわかった。

「……ありがとうございます」

「いいのよ。休み時間にいつまでもひとりじゃ、かわいそうだからね」

牧村先生は満足した様子で、二層に塗られた爪をぴらぴらと振り、去っていった。

休み時間は、集まって大声で騒ぐよりも、おとなしくひとりでいたほうが目立つのだ。ぼくは牧村先生にとって「かわいそうな生徒」だったのだと、そのとき知った。


静岡の田舎町から引っ越すことになったのは「お父さんの仕事の都合」だ。ぼくはそれしか聞かされていない。ただ、お父さんの会社がアブナイって、どういうことなのかよくわからないけど夜中にそんな話をしているのがちらっと聞こえたことがあって、原因はそれかもしれないと思う。それまで住んでいた二階建ての一軒家から東京のアパートに来てすぐ、お父さんは知り合いのいるガラス工場で働き始め、お母さんもスーパーでレジ打ちのパートを始めた。

それまで専業主婦だったお母さんは、慣れない立ち仕事にいつもくたびれている。それでもぼくのことがとても気になるようで、しょっちゅう「学校はどう？」と心配そうに訊いてくる。

楽しいよ、先生も優しいし、クラスの子たちもみんなおもしろい。ぼくは言葉を変えながら、おおむねそんな感じに伝える。休み時間にひとりでいてもぼくはそんなに困ってないけど、自分の子どもに友達がいるかどうかって、親にしてみたらものすごく深刻な問題らしかった。

お父さんに夜勤シフトができ、夕飯の食卓にはスーパーの惣菜がよく並ぶようになった。そのことについてはなんの不満もない。ただ、ふたりになるとお母さんがやたら同じことを言うのがちょっとしつこい。今日もまただ。

「和也、学校は大丈夫？　いじめられてない？」

「大丈夫だよ」

ぼくは笑う。本当に大丈夫だよ、お母さん。ぼくはいじめられてなんかいない。ただ、浮いているだけだ。

「それならいいんだけど。牧村先生も、この学校にはいじめはありませんって言ってたもんね」

ぼくは黙って味噌汁をすする。お母さんが何か思い出したように席を立った。

「今日ね、パートの人にもらったんだけど」

チラシを一枚、ぼくによこす。公文教室の無料体験案内だった。

「こっちの子ってみんな、塾とか習い事とか行ってるんでしょう。あんまりお金のかかることはさせてあげられないけど、公文ならどうかなと思って。体験は無料だから、行くだけ行ってみたら？」

ぼくはチラシを受け取る。たいして興味はないけど、お母さんの必死な笑顔を拒むことはできなかった。

「うん、行ってみるよ。来週の水曜日だね」

快活にそう答え、ぼくは出来合いのメンチカツにかぶりついた。


月曜日、朝礼でちょっとした事件が起きた。

夏休みの宿題で「平和についての標語を作る」というのがあって、各クラスで一名、優秀賞が選ばれて賞状をもらうことになった。蒸した体育館の中で、ひとりひとりの名前が呼ばれ、ひとりひとりが壇上に並ぶ。ぼくたち生徒は完全にだれていた。なにしろ時間がかかりすぎる。

突然、壁際でわっと声が上がった。山根《やまね》先生が倒れたらしかった。山根先生は色白のひょろりとした男の先生で、四年二組の担任だ。牧村先生と同じぐらいの年だけど、あんなふうにはつらつとしていない。いつもどこかおどおどしていて、がりがりに痩せている。

床にぺたりと伏した山根先生の周りに、数人の先生が集まっている。生徒たちは壇上よりもそちらに集中していて、ぼくもかかとを上げて様子をうかがった。

そのとき、白くて大きい誰かがすごいスピードで走ってきた。一瞬、マントを翻《ひるがえ》すヒーローに見えたけど、それは白衣を着た養護の姫野《ひめの》さゆり先生だった。ぱーんと太っていて、髪の毛がちりちりで、腕も足もボリュームがある。先生は倒れている山根先生に軽く声をかけ、体の下にわしっと手を入れた。

ひょい。姫野先生は山根先生を軽々とお姫様だっこして、どすどすと歩き出した。迅速なその行為に、ぼくは目を見張った。

体育館が割れるかと思うくらい、生徒たちが大爆笑した。先生たちも笑っていた。でもぼくは笑えなかった。何がおかしいのか、さっぱりわからなかった。

山根先生は大丈夫だろうか。それに。かっこいい、かっこいいなあ、姫野先生。

姫野先生は体育館の隅に山根先生をそっと下ろした。ドアが開け放たれて風のよく通るそこは、日陰になっていて涼しそうだ。姫野先生は白衣を脱いでくるくると丸め、枕を作って山根先生の頭をそこに乗せた。

「捕獲されちゃったよ、ヤマネ」

岡崎くんが言った。その周囲にいたやつらがどっと笑う。ふと岡崎くんと目が合った。笑っていないのはぼくだけだったのだろう、キッとにらまれた。それでぼくは、唇の端っこをがんばって上げてみた。ほっぺたがぴくぴくと痛かった。

姫野先生は普段から決して愛想がいいほうではなく、むしろいつもぶすっとして見えた。眉毛が太くて目がぎょろっとしていて、前ボタンを留められないくらい白衣がぱつぱつだった。生徒たちの姫野先生への態度といったらひどいもので、廊下ですれ違うと「うわ、来たよ」と聞こえるように言ったり、わざとらしく壁にひっついて避ける子もいた。「姫野さゆり」という世にもかわいらしい名前も、かえって生徒たちの嘲笑を誘うらしかった。

この学校にいじめはありませんって牧村先生は言ったけど、こういうのって、いじめじゃないのかな。生徒同士のトラブルにはピリピリと慎重なのに、生徒が先生に対して残酷なしうちをすることに、学校はどうしてこんなに無頓着なんだろう。

四時間目の終了を知らせるチャイムが鳴り、とたんにみぞおちが重くなった。席替えをしてからずっとそうだ。

給食は、配膳のときにどうしても食べられないものをよけてもらったり、量を減らしてもらうことができる。ぼくは嫌いなものはそんなにないけど、このところ量をどんどん減らしてもらうようになった。今日はひとくちも食べたくない気分だったけど、そういうわけにもいかないだろう。クリームシチューもキャベツとツナのサラダも大好きなのにぜんぜん食欲がわかない。残すと騒がれるからほんの一口ずつ盛ってもらった。

席に戻ると岡崎くんが目の前にいる。給食の時間は席を向かい合わせにくっつけて食べるようになっているから、必然的に岡崎くんと対面になるのだ。

国語で意見を言い合うとか、理科の実験とか、授業中のグループ活動はなんとか乗り切れた。他のほうを見て作業したり、ノートに書き込んだりしていれば時間が過ぎる。でも給食だけは逃れられない。緊張する相手を目前にしながらものを食べるということが、こんなにも苦痛だとは知らなかった。岡崎くんは「なんだよフカビ、それだけ?」とつっこんでくる。

「そんなんじゃ、大きくなれないぞー」

岡崎くんは大人ぶった口調で言った。班の子たちが笑う。ぼくもうつむいたまま唇を上げる。こういうのが、牧村先生には「仲良くしてもらってる」って見えるんだろうな。でもそりゃそうだ。意地悪されてるわけじゃない。なのに、なんでこんなにイヤな気持ちになるんだろう。

岡崎くんはぼくにはわからないゲームの話をして班の子と見せつけるみたいに笑ったり、クラスメイトの悪口を言ってぼくを含めた周囲に同意させたり、「すごいね」と言わざるを得ない自慢話をしてくる。ぼくはなるべく岡崎くんを見ないように下を向き、シチューをなんとか飲み込んだ。給食のおばさん、ごめんなさい。きっとおいしいのに、今のぼくにはなんの味もしない。

水曜日、学校が終わってからぼくは公文教室に行った。

チラシに書いてある地図の通り行くと、古いビルの三階に看板が見えた。一階は使われていないのか、シャッターが下りていた。

がたがたと音のするエレベーターに乗り、ドアを開ける。お母さんが事前に連絡しておいてくれたので、公文の先生はすぐに「深見和也くんね。こちらにどうぞ」と笑いかけてくれた。

案内された席に向かって、心臓がとまるかと思った。そこに岡崎くんがいたのだ。

「あれっ、フカビじゃん！」

岡崎くんのそばにいた数人がいっせいにぼくを見る。違うクラスの子なのか、他の学校の子なのかわからない。とにかく知らない顔だ。ぼくは動けなくなった。

「こいつ、フカビっていうんだぜ。なんでかっていうとーぉ」

もったいぶったように岡崎くんは調子をつけた。やめて。やめてやめて。帰りたかった。最初から公文なんてどうでもいいんだ。でもそんなことしたら、お母さんに連絡がいくだろう。ただでさえ心配性のお母さんに知られたくない。

ぼくは黙って席に座った。岡崎くんが極秘情報みたいにひそひそと何かを言い、それを聞いた子たちが「うそー！」とか言いながら笑った。

先生が算数のプリントを持ってくる。ぼくはひたすら問題だけを見ていた。そこに書かれた掛け算の数字は、頭に入ってこないまま紙の上に散らかっていた。

公文が終わると、ぼくは岡崎くんが他の子たちと話しているうちに急いで部屋を出た。このまま来た道を帰ったら会ってしまうかもしれない。ぼくはエレベーターが一階に着くとすぐ、ビルの隣にあった細い道を曲がった。奥のほうに神社があるのが見えた。

ぼくが神社の前に着くと、ちょうど人が出てきた。女の人と小さな男の子だ。きっと親子だろう。お母さんのほうは、髪の毛をおしゃれに結んで明るい水色のスカートを穿いたきれいな人だった。男の子はお母さんと手をつないでにこにこしている。ぼくのお母さんのやつれ具合と比べたら、いかにも余裕があって幸せそうだ。パートとかも行かないで、ずっと家にいるのかな。だとしたら、うらやましいな。ぼくも学校に行かないでずっと家にいられたらいいのに。

石造りの鳥居をくぐる。右側に手水舎があって、ぼくはそこで手を洗った。ハンカチを忘れてしまったのでズボンでごしごし拭く。ぐるっと神社を見回したら、なんだかほっとした。ぼくの他に誰もいない。日が暮れかけていて涼しかった。

拝殿の前に立ち、思いっきり鈴を揺らした。がらんがらんと低い音が響いて、神様にちゃんと届いた気がした。でもお賽銭がない。どうしよう。

ぼくはしっかり手を合わせて目をぎゅっとつぶり、まず謝った。お金がないのに、お願いごとをしてごめんなさい。でもどうか、聞いてください。

学校に行くのが、つらくなくなりますように。

目を開けて拝殿を見る。中に、おみこしみたいなものと丸い鏡があった。聞いてもらえたかな。神様ってどんな姿をしてるのかな。

そのまま目を上にずらし、屋根を見てぼくはにんまりした。銅ぶきの屋根。拝殿をかこっている石垣の端が、ハンカチをかぶせたように苔で覆われている。ほら、やっぱりあった。これ知ってる。ホンモンジゴケっていうんだ。銅ぶきの屋根の下によく生えてて、お寺とか神社とかが好きなシブいやつ。しゃがみ込んで人差し指で触っていたら、ぼくの横をすうっと黒い生き物が横切った。

猫だ。背中がつややかに黒くて、足先は白い靴下を履いてるみたいだ。

猫は流れるような動きで樹の下の赤いベンチに乗った。耳や目の周りが黒くて、眉間から首元にかけて三角を描くように真っ白だった。

前足を揃え、後ろ足を折りたたむみたいにして座るその猫は、気品があってとても美しかった。何か用事があるのかなと思うくらい、ぼくをじっと見ている。ぼくはベンチに歩み寄り、話しかけた。

「隣に座っていいですか」

猫はこくんとうなずいた。

そんなことあるはずがない。でも、本当にそう見えた。ぼくはそうっとベンチに座った。猫はやっぱりぼくをじっと見上げている。黄金色の透き通った瞳で。ぼくは打ち明けたくなった。

「……学校に行くのが、つらいんだ」

猫はまだ、じっとぼくを見ている。

「特に給食がね、つらくてたまらない。今度席替えしたって、牧村先生がまたよけいなことして岡崎くんを隣にするかもしれない。学年が変わるまであと半年の我慢だって思うけど、その半年がぼくにはとてつもなく長く感じるんだ。それに、来年また同じクラスになったらって思うと、耐えられるか自信がなくなって……」

途中まで言いかけたとき猫がぼくの腿《もも》に頭をこすりつけてきて、ぼくは泣きたくなった。なぐさめてくれてるの？　ぼくはそうっと手を伸ばし、猫の頭をなでた。やわらかくてしなやかな毛。その下に薄い肉、その下にかたい骨。感じる。あたたかい生命のかたまり。猫は嘘をつかない。無理して笑わない。変な気を回さない。正直なぼくに正直に寄り添ってくれる。そのことがぼくをとても安らかな気持ちにさせた。

ぽたぽたと涙のしずくが垂れてきて、猫の背中を濡らした。猫は気持ちよさそうに目を閉じてぼくに体を預けている。傘の柄みたいなしっぽがゆら、ゆらと静かに振られていた。

「ありがとうね」

ぼくが言うと、猫はゆっくり体を起こし、優しくほほえんだ。自分でもおかしいと思うけど、でも確かにほほえんだ。そしてすとんとベンチから降り、樹の根元に向かっていく。お尻には白い星の形がスタンプを押したみたいについていた。

　ぼくも立ち上がって猫のそばに行く。その樹は緑色の葉っぱが生い茂っていて、よく見るところどころ裏側に何か書かれていた。ハガキの木だ！　静岡の郵便局にもあった。引っかくとこんなふうに茶色く残るんだ。課外授業で、お手紙を書きましょうって一枚ずつ配られたことがある。切手を貼ればちゃんと届くから、おばあちゃんに暑中見舞いを送ったんだ。なつかしいな。

「家内安全」とか「リア充になりたい」とか書かれてる葉を見ていると、猫が樹の周りをとことこ歩き出した。楽しくなってぼくも後をついて一緒に回った。すると猫は突然ダッシュし始め、ぼくがあっけにとられて立ちすくんでいるうち竜巻みたいにぐるぐる何周もした。そしてまた突然、ぴたっと止まり、左足をさっと上げた。ボタンを押すみたいに樹の幹に肉球を当てると、ひらひらっと葉が一枚落ちてくる。

　マンナカ。それはどこか知らない国の名前に見えた。それとも、人なのかもしれな

い。でもやっぱり、日本語で真ん中かな。

「マンナカって、真ん中のこと?」

ぼくが猫に訊ねると、さあねとでも言うように首をかしげてさっと走り出した。わかった、宝探しだ! この神社の真ん中に、何か隠してあるんだ。

ぼくは猫を追った。でも、すごい速度で行ってしまったのでどこにいるのかわからなかった。案内してくれるのかと思ったからちょっと拍子抜けしたけど、それでも高鳴る胸で神社を見回してみる。どこが真ん中なんだろう。拝殿とハガキの木の間に細い階段が続いていて、上にも何かありそうだ。神社は複雑な形をしているらしかった。ぼくは葉っぱを持ったまま階段を見上げた。下からは生い茂る深緑の樹しか見えない。人けがないのでちょっとこわかった。でも、せっかく猫が教えてくれたんだ。ぼくはぎゅっと歯を食いしばり、階段に足をかけた。

上っていくうち、緑のにおいが強くなってくる。ぼくはなるべく何も考えないように……つまり、おばけとか天狗とか盗賊が潜んでるんじゃないかって想像をかき消すように、一歩ずつ数えながら上り切った。階段は四十五段だった。

階段の上には、下にあったのよりもっと大きな社があった。鈴も立派だ。両脇で狛犬が番犬みたいに見張っていた。左手の少し小高い丘に、人がひとりくぐれるぐらいの小さな鳥居と赤いのぼりがある。あたりは何本もの高い樹でかこまれていて、サワサワと葉が揺れていた。

ザッと落ち葉を踏む音がして、社の裏側から大きなものが現れた。熊？　ぼくはびっくりして飛び上がり、尻もちをついてしまった。

「おっと、大丈夫ですか」

熊じゃなかった。青い着物みたいな服のおじさんだった。ずんぐりした体だけど、声は優しい。おじさんは片手を差し出してぼくを起こしてくれた。

「驚かせてしまいましたか。失礼しました」

おじさんはもう片方の手に竹箒を持っている。お掃除の人かな。

「もう暗くなりますよ」

「あの、この神社の真ん中って、どこですか」

「真ん中？　はて、どこになるのかな」

おじさんは顎に手を当て、真剣な顔で考えてくれた。

「猫の宝探しです」

ぼくが葉っぱを差し出すと、おじさんは「ああ」と顔を輝かせた。おじさんも知ってるんだ、宝探しのこと。

「それはいいものをもらいましたね。あなたは運がいい。でも宝はこの神社にあるとは限りませんよ」

「どういうこと？　あの猫は、なんなんですか」

「わたしたちはミクジと呼んでいます。その言葉はあなたへのお告げですから、どうぞ大切に」

「お告げ？　宝探しじゃないの？」

「うーん。あなたが思っていたのとはちょっと違うかもしれませんが、宝探しという表現はぴったりだとわたしは思います。すぐに見つかるかどうかは、わかりませんけれども」

カラスが鳴いている。おじさんの顔が夕陽に照らされて赤くなっていた。

「さあ、もうお帰りになったほうがいい」

おじさんがにっこり笑った。ぼくはミクジというあの猫がそのあたりにいないかとキョロキョロしてみたけど、姿はなかった。

「また来てもいいですか？」

「もちろん。いつでもいらしてください」

振り返って階段から見下ろすと、そこには街が広がっていた。ぼくはおじさんと一緒に階段を降り、ぺこんとお辞儀をして家に帰った。

翌朝、岡崎くんが「おまえ、公文来るの？」と聞いてきた。わからない、とぼくは消しゴムを見ながら答えた。岡崎くんと話すとき、ぼくはいつも下を向いているので、視界に岡崎くんはいない。岡崎くんの顔を見るのは話しかけられたときの一瞬だけで、あとは自分の手だったりノートだったり黒板だったり、立っているときなら上履きだったりを見ている。目を合わせるだけで体がこわばってしまうからだ。骨からがっしりと太そうな岡崎くんの圧迫感。ぼくは何かを吸収されて、さらにどんどん縮んでいく気がする。同級生なのに、ゾウとネズミぐらいの差があるんじゃないかと思う。

牧村先生が教室に入ってきて、教壇の前に立った。

マンナカ。ミクジのお告げを思い出す。あの葉っぱは、こっそり持ち歩いている苔のポケット図鑑に挟んである。真ん中って、どこのことなのかな。たとえば学校の真ん中？　教室の真ん中？

先生が言った。

「今日の学活は、合唱コンクールの指揮者とピアノ伴奏者を決めます。学級委員さん、司会やってください」

「はーい」

岡崎くんが席を立った。委員長だからだ。副委員長の楠田《くすだ》さんも前に出る。

「立候補、ありますか」

岡崎くんが場をしきる。楠田さんはチョークを持って黒板の前に立っていた。司会を完全に岡崎くんに譲り、書記に徹するつもりなのが明らかだった。

指揮者の立候補は出なかった。

「立候補がいないなら、推薦になりますけど」

見計らったように日下部《くさかべ》くんが「岡崎くんがいいと思います」と言った。ぼくが転校してきた日、うちに来た男子のひとりだ。

「ええ？　まあ、いいかぁ」

岡崎くんは驚いたふりをしていたけど、この展開はほとんど台本通りだったのだろう。他に推薦がいるかを確認したけど、誰も手を挙げなかった。牧村先生が「決まりね」と拍手をし、クラス全員がそれに倣った。ぼくもだ。

はっとした。

この教室では、岡崎くんが真ん中だ。ぼくはそれに気づいてがっかりした。でも、そういうことなのかもしれない。真ん中にいる岡崎くんの後にくっついていれば、岡崎くんの言うことにちゃんと笑ったり同意したりしていれば、とりあえず丸くおさまるだろう。

宝って、そんなこと？

ピアノ伴奏者はなかなか決まらなかった。立候補も出なかったし、ピアノを習っている女子ふたりが推薦されたけどどちらも嫌がった。

「松坂《まつざか》さんと遠藤《えんどう》さんで、多数決を取ります」

岡崎くんは強引に進めようとする。松坂さんが「ちょっと待って！」と声を張りあげた。

「私、腱鞘炎《けんしょうえん》でピアノ休んでるんです。だからできません」

岡崎くんは「そっか」とあっさり引き下がった。松坂さんは普段からハキハキとした明るい子だ。そのストレートで端的な言い方には、岡崎くんが引っかかる隙がなかったのだろう。直球。これも「真ん中」だ。ぼくはなるほどと小さくうなずく。

岡崎くんは当たり前みたいに言った。

「じゃあ、遠藤さんにお願いします」

遠藤さんはびくっと肩を震わせ、青ざめた顔で小刻みに首を横に振った。いつも静かで、決して自己主張することのない遠藤さん。本当にやりたくないんだ。ピアノを習ってるからって、弾けるからって、合唱コンクールの伴奏者をやりたいとは限らない。

「……できません」

かぼそい声で言われて、岡崎くんは眉をひそめた。

「遠藤さんも腱鞘炎なんですか？」

「そうじゃないけど……私……やりたくな……」

泣きそうになりながら声を絞り出す遠藤さんに、岡崎くんは凄んだ。

「じゃあ、うちのクラスだけ演奏なしですか？」

遠藤さんは黙ってうつむいた。

「みなさんは、どう思いますか」

教室は水を打ったようにシンとしている。岡崎くんがきっぱりと言った。

「決を取ります。うちのクラスだけ、演奏なしがいいと思う人」

全員が固まった。手を挙げないどころか、ぴくりとも動かない。

「では、遠藤さんがやったらいいと思う人」

ふわああっと、波が押し寄せるみたいに手が上がる。真ん中。これが真ん中の意見。ぼくもここで手を挙げるべき？　そうだ、みんなと同じにしておけば安全だ。右手が机の上から十センチくらい浮いた。でも。

――違う。こんなの、違う。

ぼくは手を机に戻す。岡崎くんの視線を感じたけど、ぼくは下を向いて両手を握ったままじっとしていた。

教師席にいた牧村先生が、遠藤さんのそばに歩いていった。

「遠藤さん、このクラスは他にピアノ弾ける子いないのよ。せっかくだからがんばってみようよ、ね。いい思い出になるよ。先生も練習につきあうからさ」

遠藤さんは答えなかった。先生は遠藤さんの肩をポンと叩き、みんなに「はい、じゃあ次は、自由曲を決めようか」と言った。きっとあとから、先生がなんらかの形で遠藤さんを説得するんだろう。

ぼくはもやもやしたままそのあとの授業を過ごし、給食の時間がやってきた。

今日の献立は、コッペパン、白身魚のフライ、かぼちゃのポタージュ、インゲンのサラダ。フライとパンは減らせないから丸ごとひとつ。ポタージュとサラダは一口ずつ。いつにも増してみぞおちが重い。このパン、こっそり鞄に入れて持って帰ろうかな……。パンを片手に眺めていたら、向かい合った席から岡崎くんが言った。

「フカビ、おまえも腱鞘炎？」

「……うん」

「なあんだ、手が痛くて挙げられないのかなあって心配しちゃった」

意味がわかっているのかわかっていないのか、隣に座っていた手塚《てづか》くんがへらりと笑う。手塚くんのことは好きでも嫌いでもないけど、それを見てぞくっとした。ぼくもこんなふうに笑ってるときがある。心なんてどこにも入ってなくて、ただその場をやりすごすための笑顔。紙にペンでささっとてきとうに描いたみたいなうすっぺらい笑顔。

もう限界だった。ここにいたら、ぼくはどうにかなってしまう。体が勝手に動いていた。ぼくはパンを持ったままふらふらと席を立ち、ドアに向かった。

「なんだよ、フカビ。どうしたんだよー！」

ざわめきの中から、優等生を装った岡崎くんの大声が一本の矢みたいにぼくめがけて飛んでくる。ぼくはその矢が背中に刺さらないように、急いで廊下の先へ逃げた。

無我夢中で走って一階に降りてきてしまったけど、どこへ行けばいいのかわからなかった。このまま家に帰るともっと面倒なことになりそうだし、かといって教室に戻ることもできない。

パン。パンを持ったままだ。どうしよう。ズボンのポケットには入らないし。食べてしまうしかない。でもどこで？

完全にひとりになれるところといったらトイレしか思いつかず、ぼくは一階の端まで歩いた。男子トイレの中に入ろうとしたら、ちょうど誰かが通りがかった。白衣を着た養護の先生だった。

ぼくは思わず立ち止まった。朝礼でぼくを感動させた、あの姫野先生だ。ぼくはまじまじと姫野先生を見つめた。街を歩いていて思いがけずスターに会ったような気分だった。

「どうした？」

話しかけられた。スターに。

「食べようと思って……」

とっさのことで、そう答えてしまった。

「ここで？」

姫野先生は大きな目をぐりっと動かしてパンを見た。ぼくが黙ると、先生は表情も変えずに言った。

「保健室に机と椅子があるよ」

のしのしと廊下を歩く姫野先生の後ろを、ぼくはついていった。先生は何も訊かなかった。もしここで「トイレで食べるなんて不潔だからやめなさい」とか「何があったのか、先生に話しなさい」とか言われていたら、ぼくは本当にもう誰とも口がきけなくなっていたかもしれない。でも姫野先生のさらりとした「机と椅子があるよ」は、「君の場所があるよ」と言ってもらえた気がして、ため息が出るほどほっとした。

保健室は一階のつきあたりにあった。外からも出入りできるようになっている。中に入ると、長テーブルで給食を食べている生徒たちがいて驚いた。女子がふたり、男子がひとり。学年もばらばらみたいだ。

「好きなとこに座っていいよ。あの子たちと一緒でもいいし、窓際にも席あるし」

窓際にはひとり分の机と丸椅子がひとつ置いてある。机の上にあった書類を姫野先生がどかしてくれたので、ぼくはそこに座りパンをかじった。長テーブルの子たちはぼくに気を留める様子もなく静かに食べていたけど、ごくたまに、ささやくみたいに話をしたり、ちょっとだけ笑い声を立てたりしていた。野原で小鳥を見ているような、平和な光景だった。

姫野先生はふらっと出ていき、ぼくがパンを食べ終わったころにふらっと戻ってきた。

「牧村先生に、深見くんが保健室にいること伝えてきたよ。もう少しここにいてもいいし、授業が始まったら戻ってもいいし、好きにしていい」

びっくりした。ぼくは何も言っていないのに、姫野先生とは初めて話したのに、四年三組の深見だってどうしてわかったんだろう。ぱちぱちと瞬きしていたら、姫野先生が「上履き」と言った。ああ、なんだ、そうか。「4―3　深見」って、マジックで書いてある。

ははは、と姫野先生が笑った。ぼくも笑った。

五時間目が始まってから勇気を出して教室に戻ったものの、お母さんに黙っておいてほしいというのは無理な注文で、その日の夜に牧村先生から電話がかかってきた。お母さんはひたすらおろおろと、受話器を持ったまま頭を下げたり涙ぐんだりしていた。こういうときに限ってお父さんは日勤で夕方に帰ってきていて、晩ごはんを一緒に食べているところだった。

「いじめとかじゃないんです」

牧村先生は繰り返しそう言ったらしい。

「岡崎くんは、深見くんがクラスに早くなじめるようにって、協力してくれてるだけなんです。でも元気が良すぎて、深見くんはちょっとびっくりしちゃったかもしれませんね」

放課後に牧村先生にいろいろと尋問されたけど、ぼくはかたくなに「教室で給食を食べたくなかった」としか言わなかった。たぶん、岡崎くんから何か聞いたんだろう。岡崎くんの都合のいいように、先回りして。

途中でぼくも電話に代わり、結論として、ぼくが望むなら保健室で給食を食べてもいいということになった。牧村先生はなぜかずっとハイテンションで、電話を切ったあとぼくはぐったりと疲れてしまった。

お母さんから話を聞くと、お父さんはイライラと怒り始めた。

「その岡崎っていうのが、乱暴するのか」

「乱暴はしない。ちょっと、イヤなこと言ってくるだけ」

「イヤなことってなんだ」

「深見じゃなくてフカビだとか。ぼくが好きなのは苔なのに、カビだって」

親がいないときに家に上げたことを知られたくなくて、ぼくは言葉をにごした。

「それくらいでなんだ！　甘えるな」

お父さんがテーブルをドンっと叩く。お椀の中の味噌汁が揺れた。

「大人になったらもっともっと、つらいことが山ほどあるんだぞ。そんなことぐらいでくじけててどうするんだ」

これよりも、もっともっとつらいことが山ほどあるのか……。ぼくはげんなりして、おなかがすいているはずなのに箸が動かせなかった。お母さんが涙声で言う。

「和也だって、慣れない環境で一生懸命なのよ。そんなに叱らないであげて。給食の時間だけよ。授業はちゃんと出るもんね、和也」

目が泣いているのに、口元はせいいっぱい笑おうとしている。ぼくは大きくうなずいた。

ごめん。ごめんなさい、お母さん。うまくやれなくて。心配かけて。引っ越すことが決まってから、お母さんの本当の笑顔をぼくは見ていない。

翌日、岡崎くんはひとことも話しかけてこなかった。楽だった。でもそれはそれで気が張っていたらしい。四時間目が終わったとき、右腕がかちこちになっていた。岡崎くんの席のほうだ。

配膳当番に給食をよそってもらうと、ぼくはトレイを持って保健室へ向かった。廊下を歩いていると、なんだか心が静まった。

あ、ぼくは今、ひとりだけ真ん中から外れたな、と思った。みんなのいる道路の真ん中で、なんとかついていかないといけないって思ってたけど、一度外れて草むらを歩いてみるとなんてことはなかった。もしかしたら今ごろ教室でぼくの悪口を言われてるのかもしれない。だけどそんなのぜんぜん、どうでもよかった。唯一、お母さんのことを思うと胸がちくりとするけど。

今日の献立は、チリコンカンときのこスープ、食パンにフライドポテト。きゅるっとおなかが鳴った。保健室には昨日の女の子たちふたりがいて、長テーブルでものすごく細かい塗り絵をしていた。この子たちは、朝からずっとここにいるのかな。草むらはのどかだ。

学校を休んでいるのか教室にいるのか、男子はいない。姫野先生はファイルのいっぱい立ててある机で何か書き物をしている。ぼくを見て「おう」とだけ言った。

知らない子が給食を運んできて、片方の女の子の前に置いた。持ってきてもらってるんだ。もうひとりの分も、その子のクラスの誰かが運んでくるのだろう。

ぼくは窓際の席にトレイを置き、外を見た。まだ誰もいない校庭には、砂ぼこりが舞っている。シャツの下に入れておなかに隠してきた苔のポケット図鑑を取り出す。トレイの横に置いて、ぼくは給食を食べ始めた。

後ろでジャッとカーテンを開ける音がして振り返ると、ベッドから誰かが起き上がってきた。山根先生だ。そこで人が寝てたなんて、気がつかなかった。

「大丈夫？」

姫野先生が声をかける。山根先生は恥ずかしそうに笑った。

「だいぶいいみたいです。お世話かけました」

ポロシャツのよれを直しながら山根先生は出てきて、ぼくと目が合うとにっこり笑った。

「あ、苔の本？」

山根先生がぼくのところに来た。とてもやわらかで親和的な言い方だった。

「苔、好きなの？」

そう訊かれて、ぼくは食パンをもぐもぐさせながらうなずく。山根先生は「僕も大好きだ」と言い、何か思い出すように目を閉じた。

「雨あがりに苔が濡れてキラキラしているのなんて、幻想的でうっとりする」

感激のあまり、息が止まった。そう、本当にそうなんだ。山根先生はちゃんとその景色を見たことがあるんだ。ぼくに話を合わせようとしてるわけじゃない。

「本、見てもいい？」

「はい」

もちろん。ぼくは嬉しくて照れくさくて、にやにやしながらフライドポテトをつついた。

「ずいぶん読み込んであるね。苔も本も喜んでるよ」

山根先生はていねいな手つきでページをめくる。ぼくは答えた。

「前の学校で、それを見ながら友達と一緒に探したりしたから。……でもこっちでは、カビと間違われたりして」

悲しくなりました、と言おうとしてそこで止めた。先生に告げ口したとなるとまたややこしいことになる。山根先生は穏やかな笑みを浮かべ、予想外のことを言った。

「カビも、顕微鏡で拡大してみるとけっこうきれいだよ」

ぼくはフライドポテトを噛む口を止めた。

「そうなんですか」

「うん。人間や他の生き物を困らせることもあるけど、チーズをおいしくしたり、薬になって助けてくれたりもするんだ」

衝撃だった。ぼくはカビをよく知りもしないでただ嫌っていた。完全なる悪としか思わなかった。気持ち悪いって。でもそれじゃあ、ぼくだって岡崎くんと変わらないじゃないか。

山根先生はそっと本を戻し「ありがとう」と言った。やっぱりちょっとしんどそうだ。

「具合、悪いんですか」

ぼくが尋ねると山根先生は弱々しく答えた。

「ちょっとね、眠ったり食べたりすることがへたくそになっちゃったんだ」

ほほえんでいるけど、せつなそうだった。

「じゃあ、また本見せてね」

山根先生はぼくにそう言って、姫野先生にお辞儀をして出ていった。どうしてぼくが保健室で給食を食べているのか、山根先生も訊いてこなかった。保健室は不思議な場所だ。牧村先生もお父さんも、ぼくに質問ばっかりしてきたのに。山根先生は給食食べないのかな。

ぼくは給食を食べ終わると、保健室を出て図書室に行った。昼休みの図書室は、司書さんがひとりと、上級生が数人、座って本を読んでいるだけだった。

カビの図鑑は、ぽつんと一冊あった。ぼくはそれを借りて苔のポケット図鑑と一緒におなかに隠し、教室に戻った。

絶対に絶対に絶対に、誰にも見つからないように。

土曜日の午後、ぼくはまたあの神社へ行ってみた。ミクジに会いたかったからだ。

神社の中をたくさん歩いた。下の拝殿も、階段の上も。雑木林につながっていることに気づいてぼくはどきどきした。石碑、樹の幹、植え込みの土……。あちこちに美しい苔が生えている。小さな池もあって、その周りに敷きつめられた大振りの石には、ふかふかの豊かなエビゴケが密集していた。

ぼくはしゃがみ込んで苔をなでた。こうすると、苔と仲良くなれる気がする。ちっちゃくてよくわからないけど、なでてあげると芽や葉が飛んで繁殖に役立つってポケット図鑑で読んだ。

結局、伴奏者はなんと、松坂さんに決まった。合唱コンクールまで日があるので、少しすれば腱鞘炎も治ると思うと言って申し出たらしい。

学校の帰り道で松坂さんが女の子たちと話しているのが聞こえた。もともと腱鞘炎はたいしたことはなく、気が乗らないので一度断っただけのようだった。

「岡崎くんは圧力かけてくるし、遠藤さんは泣いちゃうし。空気悪いのめんどくさいじゃん。自由曲が『翼をください』になったからさ、それなら弾けるからいいかと思って引き受けたの」

松坂さんも、岡崎くんとは違う意味で真ん中だった。つまり中立。自分が間に入ってバランスを取ったんだ。たとえばぼくは、お父さんとお母さんの真ん中になって、うまく家族を回していけるかな。そうできる自信はない。

なんだか、ぼくはちっともマンナカになれない。

宝探しはもうどうでもいいから、ミクジと遊びたかった。あの賢そうな目で見つめられたり、やわらかな毛をなでるだけで、平静を取り戻すことができるに違いない。でもミクジには会えなかった。ぼくの後ろを、白いビニール袋を提げたおじいさんがひとり通っただけだった。

週が明けて月曜日の朝、プリントが配られた。

「山根先生が、退職されることになりました」

牧村先生が言い、教室はざわっと騒がしくなった。プリントは保護者へのお知らせで、山根先生が体調不良で学校を辞めること、二組は副担任が担任になることが書かれていた。

「急な話で、挨拶もできなかったことを山根先生も気にしてたみたいだけど、みんなあんまり心配しないでね」

早口でそれだけ伝えると、牧村先生は遠足の話題に移った。岡崎くんが後ろを向き、にやにやしながら手塚くんに言う。

「メンヘラだぜ、ヤマネ」

手塚くんが「そうなの？」と話に乗る。

「薬いっぱい飲んで、救急車で運ばれたんだって。俺の母さん、PTAの役員やってるんだ。だから確かな情報」

「えーっ、やばいじゃん」

手塚くんが興奮気味に言い、くくくっと笑った。

またた。強烈な違和感がこみあげてくる。なんでこういうことを嬉しそうに話すのか、ぼくにはまったく理解ができない。

それで、山根先生はどうなったんだろう。救急車で運ばれるほどの大変な状態で、今はどうしているんだろう。山根先生の青白い顔が浮かぶ。

一時間目が終わると、ぼくは廊下に出た牧村先生を追いかけた。

「先生」

牧村先生は戸惑ったようにぼくを見たあと、すぐに「どうしたの」とお天気お姉さんみたいにさわやかな笑顔になった。

「山根先生、今どうしてるんですか」

「ああ」

ぼくから視線を外し、牧村先生は口ごもる。

「入院してるみたいよ。詳しいことは知らないけど」

その質問は避けたいのか、先生は明るく話を切り替えた。

「それより深見くん、保健室では給食ちゃんと食べてる？　他に困ったことがあったら、なんでも先生に……」

「先生」

「ん？」

牧村先生の造花みたいな笑顔が傾く。ぼくは訊ねた。

「メンヘラって、どういう意味ですか」

つくりものの花びらがぱらぱらと崩れ、ぐにゃりと曲がった笑みで先生は答えた。

「……心が病んでるってことかな」


その日、学校が終わるとぼくは神社に行った。寄り道しちゃいけないってわかってたけど、一刻も早くミクジに会いたかった。ぼくの気持ちをわかってくれるのはミクジしかいない気がした。

ランドセルをしょったまま、神社の中を歩き回る。

「ミクジー！」

他に人がいなかったので、ぼくは大声で叫んでみた。

でもミクジは姿を見せない。

「どこにいるんだよ……」

ミクジと出会った赤いベンチに座りぼくは頭を抱えた。マンナカ。

ぼくには難しいよ、ミクジ。


心が病んでるって、一生懸命な人のことを笑ったり、誰かが大切にしているものを平気で踏みにじったりするやつのことだと思うんだ。

山根先生はぼくが持っていたぼろぼろの図鑑を、大事に読んでるからだってすぐわかってくれた。自然の中で光る苔の美しさも、ちゃんと知ってた。山根先生の心は病んでなんかいない。誰よりも健康できれいじゃないか。

山根先生がどうして薬をいっぱい飲まなくちゃいけないの？　どうして学校を辞めなくちゃいけないの？　どうして真ん中からはじかれちゃうの？

ひらり、と葉が一枚、落ちてきた。それを拾って見上げると、樹の上にミクジがいた。あの黄金色の瞳で、ぼくを見ている。

「ミクジ！」

　ぼくは立ち上がった。ミクジだ、ミクジ、会いたかった！

　ミクジは樹の枝から器用に幹を伝い、するすると降りてきた。華麗なパフォーマンス・ショーみたいだ。

　黒い体、白い足先、お尻の星。ミクジはぼくのすねに、体をすべらせるようにしてくっつけてくる。ミクジに手を伸ばそうとして、葉っぱを持っていたことを思い出した。葉っぱには何も書かれていなかった。ただ落ちてきただけなのかもしれない。ぼくは葉っぱをズボンのポケットに入れ、ミクジを抱き上げた。そのままベンチに座りなおす。

　ぼくの胸のあたりにミクジの頭があった。三角の耳が下を向いている。右手で額から背中にかけてさするようになでると、ぼくの左腕にちょこんと両足をのせたままミクジは目を閉じた。トクトクと、時計みたいに規則正しい鼓動が伝わってくる。毛並みのいい背中に顔をうずめたら、樹のにおいがした。

「山根先生がね、学校を辞めちゃったんだ」

　ぼくはミクジの背中に向かって話す。

「せっかくカビのこと、教えてくれたのにな。ぼく、山根先生と話したいことがあったのに」

　ミクジはぼくの胸に頭を強くこすりつけたあと、しっぽをぴんと立ててぼくの膝から降りた。抱っこに飽きたのかなと思ったら、ミクジはぼくのズボンのポケットから飛び出ている葉の先をすっとくわえた。

「え？　この葉っぱ、やっぱり何か書いてあった？」

ミクジはくわえた葉をぼくに差し出す。ぼくは受け取り、目をこらして葉を見た。

でも、どこをどう見ても何も書いていない。

ミクジはもう一度、ぼくのことをじいっと見た。ぼくもミクジにうんと顔を近づけて、見つめあった。するとミクジは逆三角形の小さな鼻をぼくの鼻にちょんっと押しつけた。それはほんの一瞬のすてきな出来事で、ぽわんとしたあと、体じゅうがふわふわした。

ぽーっとしていると、ミクジはすとんとベンチから降りた。そして二メートルほど歩いたところで一度ぼくのほうを振り返り、そして流れ星みたいにさあっと走っていってしまった。

ぽつんとベンチに残されて、ぼくはまたさみしくなった。

いっちゃった。ミクジ。

何も書かれていない葉っぱ。これはどういう意味なんだろう。

「おや、こんにちは」

手水舎の向こうにある家みたいなところから、お掃除のおじさんが現れた。今日は首からタオルをかけ、バケツを持っている。ぼくの座っているベンチのところまで歩いてくるとバケツを下ろし、「この時間はまだまだ暑いですね」とタオルで顔を拭いた。

「ミクジが今、また葉っぱをくれました」

ぼくが言うと、おじさんは「え、えええええ！」とすっとんきょうな声を上げた。

「ミクジにまた会えたんですか⁉ それはすごい、二回目があるなんて、千年に一度のことかもしれない」

「でも、何も書いていないんです。ぼくの鼻に自分の鼻をくっつけて、ミクジはすぐにまたいなくなっちゃいました」

「鼻チューまで……！ いいなあ」

おじさんは両手で口を押さえ、ぷるぷると体をゆすった。ぼくは葉をかざす。

「これ、ハガキの木ですよね」

「よくご存じですね。正式名称はタラヨウですが、郵便局にも植えられてそう親しまれてますね」

「はい。前の学校でこれが配られて、そのときおばあちゃんに暑中見舞いを……」

言いかけてぼくは、あっと思った。

ハガキの木の葉っぱ。手紙が書けるこの葉っぱ。

「また来ます！ ありがとうございました」

ぼくはベンチから飛び降り、おじさんにお礼を言って駆け出した。

山根先生へ
ぼくはカビの図かんを読んでみました。カビがペニシリンっていう薬になって人の命を救うことや、かつおぶしづくりにも役立っていると知っておどろきました。カビのイヤなところばかりじゃなくて、すごいところもわかってうれしかったです。教えてくれてありがとうございました。
深見和也

葉の裏にコンパスの針で手紙を書き、次の日の給食の時間、姫野先生に相談した。山根先生に送りたいと言うと、姫野先生は「わかった。私が必ず届けるよ」と預かってくれた。

もっと伝えたいことがある気がしたけど、手のひらほどの葉には、小さい字で書いてもそれでいっぱいだった。

「タラヨウの葉で手紙を書くなんて、風流でいいね」

姫野先生が言った。

「ミクジっていう猫が教えてくれたんだ」

「猫？」

ぼくは苔の図鑑からミクジが最初にくれた葉を取り出し、姫野先生に見せた。

「ここに、マンナカって書いてあるでしょう」

姫野先生は何か言おうとした。でもすぐに口を閉じ、うなずいた。

「うん。書いてあるね」

「これね、ぼくへのお告げなんだって。だからずっと、真ん中に行くにはどうしたらいいんだろうって思ってたけど、やっぱり無理だった。ぼくは端っこがちょうどいいみたいだ。苔だってそうだもの。道路の縁とか、コンクリートの隙間とか、花壇の隅とかね。真ん中って、ぼくにはひどく疲れる」

姫野先生は「うん」と顎を引いた。それは肯定の「うん」ではなくて、ちょっと立ち止まるような疑問のうなりだった。

「道路の縁を端っこって感じるのは、人間だけじゃないか？　苔は自分が地球の中心だって思って生きてるのかも」

すとん、と何かが心の奥に着地した。ミクジがベンチから降りるときみたいに。

そうだ。苔はいつも、真ん中にいるんだ。

自分のいるところが真ん中。自分が本当に思うことが真ん中。自分の中の真ん中。それがこの世界の、真ん中だ。

昼休みが終わりそうだった。教室に戻ろうと廊下を歩いていたら、別棟からピアノの音が聴こえてきた。

ぼくは音楽室に寄ってみた。そっとのぞくと、遠藤さんがひとりでピアノを弾いていた。ものすごくなめらかできれいな演奏だった。遠藤さんはイキイキと指を動かしている。

あんまり素晴らしい演奏だったので、弾き終わったときに思わず拍手をしてしまった。遠藤さんがびっくりして顔を上げる。そしてばつが悪そうに笑った。

「すっごく上手なんだね。感動した」

ぼくが言うと遠藤さんは立ち上がり、スカートの裾をきゅっと引っ張った。

「大好きなの、ピアノ。でも、大勢の人の前で弾くのは、いやなの。私はピアノがただ好きなだけなんだけど……弾けるのに伴奏者を断るのって、わがままなのかな」

ぼくは思い切り首を横に振った。

だってぼくが今見た遠藤さんは、ピアノが好きっていう、その気持ちの真ん中で弾いてたから。もし遠藤さんがいやいや伴奏者を引き受けたら、「好き」は端っこにいっちゃうんだ、きっと。

それから三日たって、姫野先生が白い封筒をくれた。山根先生からだった。

「もう退院したよ。実家の山形に帰るって」

姫野先生はぼくにそう言い残して、四年三組の教室から出ていった。昼休み、わざわざぼくのところに届けに来てくれたのだ。

男子の大半は、校庭に出て遊んでいる。女子が数人、教室の隅にかたまっておしゃべりをしていた。

ぼくは自分の席について封筒をそうっと開いた。中には封筒と同じように白い横書きの便せんが入っていて、きちょうめんな細かい文字が並んでいた。

深見和也くんへ

葉っぱのお手紙を、どうもありがとう。本当に本当にうれしかったです。

カビの図鑑を見てくれたんだね。和也くんの言うとおり、カビはただの悪者じゃなくて、人間の味方になってくれる素晴らしい力を持っています。でも、カビは人間に感謝しろとは言わないし、逆に困らせてやるとか、迷惑をかけてごめんとも言いませんね。カビはただカビらしく生きているだけです。自然ってそこが一番偉大で、人間がどうやっても勝てないところだと僕は思います。

地球にとって、もっとも悪なのは人間だという考え方もあって、最高のエコロジーは人間が滅びることだっていう人もいる。そういう面も否定はできないけど、でも僕は、やっぱり人間も何か地球に役立っていることがあるように思います。地球が少しずつ変わって育っていく過程で、もしかしたらやがて本当にいなくなるかもしれない人間も、少なくとも今ここに存在している理由があるんじゃないかって。だって僕たち人間だって、自然の一部なんだから。

たとえば和也くんが苔の素晴らしさに感動したり、「カビは嫌なところだけじゃなくてすごいところもある」って知ることは、地球にとってとても意義のある進化のひとつだと思うのです。そういう気持ちがなんらかの形で地球を助けるような未来につながっているって、そんなふうに思えて仕方がありません。それがどんなことなのか、僕には解き明かせないけど。だからどうぞ、これからも、知らないことを知りたいとわくわくしたり、好きなことを好きだと思う正直な気持ちを大切にしてください。

突然学校をやめることになって、ごめんなさい。求められるとおり望まれるとおりの教師であろうとして、おかしいなと思うことがあっても気づかないふりでごまかし続けていたら、何かが少しずつずれていって、最後には元の自分がわからなくなってしまいました。

だけど和也くんにお手紙をもらって、こうして返事を書いているうち、思い出したことがあります。

僕は、子どもとこんなふうに話がしたくて、先生になったんだ。

どうもありがとう。少し休んで、僕がただ僕らしく生きられるような仕事を、これから見つけていきたいと思います。

元気でね。君のこと、決して忘れません。

山根正《ただし》

ぼくはその手紙を三回繰り返して読み、苔のポケット図鑑に大事に挟んだ。お告げの葉っぱと一緒に。

まだ昼休みは少し時間が残っている。ぼくはロッカーから、新しく図書室から借りてきた本を取り出して自分の席で広げた。

姫野先生に葉の手紙を託した次の日からぼくは、教室で給食を食べるようになった。イヤになったらいつでも保健室に行けばいいいって、そう思ったら心が強くいられた。

公文には行かない。お母さんに「学校の授業をちゃんと聞いてるから、大丈夫だよ」と話した。その代わり、というのも違うけど、日曜日に植物園でやってる苔玉づくりのチラシをぼくはお母さんに渡した。公民館のイベント案内コーナーに置いてあったのをもらったのだ。一緒に作ろうよって言ったら、久しぶりにお母さんは嬉しそうに笑った。

予鈴が鳴る。ぼくは本を閉じて、ロッカーにしまうために席を立った。そこに岡崎くんが戻ってきた。

「うわ、フカビ、バイキンの本なんて読んでる!」

ぼくは無視してロッカーに向かう。腕に抱えている細菌の図鑑には、ドラマチックなことがたくさん書いてある。そんなに不気味がってるけど、岡崎くんのおなかにだって何億もいて、今この瞬間もすごい活躍してるよ。

ぼくがなんの反応もしないことが気に入らないらしく、岡崎くんが声を荒らげた。

「おい、フカビ。シカトすんなよ」

ぼくはフカビじゃない。だから返事をしない。

「おいっ!」

岡崎くんがぼくの腕をぐいっと引っ張った。

ぼくは低い声で平淡に言う。

「なに?」

目に力を入れて、正面から岡崎くんを見る。岡崎くんの、まっすぐ真ん中を。

うつむいて縮こまっていたときはずっと上にあった岡崎くんの目が、ぼくの目と同じ高さになる。岡崎くんは急にうろたえて顔をそらし、「なにも」とぼくから手を離した。

こうしてちゃんと向かい合って並んでみると、岡崎くんは、ぼくが思っていたほど大きくはなかった。

[六枚目]

スペース

the words from
"MIKUJI"
under the tree

九月初旬の陽射しはまだ、こわい。

幼稚園のお迎え時間は二時だ。太陽がかんかんと元気なこの時間に外出するのは気合がいる。

日傘にサングラス、長袖シャツにジーンズで歩いていると、後ろから「千咲《ちさき》ちゃん」と声をかけられた。振り向く間もなく、里帆《りほ》ちゃんが私の隣で笑顔を見せる。

「完全防備だねえ」

あかるい黄色の半袖Tシャツにクロップドパンツ姿の里帆ちゃんが笑う。ナチュラルメイクの肌はつるりと白い。

里帆ちゃんは、息子の悠《ゆう》と同じ年中のきららちゃんのお母さんだ。私より十歳も年下なのに、彼女は出会ったころから私のことを「千咲ちゃん」と呼んでよく話しかけてくれる。引っ込み思案な私が下の名前で呼び合えるママ友は里帆ちゃんだけだ。

家からたかが徒歩十五分の幼稚園のお迎えぐらいで、この恰好は確かに大げさかもしれない。でもこの夏、頬骨付近にちっちゃなシミが複数いっぺんに浮かび上がってきて恐怖を覚えた私の気持ちは、二十五歳の里帆ちゃんにはまだわからないだろう。

「そういえば千咲ちゃん、神経痛はどう？」

「ああ、うん。大丈夫」

時々、左のあばら骨が痛むので、心配になって病院に行ったら肋間《ろっかん》神経痛だと診断された。ストレスと疲労、姿勢不良に注意と言われたけど、どう注意すればいいのかわからない。それにしても、「神経痛」とだけ言われるとなんだか年寄りくさい気がする。里帆ちゃんがわざと「肋間」をつけないんじゃないかと、腹の底でゆるく煮える被害妄想をなだめ、私は昨夜のテレビドラマの話題を振った。里帆ちゃんの大好きな俳優が出ているので、食いついてくる。

幼稚園に着くともう帰りの会は終わっていて、子どもたちが数人、園庭で遊んでいた。

園舎の中では悠ときららちゃんがパズルをしている。「帰るよー」と言いながら、里帆ちゃんはきららちゃんのロッカーから通園バッグを出してジッパーを開けた。

連絡帳袋には先生と親が子どもの様子を毎日書いてやりとりするノートが入っていて、私は家でそれを読むのを楽しみにしているけど、里帆ちゃんはだいたいお迎えのときに読んでしまう。何かあったらその場ですぐ先生と話せるようにということらしかった。

ノートと一緒に同封されていたプリントを広げ、里帆ちゃんは「かわいーい」と言った。私たち広報班が作った「ひまわりだより」だ。

悠の通う幼稚園では保護者全員がなにかしらの班に入ることが義務付けられていて、

私は今年、広報班になった。月に何度か集まって、園でのイベント報告やアンケートの集計結果、生活のちょっとしたお役立ち情報などをB4サイズ一枚にまとめる。毎月発行なので、意外に忙しい。

「これ、千咲ちゃんが描いたんでしょ？　いつもうまいよね」

お月見しているウサギのイラストを里帆ちゃんが指さしている。

「そんなことないよ」

私が言うと、里帆ちゃんは「ほんとだって」とウサギを見つめた。

「千咲ちゃん、イラストレーターとか漫画家になればよかったのに」

里帆ちゃんが屈託なく笑った。

胸にちくんと細い針が落ちる。そのことにハッとしていたら、悠がぱたぱたと走ってきた。

「おかあさん、今日ぼく、お弁当いちばんに食べ終わったんだよ」

「ほんと。すごいね」

私を見上げている悠の額に汗がにじんでいる。私は膝をついてしゃがみ、悠のおでこをそっと指の腹でぬぐった。

夕食の食器洗いを終え、私はソファに寝転んだ。悠は眠っていて、夫の孝《たかし》は飲み会でまだ帰っていない。

漫画家になれればよかったのに。里帆ちゃんの言葉が、帰ってからもずっと刺さって取れなかった。それはもう、漫画家にはなれないっていう前提だ。「なればいいのに」じゃないんだもの。

里帆ちゃんに悪気はない。きっとそれが一般論だし、里帆ちゃんから見たら私はもう大人になりきっていて、ある地点に到達しているのだろう。

里帆ちゃんだけでなくママ友の誰にも話したことがないけど、私は十代のころからずっと漫画家を目指して何年も投稿をしていた。といっても結果はさんざんで、二十代の半ばに『チュチュ』という少女漫画雑誌で努力賞を一度獲ったきりだ。

あのときは本当に嬉しかった。投稿者にとっては神みたいな存在の「編集さん」が私の漫画を認めてくれたのだ。

『絵柄は時々目を奪われるような魅力があるが、ストーリーにオリジナリティが欲しい』

そんなコメントが一行だけついていた。オリジナリティを身につけるにはどうすればいいのかわからなかったけど、「目を奪われるような魅力」という言葉に私は陶酔した。

独身時代までは三ケ月ごとにトライしていた投稿が、結婚してからは半年に一度になり、悠が産まれてからはなかなか原稿が進まなくなった。二年がかりでなんとか仕上げた作品が落選したのを最後に、それから私はネームひとつ切っていない。

私が自分でびっくりしたのは、里帆ちゃんにあんなふうに言われて傷ついてしまったことだ。フェイドアウトしつつあると思っていた夢が、まだぜんぜん終わっていないと確信したから。

先月、三十五歳になった。

幸せかと聞かれたら、幸せだと答えるほかない。孝は気がきかないところはあるけどまじめな夫だし、悠は私にとって世界一かわいい息子だ。そして私は家のことだけしていれば良く、悩みといえばママ友や夫の両親とどううまくやればいいかとか、日々の献立のこととか、ご近所づきあいぐらいの気楽なものだろう……と、傍から思われても仕方ない。

でも本当は、ずっと心のどこかでくすぶっていると知っていた。漫画家の夢を果たせていないことに。見ないように、気づかないようにしていただけで。

私はソファから降り、チェストの一番下の引き出しを開けた。

漫画の道具が一式、隠すように入っている。ケント紙、インク、ホワイト、スクリーントーン、ペン先、そしてペン軸。

ペン軸を一本取り出し、手に取った。白黒ツートンのペン軸。これは私にとって「漫画家の夢」の始まりであり象徴だった。

高校二年生のとき、お小遣いで初めて買った漫画の道具だ。図書館で借りた『少女漫画家入門』という本を参考にした。かぶらペンとGペンのペン先も揃えたら、ぐっと漫画家っぽいアイテムになった。初めて手に入れたそれは、なんだか神々しくて、これがあればうまく描ける気がした。そのあとペン軸は何本か買ったけど、やっぱりこれが一番しっくりきた。何度くじけそうになっても、これを持っていると初めてペン入れしたときのことが思い出されて、がんばってこられたのだ。

でも、今の私はがんばっていない。育児や日々の雑多な用事を言い訳に、あっというまに過ぎていく時間をひきつり笑いで容認している。

結局のところ才能がないのだ。でもそれすらも、言い訳なのかもしれない。

こんな夢、もう持っていたって仕方ないのに。サッパリあきらめたらどれだけ楽になるだろう。

決着をつける時期かな、と思った。三十五歳って、いい区切りじゃないか。これからの人生は、もっと有意義に過ごしたほうがいいのかもしれない。時間も、労力も、他のことに……。そう思ったら、それが賢明な気がしてきた。

そうしよう。もうこんな夢、捨ててしまおう。可能性もないくせに、ペン軸なんか大事に持ってるからいけないんだ。一刻も早く、道具ごと捨ててしまおう。そうすれば、誰かのなんでもない言葉に心をざわつかせるような自分にさよならできる。こんな苦しい思いをして持ち続けなくたって、幼稚園のプリントとかにイラストを描いて「うまいね」ってほめられればじゅうぶんハッピーだもの。今のままで幸せなんだから、これ以上欲張ったらバチが当たる。

よし、捨てる。

ペン軸をゴミ箱に投げようと振り上げた手を、ふと止めた。

鼻をかんだティッシュと一緒には、やっぱりできない。じゃあ、布にくるんでこのままゴミ収集所に持っていくか。

想像しただけで無理だった。ゴキブリの這う、いろんな家庭の生ゴミのにおいがする収集所に、ぽつんと置き去りにするなんて。

ゴミではないのだ。ただ手放したいのだ。私の夢はこんなにやっかいだったんだ。持っているのも捨てるのも、こんなにつらい。どこにも置き場のないそのペン軸は、私の気持ちそのものだった。

翌日、お昼過ぎに広報班のミーティングがあった。

終わったころにお迎えをしてそのまま帰れるように、いつも一時ぐらいに多目的ルームで集まることになっている。

「十月号は運動会の諸注意かな。生活お役立ちコラムは、衣替えに決定ね。あと、食育に関するアンケートと、園長先生のインタビュー」

班長の添島《そえじま》さんがてきぱきと進行する。ちょっとキツい人だけど、彼女のおかげでいつもスムーズだ。

「芝浦《しばうら》さん、またイラストお願いね。運動会っぽいの」

指名されて私は「はい」とうなずく。添島さんはテンポよく続けた。

「運動会の記事は私書くから、衣替えのコラムは輝也《てるや》パパにお願いしていい？」

「まかせてください」

拓海《たくみ》くんのお父さんがほほえんだ。それを見届けて添島さんが口元を緩ませる。

拓海くんの家はお母さんが大黒柱で、お父さんが主夫をしている。すっきりと感じが良くて誰に対しても公平な彼は、保護者ママたちの間で人気者だ。拓海くんは「お父さん」と呼んでいるのに、私たちの間では「輝也パパ」と呼ばれている。

女ばかりの集団で、彼がいると場が華やぐ。拓海くんが入園して輝也パパが来るようになってから、お迎えのママたちがオシャレになったと園長先生が笑っていた。私にしたところで例外ではなく、普段はそこまで意識しないけど、こんなふうに班活動がある日はちょっとだけおめかしする。髪の毛を軽く編み込んだり、お気に入りの水色のスカートを穿いたりという程度だけど。

拓海くんのお母さんは、広告代理店で働くキャリアウーマンだ。夏休み前に珍しくお母さんが迎えに来たことがあって、場違いなスーツがものすごく目立っていた。彼女が肩からかけていたショルダーバッグのことを「バーキンだよ、あれ」と添島さんが教えてくれたけど、私はそんなことより、なんて膝小僧のきれいな人なんだろうとびっくりした。タイトスカートから見え隠れする、くすみのない小さな丘。

子育てしていて衝撃的だったことのひとつに「気がついたら膝小僧が真っ黒」というのがある。子どもの世話をしていると、床に膝をつくことが多いせいだろう。いつのまにか角質が固くなって黒ずんでしまうのだ。ふつうに石鹼《せっけん》でこすってもまったくとれなくてショックだった。

拓海くんのお母さんは、たぶん私とそんなに年齢は変わらないはずだ。それなのにこの違いはなんだろう。あんなふうに第一線で活躍して、どこもかしこもキレイで、劣等感なんて微塵《みじん》も感じられない。輝也パパみたいな男性と結婚するっていうことだって、きっと彼女の実力なんだ。

「ひまわりだより」十月号に関しては他にも、食育に関するアンケート集計をする人、園長先生にインタビューする人など分担を決め、少し早めにミーティングは終わった。

雑談の中で、七五三の話になった。悠や拓海くんは今年五歳のお祝いだ。添島さんが「瑠々《るる》が三歳のときは、スタジオで写真撮って、神社でご祈祷してもらったよ」と言った。

「どこの神社？」

隣にいたママが訊く。

「緑地公園のそばでさ、国道沿いに公文が入ってるボロいビルあるでしょ。その脇の細い道を入っていったとこの、ちっちゃいの。でもけっこう混んでたよ、行くなら予約したほうがいいかも」

輝也パパが「ああ、あるね」と同意した。そんなところに神社なんかあったっけ。

「宮司さんも優しかったし、いい神社だったよ。お守りとお祝いのお箸くれた」

ふうん、お箸。うちはまだ何も用意していない。そろそろレンタル衣装を注文しなければ……そう考えたところで、ふと思いついた。

神社。そうだ、ペン軸を神社でお焚《た》き上げしてもらおう。人形供養みたいに。それはこれ以上ない名案に感じられて、私は添島さんにもう一度神社の場所を詳しく尋ねた。

添島さんの教えてくれた神社は、小さいながらも清々《すがすが》しくて気持ちよかった。

悠の手を引き、鳥居をくぐる。

入って右手に社務所があった。チャイムを押すと、すぐに青い作務衣の男性が出てきた。ぷくぷくしていてかわいらしいおじさんだ。

「すみません、あの……。七五三のご祈祷の予約を」

まずは、表向きの要件を告げる。

「ああ、はいはい。お待ちくださいね」

おじさんは一度奥に引っ込んだ。玄関口の壁に、「厄年一覧」が貼ってある。そこに目をやっているうち、「ひえっ」と変な声が出てしまった。

女性の厄年。三十三歳と三十七歳が本厄で、その前後に前厄と後厄がある。つまり、女の厄年は三十二歳、三十三歳、三十四歳、三十六歳、三十七歳、三十八歳……って、三十代はほとんど厄年なのだ。数え年ということは、私は今三十五歳だから、この表でいうと三十六歳の前厄にあたる。そうだったんだ。その前は十九歳が本厄で、その前後合わせて三年間が厄年だ。漫画の投稿に落ちまくっていた時期とみごとに重なって、私はくらくらした。

「じゃ、こちらに希望日と時間を書いていただけますか。あと、お名前と年齢ね」

さっきのおじさんが予約表を持ってきた。

「ご祈祷はわたしが執り行います。よろしくお願いします」

彼は私と悠に等しく笑顔を向けた。宮司さんだったのか。それなら話は早い。

気もそぞろに予約表に必要事項を書きつけると、私はバッグに手を入れた。

「あの、こちらでお焚き上げはしていただけますでしょうか」

宮司さんはふと顔を上げた。

「どんなものをでしょうか」

私はくるんできた布を開く。

「これを、供養したいんです」

ペン軸ひとつ差し出すと、宮司さんは困ったように笑った。

「申し訳ありませんが、この神社ではお焚き上げはお札《ふだ》やお守りに限らせていただいています。プラスティックや金属はダイオキシンの問題もありますし」

「……そうですよね。すみません」

無理もない話だった。非常識なことをお願いしてしまったかもしれない。

「いえいえ、あなただけではないですよ。みなさん、手放したいけどゴミ箱に捨てるのは気が引けるっていうものが、たくさんあるみたいでね。年越しのときにここでお焚き上げをするんですけど、初詣がてらいらして、火の中にぽんぽんいろんなものを放り込もうとする人が時々いらっしゃいますよ」

宮司さんは苦笑しながら言った。

「ビニールやプラスティックがダメでも、紙ならいいだろうと思うんでしょうね。ちょっとびっくりするものもあります。はずれた宝くじの束とか、お札《さつ》をぬいたあとの結婚式の御祝儀袋とかね。聖書っていうのもあったな。あとは、昔の恋人から送られてきた別れの手紙といったたぐいのものは、多いです」

わかる、わかる。わかりすぎる。みんな捨て場の迷子だ。うなだれていると、宮司さんが優しく諭すように言った。

「捨てることへの罪悪感や、悪いことが起きるんじゃないかって恐れなんでしょうね。

もう手元に置いておきたくないのであれば、お塩かお神酒《みき》を振って、しかるべき分別をなさって手放してください。それでじゅうぶん、供養になりますから」

「はい……」

罪悪感や恐れ。それは確かにそうだろう。もうひとつ、「まだ愛している」っていうのも、ある。自分勝手な言いぶんだけど、心をこめて大切に別れたいのだ。

私はペン軸を布でくるみなおした。

ここでも捨てるタイミングを失ってしまった。塩やお神酒を振ったところで、ゴミ箱には捨てられない気がする。これでしばらくは、またふんぎりがつかないだろう。

恥ずかしさをこらえて一礼をし、帰ろうとすると悠が「おしっこ」と言った。宮司さんがほほえむ。

「どうぞ、こちらに。一応、男女が分かれているのでね、わたしがついていきますから お母さまはそこでお待ちください」

「す、すみません」

宮司さんはにこにこと悠の手を引き、奥に入っていった。添島さんの言う通り、優しい人だ。

私は社務所の玄関から神社を見回した。すぐそばに拝殿がある。ふらふらと近づいていき、鈴を見上げた。

笑ってるみたいな鈴に、太い三つ編みのような縄がついている。お財布から十円玉を出して賽銭箱に投げ、私はがらがらと鈴を鳴らした。

ちゃんと夢をあきらめられますように。

おかしな話だ。私はずっとずっとずっと「漫画家になれますように」と祈り続けてきたのに、あきらめることが願いになるなんて。

なんだか気が落ちて、拝殿のそばにあった赤いベンチに腰を下ろした。最近、疲れやすくなってきた。肩こりもするし、朝もすっきり起きられない。肋間神経痛には漢方を試してみたけど効果はイマイチだ。あれだけ厄が続けば、神経だってやられて当然だろう。

うーん、と伸びをしたら、ベンチの隣に生えている樹の枝が目に入った。葉の裏に何か書いてある。よく見ると、書いてあるというよりひっかき傷で記してあるらしい。「チケット当選！」とか「LOVE & PEACE」とか。「帰ってきて」なんていうのもある。ここに好きなこと書いていいのかな。私は何かひっかくものがないか、バッグを探ろうとして悲鳴を上げた。

「わっ！」

びっくりした。いつのまにか、隣に黒い猫が寝そべっていたのだ。音もなく来たからぜんぜん気がつかなかった。

猫は目を閉じて丸くなっている。黒を基調に、鼻の上あたりから首元にかけて白い。しっぽをゆっくり振っているところを見ると、眠っているわけではなさそうだ。

野良猫にしては、警戒心がない。神社で飼っている猫だろう。私はそーっと手を伸ばして猫の背中に触れてみた。猫はぴくりともせず、変わらずしっぽをゆらりとさせている。

「あなた、いくつ？　男？　女？」

猫は答えない。

「猫にも厄年ってある？　人間の女は大変だよ、ほんとに」

ぼやきながら猫の背中をなでていたら、しっぽの動きが止まった。猫がぱちりと目を開ける。

飴玉みたいに透き通った金色の瞳だった。私と目が合うと、猫はニコッと笑った。それはまるでお迎えのときに挨拶してくれる園長先生みたいな、年配者の余裕の笑みに見えた。

でも猫が笑うわけがない。そうは思いつつ、ちょっと愉快になって私も笑い返した。

猫はベンチからするりと降り、樹の根元にゆっくり移動した。黒いお尻に白い星形マークがある。なにこれ、オシャレな猫。それとも誰かにやられたのかな。

猫はくるるっと樹の周りを走り出した。なんだろうと見ていると、途中から加速して目にも止まらぬ勢いで疾走し、あるところで突然ストップした。白い左足がトンと樹に置かれる。

　はらっと一枚、葉が落ちてきた。

　スペース？

　葉を拾い上げ、うかがうように猫を見ると、ふたたびニコッと笑われた。私も笑い返そうとしたのに、猫はさっと向きを変えてすばやく行ってしまった。

不思議な猫……。猫の去った方向をぼんやり眺めていたら、宮司さんが悠を連れてやってきた。

「お待たせしました。すみませんねぇ、ズボンのチャックが引っかかっちゃったみたいで、手間取って」

　悠がご機嫌な顔で私のところに駆けてきた。手に竹箒を持っている。

「タケボーキっていうんだよ」

初めて見たらしく、悠は珍しそうに地面を掃いた。宮司さんが「うまい、うまい」と手を叩く。私は言った。

「猫を飼ってらっしゃるんですね。やっぱり神社の猫って、ちょっと不思議な感じがします」

宮司さんはちょっと目を見開いた。そしてやんわりと答える。

「いいえ、この神社では何も飼っていません。猫がいましたか」

「ええ、黒と白の。なんか、この葉っぱくれたんですけど」

私が葉を差し出すと、宮司さんはなんだか嬉しそうに笑った。

「ああ、あなたは運がいい」

運がいい？　私が？

「あなたが会ったのは、ミクジと呼ばれている猫です。そこに書かれているのはあなたへのお告げですから、大事になさってくださいね」

「スペースっていうのが、お告げなんですか。なんですか、スペースって」

「なんでしょうねえ、スペースですか。本当に人それぞれだなあ、おもしろい。では、七五三のご祈祷で。お待ちしております」

宮司さんはふぉっふぉっと体をゆすって笑い、竹箒を悠から受け取って拝殿脇の階段を上がっていった。

ノーヒントか。お告げならもっとわかりやすい言葉にしてくれないと困る。スペース、スペース、スペース？　私は悠と手をつなぎ、手がかりはないかキョロキョロしながら鳥居をくぐった。神社を出たところで十歳ぐらいの男の子とすれ違う。こういうのは案外、これくらいの子どもだったらわかるんじゃないかなと思ったけど、なにやら深刻な顔をしているので声はかけなかった。

〝快適収納スペースで運気アップ！〟

いきなりだ。これか、と私はラックに差し込んである女性誌を手に取った。神社の帰りに寄ったコンビニで、「スペース」という太い文字がぽーんと目に飛び込んできたのだ。表紙には「開運特集」とでかでか書かれている。

運気アップだって。間違いない、これのことだ。意外とすぐにわかってほっとした。切らしていた牛乳と悠の好きなキューブチーズと一緒に、雑誌をレジに持っていく。ミクジという猫から葉っぱをもらえて、運がいいと宮司さんが言っていたっけ。そうだ、きっと私は今まで運が悪かっただけなんだ。これからは良くなっていくに違いない。

スキップしたい気分で家に帰り、夕食の支度も放ったまま雑誌をめくる。風水の先生が登場し、部屋の収納スペースの見直しをしましょうとレクチャーしていた。

〝最初はきれいなものでも、不要になってたまっていくと穢《けが》れになります〟

核心をついている。

初めは魅力的に感じて手にしたものを、出番がなくなってからもしつこく持ち続けていたら、それは美しいものではなくなってしまう。きっと物だけじゃない、夢だってそう……。

私は頭をぶんぶんと横に振った。余計なことを考えそうになる前に、手を動かそう。

記事にはいろいろ書いてあったけど要は断捨離だ。しばらく着ていない服、もらいものの小物、とりあえず取ってある洋服屋の紙袋……。

もういらないかなと思っても、いざ手放すとなるとためらわれた。見れば見るほど、不要なものなんかない気がした。いくら使わないからって、捨てることないだろうと思ってしまう。捨ててから後悔しても困るし。

床に広がった洋服の海でうなっていたら、悠が「チーズ食べていい？」と聞きに来た。はっと時計を見たら、ちょっとだけのつもりがもう七時を過ぎている。私は服をそのままにしてキッチンに戻った。

米を早炊きでセットし、急いで味噌汁を作っていると孝が帰ってきた。

「あれ、まだメシできてないの」

「ごめん、幼稚園の班活動が長引いちゃって。あと神社にもね、七五三のご祈祷の予約に行ってて」

早口で取り繕いながら味噌を溶く。孝は興味なさそうに「ふーん」と言い、ネクタイを緩めて寝室に向かった。着替えるためだ。

「うわ！　なにこれ」

孝の驚いた声がする。私はキッチンから叫んだ。

「ちょっと整理してる途中なの、あとで片づけるから」

無言。

私は味噌汁を仕上げたあと、玉ねぎを刻んだ。鶏肉を投入して、親子丼ならすぐできる。

Tシャツに着替えた孝がリビングに来た。彼は何があっても、決して怒鳴ったり嫌味を言ったりしない。ただ、不愉快なときは黙ってむすっとしている。疲れて帰ってきてごはんができていないことや、部屋が散らかっているのが気に入らないんだろう。新年度に入ったぐらいから、孝はなんだかずっと機嫌が悪い。

「……ごめん」

私は小さくつぶやく。孝は何も言わずソファにもたれた。会社から帰ると孝は食事と風呂トイレ以外だいたい、そこにいる。

夕食を食べ終わり、悠を風呂に入れて出ると孝はソファでうたたねしていた。お酒も飲んでいるので真っ赤な顔をしている。

思うんだけど。

思うんだけど、この家に私の自由になるスペースは少ない。2LDKの賃貸マンションで、寝室で親子三人が眠り、もうひとつの洋間は孝が「書斎」と称して本棚やパソコンを置いたり、趣味の釣り道具を手入れする部屋として使っている。まあ、米やトイレットペーパーのストックを置かせてもらったりして、物置部屋にもなってるけど。悠が小学校に入ったら、ちゃんとした子ども部屋だって考えなくちゃいけないのに。

結婚前につきあっていたころ、漫画家になりたいという私の夢を孝は応援してくれていた。でも今となってはそんなの絶対無理だと思っているだろうし、もっと言えばもう私になんか関心なさそうに見える。

悠を寝かしつけてから、私は食卓で雑誌をめくった。開運特集は収納スペース以外にもいろいろ載っていて、パワーストーンやおまじないの紹介、四柱推命のグラフなんかがあった。

見開きでインタビュー記事が載っている。彗星《すいせい》ジュリアという、最近よくテレビで見かける占い師だ。占いが当たるだけじゃなくて、話がおもしろいのでバラエティ番組にもしょっちゅう出ている。陽気でファッションも派手だけど、表情にはどこか秘密めいた雰囲気があった。

こういう人って、初めからなにかスペシャルなんだろうな。神様に選ばれた人なんだ、きっと。

神様って、どういう基準で人を選んでるんだろう。やっぱり、この世に生まれる前から成功する人は成功するように決めてるのかな。だったら最初から、そう教えてくれればいいのに。おまえなんか選ばないから気楽にやれよって。一回だけでも、へたに努力賞なんてくれるから期待しちゃったじゃないの……。

翌日、幼稚園が終わってから里帆ちゃんに誘われて悠とお宅におじゃました。私が持っていったアイスクリームを食べてしまうと、悠ときららちゃんはレゴで遊び始めた。私と里帆ちゃんはダイニングテーブルで向かい合い、近所に新しくできたスーパーの話なんかしていた。

「あっ、千咲ちゃん、白髪みっけ！　抜いていい？」

「え？　あ、うん」

里帆ちゃんはわざわざ席を立って私の隣に歩み寄った。甘いシャンプーの匂いが強くなる。顔のそばに豊満な胸が近づいてきて、おお、と思っていると側頭部の髪の毛をピッと勢いよく引っ張られた。痛い。

「やだぁ、まちがえて黒いのも抜いちゃった！　あはは」

白と黒、二本の髪の毛を渡されて、私も笑うしかない。これこそ持っていても仕方ないので、不憫《ふびん》な黒髪と一緒に白髪をゴミ箱に捨てた。

パーソナルスペースって、そういう言葉もあるよなと思いあたる。里帆ちゃんはそういうの、ぜんぜん気にしない人だ。この場合のスペースって「間隔」ってことで、私は里帆ちゃんがどれほど間隔を狭めてきても拒めない。物理的にも、精神的にも。貴重なママ友と摩擦を起こしたくない気持ちが、どうしても勝ってしまう。ラインの文面ものすごく気を使うし、誘われたらまず断れない。

里帆ちゃんはそのままキッチンに向かい、お湯を沸かし始めた。

「私ね、きららが小学校に上がったら、本格的に職場復帰しないかって言われてるの。今の店、来年二号店ができるんだって」

里帆ちゃんはネイリストだ。妊娠するまで勤めていたサロンで、時々パートタイムで働いている。手に職があるのはやっぱり強い。

「でも迷ってるんだよね。ふたりめをいつにするかって考えるとさ。これ以上先だと年が離れすぎちゃうかなとか、でも仕事もあんまりブランク開けたくないし。今ふたりめ産んじゃって、復帰は五年後ぐらいにしようかなあ」

紅茶の葉をポットに入れながら、里帆ちゃんは言った。五年後でもまだ彼女は三十歳だ。選択肢も可能性も無限大にあるように思える。

私はこのままずっと専業主婦なんだろうか。再就職するならもうぎりぎりの年齢だし、ふたりめにしたってそうだ。妊娠するところから育てるところまで考えたら、年齢的なリミットはあまり楽観視できない。でもこういうことって、私から孝には言いにくかった。ここのところ孝はなんだかずっとピリピリしていて、話せる雰囲気じゃないし。

せめてどちらかはなんとかしなくてはいけない気がする。できるだけ早くに。でも、どちらも、自信もあてもない。

「千咲ちゃんはどうするの」

「ああ、仕事ね。私もそろそろ考え始めてて」

見栄を張った。ふたりめのことは訊かれたくなくて、仕事のことだけ言った。

でも考えるといったって、私に何ができる？

私は短大を卒業してからずっと文房具メーカーで事務をしていて、結婚後もしばらく続けていたけど、妊娠六ヶ月のときに退職して、職務経歴はそれだけだ。里帆ちゃんみたいに前の職場に戻るなんてことは現実的じゃないし、六年もブランクのある三十五歳に事務の採用枠は厳しいだろう。幼稚園の延長保育は四時までだし、悠はすぐ熱を出すし、フルではまだ働けない。

ちりり、と左のあばら骨が痛む。ちょっと顔をゆがめたら、里帆ちゃんがのんびりと「どうしたのぉ？」と言った。

神経痛とは知られたくなくて、私は曖昧に笑った。

「朝からちょっと、頭痛がするの」

「えー、大丈夫？」

「たいしたことないから、平気」

そう、と言って里帆ちゃんは、紅茶の入ったファンシーなカップを私の前に置いた。ストロベリーの香りがするそれは、もう私には似合わない気がした。


残業で遅くなると孝から連絡を受け、私は悠が寝たあとに書斎のパソコンを立ち上げた。私にもできそうな仕事があるかどうか、ネットで見るだけ見てみようと思ったのだ。スマホでちまちまと探すより、大きな画面で見たい。

勝手にパソコンを使ったとばれたら怒られるだろう。机の上のものに触れないように気をつけながら、私はマウスを動かした。

私が動けるのは、悠を幼稚園に送ってからの数時間だ。なるべく家から近いところで、毎日はきついから、週三日ぐらいで。場所と条件を打ち込んでみたけど、これだと思えるものはなかなかヒットしなかった。

飲食店と工場、介護の仕事が多く目につく。何か資格があれば選択肢は広がるのに。でも今からスクールに通うのは難しい。資格取得の通信サイトを開いてみたら、ずらずらずらっと講座リストが現れた。

医療事務、ケアマネジャー、宅地建物取引士……。持っていたら強みになりそうな資格の他に、ボールペン習字やパッチワーク入門なんていうのもある。手品の通信講座っておもしろそうだなぁと思いながら見ていたら、「イラストレーション」の項目にたどりついた。

イラストは、特に「資格」っていうのはないんだよな。この通信講座でも、あくまでも趣味として扱われている。でもだからこそ、これを仕事にするってほんとうに大変なことだ。美大を出ているわけでもない、漫画研究会にすら入ったことのない、完全独学の私が漫画家になろうなんて、そもそも最初から無謀だったのかもしれない。

ぼんやりと「イラスト　仕事」と打ち込み、ネットサーフィンしていたら、画廊の特集記事にヒットした。「これから花開く才能の集結！」とあったのが気になって開いてみると、七月に京都で行われたグループ展の様子が画像入りで載っていた。

この画廊のオーナーが目をつけた、プロ手前のアーティストの卵たちが集まったらしい。ひとりひとりの顔写真と作品が並ぶ。なんの気はなしにスクロールしていて、「あ、この絵、好きだな」と思った。ぱっと見はファンタジックな風景画なんだけど、よく見るといろんなものが隠れているトリックアートだ。発想に夢があって楽しい。

作者の小さな顔写真に目をやり、私は「えっ」と叫んで画面に顔を寄せた。

…………輝也パパ？

名前を確認すると「Teruya」とある。間違いない、輝也パパだ。プロフィールにはたいした情報はないけど、インスタグラムのリンクが張ってあった。クリックすると彼の作品がいっぺんに現れた。

フォロワー数、三万人。すごい。パパのファンは現時点で三万人もいるのだ。私はドキドキしながら一枚ずつ眺めていき、ほーっと深く息をついた。

輝也パパに対する大きな敬意に、ほんの少しのさみしさがにじむ。私たちと幼稚園に集まって「ひまわりだより」なんか作ってるのに。主夫っていうポーズの裏で、ちゃんと世に認められたアーティストだったんだ。そんな遠い人だったんだ……。

違う。彼にとっては主夫が裏で、アーティストが表だ。彼もやっぱり、選ばれた人なんだ。さみしいなんて思うのもずうずうしいかもしれない。

気を取り直して画面を「イラスト　仕事」に戻し、スクロールしているうち「急募！　漫画アシスタント」という文字にあたった。露吹《つゆぶき》ひかるという漫画家のアシスタント募集だった。

露吹ひかるの漫画なら、何度か読んだことがある。少し大人っぽい、ヒューマニズム系の漫画を描く人だ。調べてみたら五十三歳で、人の好さそうなふっくらした女性の画像が出てきた。

アシスタントって、業界のツテがあるとか、新人賞に引っかかった人に声がかかるものだと思っていた。だから今まで、応募するどころか探すことさえ思いつきもしなかったのだ。普通にネットで募集情報が載っていることに驚きながら、私は詳細を読んだ。

場所はうちの最寄りふたつ先の駅から徒歩十分とだけ書いてある。募集条件は十八歳以上、男女不問。勤務日数は週二～三日、時間応相談。はっきり何時から何時までと書いていないってことは、融通がきくのかもしれない。十八歳以上とあるだけで何歳までとは制限されていないから、受ける資格は私にもある。そう思ったら急に胸がクーッと熱くなった。アシスタントって、どんなことするんだろう。私にとってはもうすでに一般人ではなく「漫画家」の世界だ。

応募方法には「電話連絡の後、建物やモブを描いてお持ちください」と書いてある。モブとは、映画で言えばエキストラのような、群衆のことだ。主人公が街を歩いているときの通行人とか、スポーツ観戦シーンの客席の人たちとか。

それを露吹先生に気に入ってもらえれば、私も弟子入りして漫画家への一歩が踏み出せるんだろうか。

気持ちが逸《はや》ってきたところで、ふと我に返った。私にも応募できるってことは、もっと若くてもっと描ける人たちが殺到するに違いない。

……何を甘っちょろいこと考えてたんだろう。そんな簡単に、うまくいくわけないじゃないか。

私は閲覧履歴を消し、パソコンの電源を落とした。

次の日の午後、いやがる悠を連れて歯医者に行った。

アイスキャンディーを食べながら「痛い」と言うので口を開けさせたら、奥歯がどうやら虫歯になっている。予約を入れずに来たので、しばらく待つことになるけど仕方がない。

「あっ、ゆうくんだ！」

待合室に入るとすぐ、おかっぱ頭の男の子が声を上げ、よく見たら拓海くんだった。

「こんにちは」

拓海くんの隣にいるのは、果たして、輝也パパだ。相変わらず穏やかなたたずまいで、さわやかな笑みを見せた。

「……こんにちは。拓海くんも、虫歯ですか」

「そう、気をつけていたつもりだったんだけど。チョコレートの食べすぎかな、甘いもの好きだから」

悠がそばに行くと、拓海くんは持っていた絵本を広げた。

「これねぇ、ひこうき、のってるの！」

拓海くんと悠は仲良く並んで長椅子に座った。自然と、私と輝也パパも隣に並ぶかっこうになる。私は切り出した。

「あの、私、昨日見つけちゃいました。パパのインスタグラム」

輝也パパは突然顔を赤くして、くしゃっと笑った。

「ああ、見つけちゃいましたか」

「すごいですね。なんでみんなに自慢しないの」

「自慢にはなりませんよ、好きなことをしているだけです。それに、僕が目指してるのはそういうことじゃないから」

私は息をのんだ。輝也パパの目の奥に、光るものを見たからだ。周辺への虚栄にとらわれない、はるか遠くに投げられた「野心」みたいなもの。

打ち明けたい気持ちになった。私はずっと、漫画家を目指してたんです。でも箸にも棒にも引っかからなくて、もういいかげんあきらめようって思ってたんだけど、アシスタントの募集があるのを見つけたらなんだか気持ちが高ぶってしまって。ちょっとシミュレーションしただけで、アウトだった。フォロワー三万人の彼に私の話なんて、あまりにもちゃちでおこがましい。

「芝浦さんだって、イラスト上手じゃないですか」

パパのほうから話を振ってくる。私はかあっとなった。そうだ、こんな人を差し置いて、頼まれたからっていい気になって描いていた。

「……恥ずかしいです」

「どうして？　芝浦さんの絵、素敵です。なんだか物語を感じますよ」

輝也パパに言われて私はうつむいた。そんなの、お世辞に決まってる。嬉しかったけど。

「それは輝也パパのイメージ力が優れてるからですよ。どうやったらあんな絵、思いつくんですか」

「ぽかーんとする」

「え？」

「神様が入るスペースを作るんです」

一瞬、世界が止まったように見えた。

輝也パパ、今、なんて言った？　神様が入る、スペース？

「散歩してるときや拓海を寝かしつけてるときなんかに、ぽかーんとしてるとふっとアイディアが舞い降りてくるというか。そういうのを逃さないようにしてます。お、神様が入り込んできたぞって。完成した絵を見て、これ、ほんとうに僕が考えたのかなって不思議になることがありますよ」

ああ、なんかすごい。こういうことをさらっと言うって、やっぱり輝也パパは、普通の人じゃない。私はため息をついた。

「でもそれって、パパが神様に選ばれた芸術家だからですよね」

輝也パパはちょっと首をかしげた。

「そうかな。神様って、人を選んだりしないよ。僕は逆に、みんながそれぞれ神様を招いてるんだと思うけど」

神様を招く？

そのとき、受付から拓海くんの名前が呼ばれた。輝也パパが立ち上がる。

「僕は好きです、芝浦さんの絵。それじゃ、お先に」

拓海くんと診察室に入っていくパパを見送りながら、ちょっと涙が出てきた。

私の絵を、好きって言ってくれる人がいる。

応募するだけしたって、バチは当たらないよね？

翌日、露吹ひかる先生の事務所に電話をかけて応募したいと伝えると、スタッフらしき女の人に「あさっての二時、面接に来られます？」と言われた。大あわてで履歴書を用意して、悠の延長保育も申し込み、なんとか四時までの時間が確保できた。

モブと背景は、リビングに孝がいたけどやむをえず夕食後に食卓で描いた。

「何してるの？」と訊かれたので「広報班の仕事」と嘘をついた。孝はそれ以上、つっこんではこなかった。

ペンを握るのは久しぶりだったけど、すぐにカンが戻ってきた。

私はモブを描くのが好きだ。主人公たちのじゃまにならないように、あんまり奇抜なキャラクターにはしない。それでかえって親近感がわいた。読者からは注目されることのない、顔もちゃんと描き込まないような「その他大勢」。でも彼らにも、それそれの生活と人生がある。行く場所や食べるものや、会う人がいる。そうイメージしながら、描く。

背景の建物だろうがモブだろうが、ペンを走らせると心が無になった。ケント紙の上をすべるペン先の感触。楽しい。私はやっぱり、漫画を描くのが大好きなのだ。

面接の時間通り指定されたマンションに行くと、髪の毛をきつくひっつめにした女の人が出てきた。眉毛を描いただけのすっぴんで、目の下にくまがある。露吹先生ではなく、アシスタントのリーダーみたいな人らしかった。

どう見ても私より年下のリーダーが、持っていった一式にざっと目を通した。

「ええと、アシスタントとか誌面掲載の経験は？」

「ないです。でも、十年前にチュチュで努力賞を獲ったことがあって」

私はそのときの原稿のコピーを差し出した。彼女はちらりと目を走らせ、それに関してコメントはせず、こう尋ねた。

「今も漫画家志望なの？」

「はい」

「……へえ」

いいえって言ったほうがよかったのかな。アシスタントやりたいだけですって。眉間にしわを寄せている彼女の腹の中が読めない。

「ざっくり一日八千円なんだけど、時間、どれくらい働ける？」

「十時から三時ぐらいまでなら」

リーダーはふっと鼻で笑った。

「通いなら最低八時間は働いてほしいなぁ。それにここ、昼ぐらいからやっとエンジンかかって、どうしても夜遅くまでになっちゃうことが多いよ」

それはさげすむような笑みで、私はとても悲しい気持ちになった。リーダーはたたみかける。

「デジアシもアリだけど、クリスタ使えます?」

なんだか急に敬語だ。それがかえって威圧的だった。

「デジアシ……って?」

私は愛想笑いをした。クリスタというのも、なんのことかわからない。

リーダーはあきれた顔になる。うすら笑いを浮かべて、もはや気の毒そうでもあった。

「デジタルアシスタント。パソコンでソフト使えるなら、在宅でもベタとかトーンぐらいならやってもらえるかなと思ったんだけど」

「……すみません、私、そういうのはあんまり詳しくなくて」

「クリスタっていうのは、クリップスタジオペイントプロ。お絵描きソフトね」

親切に言っているのではなく、小ばかにした言い方だった。私はいたたまれなくなって下唇を噛んだ。リーダーは私の渡した一式をまとめ、テーブルの上でとんとんと揃えた。

「じゃ、一応、これ預かるから。返却希望?」

「いえ、いいです」

「そう」

リーダーは、脇にあったキャビネットの上にぽんと置いた。そこにはすでに、いくつか作画がむき出しになって置かれていた。きっと他の応募者のものだろう。うまい。度肝を抜かれるほど、うまい。

こんなに上手でもまだプロじゃないんだ……。

「結果は三日以内に、採用者だけに連絡します。はい、おつかれさまでしたぁ」

リーダーは私よりも先に席を立った。


帰りの電車の中で私は、神社に行った日のことを思い出していた。

忘れていた。あのとき私は「夢をあきらめられますように」ってお願いしたんだ。ミクジはそれをかなえようとしてるのかもしれない。

「漫画家になれますように」ってお願いしなかったことを、後悔していた。それはつまり、やっぱりまだ夢を捨てきれないってことだ。

たとえば私は悠に「お母さんは昔、漫画家になりたかったの」と言えるだろうか。

イヤだ、言えない。言いたくない。過去形にしたくない。

私は、漫画家になりたい。

こんなに打ちのめされた気分の中で、思いが強くなっていることが皮肉だった。もっと早く、もっとがんばっていればよかった。こんな年になる前に。幸せだなんてぬるま湯につかっていたことが悔やまれて仕方ない。

駅に着くと、里帆ちゃんからラインがきた。

『今日、延長だったんだね。このあいだ頭痛がするって言ってたから病院でも行ってたのかな。私思ったんだけど、千咲ちゃん、更年期障害なんじゃない？　婦人科も受けたほうがいいかも。お大事にしてね』

……大きなお世話だ。

里帆ちゃんのデリカシーのない無邪気さが癇《かん》に障《さわ》る。

本当に心配してくれてるだけ。悪気はない。悪気はないんだ。だからたちが悪い。

私は返事をしなかった。大人げないとは思うけど、今はかんべんだ。里帆ちゃんはいい子なんだと何度思い直しても、彼女はまたすぐ爆弾を落としてくる。

まるで永遠に年を取らないみたいな里帆ちゃん。彼女の言動にいちいち神経を逆なでされるのは、私に女としての自信がないからだ。笑い飛ばす余裕があればこんな気持ちにはならない。

イライラしながらスマホをバッグにしまうと、私を不快にさせる出来事が胸の奥からずるずると引っ張られてきた。

さっきのリーダーの、人を見下した顔。私に興味のない孝。治らない肋間神経痛。

うまくいかないことを人のせい、年のせいにばかりしている私。

いつからこんなにヒネてしまったんだろう。昔はただ漫画を描くのが楽しかったのに、今では卑屈さや嫉妬を夢よりも大きく育ててしまった。

何か憑いてるんだ。私にはきっと特別でっかい厄が、穢れが。

悠のお迎えまでまだ少し時間がある。私は神社に向かった。


社務所のチャイムを鳴らしたけど、誰も出てこなかった。

拝殿のほうにも人影がないので、階段で上まであがってみた。息切れがして、途中で何度か立ち止まる。情けなさを抱えてたどりつくと、立派な本殿があった。

時間にあまり余裕はない。急いで、急いで見つけなくちゃ。

本殿の裏側まで行ってみると、いた。

むっくりした青い作務衣の背中。ゴミバサミで紙屑《かみくず》を拾っている。

「宮司さん」

声をかけると、彼は振り向き、やわらかく笑った。

「ああ、こんにちは」

「探しましたよ」

「ミクジをですか？」

「いえ、ミクジじゃなくて。宮司さんにお会いしたかったんです」

「ええ？　わたしに？」

「今すぐ、お祓いしてください。私についてる、黒いものを取ってください」

宮司さんはじっと私を見つめた。

「ご祈祷ということでしたら、準備に少しお時間をいただきますがよろしいですか」

私は腕時計に目をやった。駆け込んできたものの、お迎えの時間まで三十分くらいしかない。こういういきあたりばったりな性格が、ダメの根源なのかもしれない。

「お時間がないようでしたら、日を改めましょう。どうしても今すぐどうにかしたいのであれば、ご自分でできるお祓いをお伝えしますよ。我流ですが」

「えっ……。お願いします」

「では、いっしょにやってみましょう」

宮司さんはゴミバサミとビニール袋を地面に置いた。そして私の前に直立不動になる。

まず、大きく胸を張って背筋を伸ばし、顎を引くよう指示された。やってみると、それだけで内臓がすっとまっすぐ楽になった。今までどれだけ背中が丸まっていたんだろう。肋間神経痛を呼んでいた姿勢の悪さも、納得がいった。

「次に、お尻の穴をきゅっと閉めて」

「え、お尻の穴？」

宮司さんは真顔だ。閉め方がよくわからなくてお尻全部に力を入れると、不思議と気が引き締まった。

「おへその下、丹田《たんでん》に力を入れて。まず、吐けるだけの息を吐きます。そしてゆっくり息を吸い込んで……吸い込んで……ゆっくり吐き出す。これを三回です」

すううーーっ、はぁー。

三回続けたところで、宮司さんが突然、「えええええいっ！」と叫んだ。

その大声におののいて、私は思わず後ずさった。この穏やかな宮司さんのいったいどこに、こんな迫力のあるエネルギーが。

「さあ、どうぞ！」

恥ずかしがっている間もなく宮司さんにポンと促されて、私も「えいっ！」とありったけの声を出してみた。

すると、とたんにふわっと体が軽くなる。その即効性に感動していると、宮司さんが柔和な笑みを浮かべた。

「はい、これで大丈夫です」

「気合で悪いものをやっつける感じですね？」

すっきりした気分で私が言うと、宮司さんはゆっくり首を横に振った。

「いいえ。やっつけるのではなく、あくまでも祓うんです。戦うことはありません。

新しく良いものを入れるには、出すのが先です。入ってくるすきまをつくらないと」

「……神様が入るスペース？」

「そうそう、おもしろいことを言いますね。生活しているかぎり、お掃除してもしても必ず埃がたまるしゴミが出るでしょう。それと同じです。わたしたちは生きているかぎり、他者からの邪気をキャッチしたり、ネガティブな感情を抱えてしまう。そのつど、あなたの中のスペースをきれいにすればいいんです」

結局、みんな同じことを言っている。風水の先生も、輝也パパも、宮司さんも。

「でも」

私は泣きたい気持ちをこらえて訴える。

「私のスペース、狭いんです。あんまりたくさん入らないし、いらないものを捨てようとするとやっぱり大事な気がしてしまうし。それに、いやな感情を一時的に手放そうとしても、またすぐに戻ってきちゃうし」

宮司さんは小さくうなずき、ふっくらと答えた。

「では、まずその思い込みのブロックから捨てましょうか」

「思い込み？」

「そうです。自分のスペースが狭いなんて、どうしてわかるんですか。あなたがそう決めてしまっているだけではないですか。誰もそう言っていないのに」

「……どうやって、そのブロックを捨てれば」

「手始めに『こうに決まっている』っていうのを外すんです。決まってるって思ってしまったときには、上書きしてみてください。『何も決まっていない』と」

宮司さんはゴミバサミを再び手に取り、映画のカチンコみたいにかちりと音を立てた。

「すべては、今からです」

言われてみれば思いあたることばかりだった。

私に働き口なんてないに決まってる。

孝に何を言ったって無駄に決まってる。

里帆ちゃんは私のことをおばさんだと思ってるに決まってる。

決まってない。何も決まってない。

私はその夜、珍しく早く帰ってきた孝に話してみた。夕食を食べながら、孝はビールを飲んでいる。

「あのね。私、今日、仕事の面接に行ったの」

「仕事？ なんの」

驚いている。ここまでは想定内だ。

本当のことを言ったら、ばかにされるに決まってる。……という、思い込みを外して、そのまま伝えることにした。

「漫画家のアシスタント」

孝は目を見開き、飲もうとしていたビールのグラスを止めた。

「すごいな」

すごいな？

「悠が生まれてから、千咲がくすぶってるのを見ててしんどいなって思ってたんだ。もう漫画描かないのかなって。でも俺がそれを言ったら追い詰めちゃいそうで。いいじゃん、アシスタント。よく思い切って受けたね」

孝のそんな言葉に、今度は私のほうが驚いてしまった。孝はなんだか嬉しそうだ。

私は「でもね……」と言いかけて、あわてて口を閉じた。

絶対落ちたと思う、と言おうとしたのだ。私は本当にいつもいつも、だめだっていう思い込みのブロックを自分にかけていた。何も決まっていない、何も。私は顔を上げた。

「結果はともかく、トライしてよかったと思うの。やっぱり私、漫画を描くことが好きなんだってわかったから」

孝は「ああ」と思い出したように笑顔になる。

「この前描いてたの、面接用だったんだ？　食卓じゃなくて、書斎のデスクを整理して、そこで描けばいいじゃん。ここだと落ち着かないだろ」

「え……いいの？」

「だってべつに、俺の部屋ってわけじゃないし。それに、いい機会だから言うけど、悠が小学校に入るタイミングでもう少し広いとこに引っ越したほうがいいかなって思ってたんだ。悠の部屋も必要だろ。……ふたりめのことだって、そろそろ」

意表を突かれた。そんなこと考えてたなんて。

「私……孝はもう、家族に関心がないんだと思ってた。なんだか最近、ずっと不機嫌だったし」

孝は額に手を当て、申し訳なさそうに言った。

「ここんとこ、ろくに話もできなくてごめんな。半年前から大きなプロジェクト任されて、頭も手もいっぱいでさぁ。でも、千咲ががんばってるの知って、俺もなんか元気出たよ。話してくれてありがとう」

なんだ。なんだ、そうだったんだ。私のほうこそ、仕事に一生懸命な孝を応援する気持ちを忘れていた。自分のことばっかりで。孝はビールをぐいっと飲みほした。

「山場はそろそろ落ち着くから、月末にでも久しぶりにゆっくり出かけるか。仕事ぎちぎちだと自分を見失うね。……余白がないとダメだな、やっぱ」

余白。

私は大きくうなずく。そう、スペースがないとね。

空になったグラスに、私はビールを注いだ。

河口湖のホテルに向かう電車の中で、悠が絵本を開いている。

拓海くんに教えてもらった『とぶ』というタイトルだ。悠は絵のひとつひとつに指をさす。

「ちょうちょ。とり。てんし」

かわいい絵だな。配色にセンスがある。この線、もう少し細くしたらまた雰囲気変わるよな……頭の中でぱっと細い線に置き換えた絵をイメージして、そんな自分に笑ってしまった。

ちょっと調べてみたら通信講座に「デジタルイラスト」の項目があって、リーダーの言っていた「クリスタ」のソフトを使った漫画の描き方を習うことができると知った。すぐに申し込んで、私は今、空き時間を見つけては書斎にこもってパソコンに向かっている。最初は意味不明でパニックだったけど、ペンタブのコツをつかんでくると便利で楽しい。

もちろん、ペン軸も大事に持っている。だけどデジタルも覚えれば、私にだってこれからやれることや会える人が広がるかもしれない。そう思った。

面接から二日後、結果を知らせる電話がかかってきた。

合格者にしか連絡しないと言っていたのに、私は不採用だった。そのことは驚かないけど、別のことに腰を抜かしそうになった。

電話をかけてきたのは、リーダーではなく露吹ひかる先生本人だったのだ。

「作品、見せてもらったんだけど、悪くないわよ。話の展開はありきたりかなという気はするけど、あなたが普段、不思議に思ってることとか発見したことをもっと入れ込んでいったら、すごく良くなるんじゃないかしら。あとね、モブも良かった。あなたの中では、このモブたちにもドラマがあるんだろうなと思った」

わかってくれている。そのことが、何よりも嬉しかった。

「今回はアシスタントの経験があって時間が自由な子を採用にしたけど、あなた、漫画家志望って言ってたみたいだからね、ちょっと激励したくなって……私だって、デビューしたの四十過ぎてからよ。がんばって」

電話を切ってからも、スマホを握ったまま私はとめどなく泣いた。採用にはならなかったけど、少し前に進んだ気がした。

悠に体を寄せて、一緒に絵本をめくる。

「ひこうき。ロケット」

最後のページを開き、悠が言った。

「スペースシャトル」

私は思わず「あ」と声を上げた。

そうか。

スペースって。

宇宙って意味も、あるね。私たちの中のスペースは、きっとあんなふうに限りなく広がっているんだ。

ホテルに荷物だけ置かせてもらい、昼までは三人でサイクリングをした。二時過ぎにチェックインをすませると、釣りに出かけた孝と悠を見送り、私はホテルで過ごすことにした。

それは孝からの提案だった。ひとり時間のプレゼントだ。私はありがたく受け取った。

整えられた和室は広々と気持ちよく、窓から富士山が見える。テーブルの上には、和菓子やお茶のセットと一緒に美しい毛筆で「芝浦様 どうぞ、ごゆるりと」という手書きのカードが置いてあった。小さなメッセージだけど、歓迎されているのが伝わって嬉しい。そんなふうに言われたら長々といたくなる。

お茶を一杯だけ飲み、私は浴衣を持って露天風呂に向かった。

里帆ちゃんへのラインには「大丈夫だよ」とだけ返事して、ありがとうのスタンプをつけておしまいにした。ご機嫌伺いやら保身やら言い訳やら、あれこれ長文で返そうとするからじくじくしてしまうんだ。

これまでのラインのやりとりをたどってみると、いかに自分が里帆ちゃんにへつらっていたかに気づいた。「もう年だし」とか「里帆ちゃんは若いから」とか、自分で自分を卑下していたんだなと、恥ずかしくなった。里帆ちゃんに「千咲ちゃんはおばさん」という印象を与えていたのは、まぎれもなく私だった。

戦わなくていい。誰とも、自分とも。不要だと思うような感情が生まれてしまったときは、そのつどさっと祓えばいい。

女湯ののれんをくぐると脱衣所にふたりの若い女の子がいて、しゃべりながら体を拭いていた。私は着ているものを全部脱ぎ、風呂場に入った。混む時間帯から外れているのだろう、他に客はいなかった。

シャワーでさっと体にお湯を走らせる。なんだか禊《みそぎ》みたいだ。

すべらないようにそろりと歩きながら、そのまま露天に出た。まだ日は高い。私は太陽に身をさらした。こわくてずっと避けていた明るい光。今だけは、たっぷりと浴びようと思った。

静かに湯の中に身を沈め、空を見上げた。澄んだ青に吸い込まれそうになる。

最初は熱めに感じたお湯が、ひたひたとなじんできて自分と一体化した。折り曲げた足を眺めながら、黒ずんだ膝小僧を愛しくなでる。がんばってる育児の勲章だ、これは。

久しぶりに、脳が溶けるようなゆったりした気分になって私は目を閉じた。

あの神社でミクジにお告げの葉をもらってから、短い間になんだかいろんなことがあった。輝也パパのもうひとつの顔を知ったり、アシスタントにチャレンジしてみたり、宮司さんにセルフお祓いを教えてもらったり……。リーダーの態度には傷ついたけど、おかげでクリスタを覚えるきっかけができたんだから、今となっては感謝の気持ちのほうが強い。私から見たらほんの十分話しただけの人事担当でも、たとえば露吹先生にとってはたぶん人生の深いところに関わる「かわいい一番弟子」で、彼女にだって私の知らない物語がきっといっぱいある。

輝也パパだってそうだ。奥さんとどんなふうに出会って、どんなふうに結婚に至ったんだろう。宮司さんは、あの神社でどんな子ども時代を過ごしたんだろう。

つくづくおもしろいな、人間って。それぞれに生活があって、歴史があって、想いがあって……。

その瞬間、ぽーんと、はじけるようなひらめきが訪れた。

小さな神社に集まる、迷える人々の話。おかしな猫、太っちょの宮司さん。

どこにでもいるような、でも、本当はたったひとりしかいない私たち。

ひとりのキャラクターが、勝手に私の中で動き出した。しゃべってる。怒ってる。泣いてる。笑ってる。キャラクターがキャラクターを連れてくる。今なら描ける、今だから描きたい。まだどこにもないストーリーを。

これだ。輝也パパが言ってたやつ。ぽっかりできたスペースに、神様が入り込んだんだ。私は誰もいないのをいいことに空へ向かって両腕を広げ、招き入れた。

ようこそ神様。どうぞ、ごゆるりと。

［七枚目］

タマタマ

the words from
"MIKUJI"
under the tree

今夜は三日月だとか満月だとか、人はそう言いながら月を見上げるけど、実際の月はいつもまんまるで、私たちは月が太陽に照らされた光の部分を見ている。

だから、月がどんな姿をしていても、それは一部でしかない。

そして矛盾しているようだけど、どんな月もほんとうの月だ。

それは人が人を見るときに似ていると思う。

人もやっぱり、どんな姿もそれは一部にすぎないし、また矛盾しているようだけど、どんな姿のその人もほんとうのその人だ。

……と、昨夜のブログに書いたのは、久しぶりにツイッターで私のことを書かれたからだ。

「占い師の彗星ジュリアをコンビニで目撃。牛乳を奥から取っていた」という内容で、それは確かにガセではなく事実だった。そんなネタのいったいどこがおもしろいのか、リツイートが四桁を超えていた。ごていねいに粗悪な画像まで出回って、まるで犯罪者みたいだ。テレビ収録の恰好のままタクシーで帰り、うっかりマスクもせずコンビニに寄ってしまったのがまずかった。

私だってコンビニで牛乳ぐらい買う。同じ値段で賞味期限が一日違うんだったら、奥のフレッシュなほうを選ぶ。どうしてそんなことぐらいでワーワー言われなくちゃいけないんだろう。バラエティ番組で着飾ってしゃべっているだけじゃなく、独り暮らしの四十五歳女性として私にも普段の生活があるのだ。せめてもの抵抗であんなブログを書いたものの、わかってくれる人なんかいないだろうけど。

「だからさあ、俺、いつも言ってるじゃん。ちゃんとプロダクション入ってマネージャーについてもらえって。牛乳ぐらい代わりに買ってもらえるだろ」

ともやんがチューハイのグレープフルーツを搾りながら言った。半月のような黄色い果実から、ぴゅんぴゅんと勢いよく汁が飛ぶ。煙草と炉端焼きの煙が充満する狭い店内は、今日もがやがやとうるさくて誰も私たちの話なんか聞いていない。

「やだ。ピンハネされて、いいようにこき使われるだけじゃん」

「ピンハネされたって、大きい仕事取ってきてもらえるならもっと儲かるじゃん」

ほら、と彼はジョッキをこちらによこした。ともやんの並ならぬ握力のおかげでたっぷり果肉と果汁の入ったジューシーなチューハイを、私はありがたく受け取った。

「……儲かりたくて始めたわけじゃ、ないんだけどねぇ」

チューハイを口に流し込んだら、グレープフルーツの種が舌に残った。私は出さずに飲み込む。ともやんがビールをあおった。

「まあ、仕事あるときはしっかり稼いどけよ。俺なんて、イータックスのおかげで仕事減りまくりよ」

ともやんは、よよよと泣き崩れた。

彼は税理士をしている。確かに、確定申告がインターネットでわりと簡単にできるようになって、税理士に相談しなくてもなんとかなる人も増えているだろう。

でもそれはさておき、ともやんの場合、そのリーゼントをやめたらもう少しお客さんがつくと思う。ついでに、そのペーズリーのシャツもやめたら、事務所のドアを開けたとたん後ろを向いて帰ってしまう人がいなくなると思う。しかしともやん曰《いわ》く、「リーゼントをしている芸能人はみんなずっと若々しい」とのことで、若々しくありたいのだ、彼は。

眼光鋭い奥二重の目と、キリッとした太い眉との幅が狭い。鼻筋も通っていて、無駄に美形なせいでかえって迫力が増し、ヤバい人っぽく見える。こうしてあたりまえみたいに何も言わずグレープフルーツを搾ってくれる優しい人であるのに、ともやんは誤解されやすくて損をしているかもしれない。

ともやんと私は、高校時代の同級生だ。三年生のときは同じクラスで、修学旅行の班が一緒になったこともある。岐阜の片田舎で共に過ごし、卒業してから一度も連絡を取っていなかったともやんと再会したのは、一年前、東京のこの小さな居酒屋だった。

テレビや雑誌に出るとき私は、フルメイクで髪の毛を結い上げ、デコラティブなドレスを着ている。ドレスはともかく、私はすっぴん顔にコンプレックスがあるので、高校を卒業してからメイクをしないで外に出るということはまずなかった。全体的に薄いのだ。目も眉も唇も。だから徒歩一分のコインランドリーに行くだけでも、顔にはっきりと色や線を乗せないことには玄関のドアを開けられなかった。

ある朝、寝坊してゴミ収集車が来る時間ぎりぎりになり、ええいっとすっぴんで出ていったとき、誰にも気づかれなくて拍子抜けした。ゴミ袋持って走ってるところなんて、これこそネット民のかっこうの餌食だ。でも、まったくの素顔で髪の毛を下ろし、Tシャツにスウェット姿の私を、彗星ジュリアだと思う人はいなかった。ためしにそのまま近所のパン屋やレンタルショップまで行ってみたけど、私を二度見する人はゼロだった。それもどうなのという気もするけど、コンプレックスを踏み越えて私の「変装」はこれだ！とわかった。

それからは楽になった。気づかれたくないときはノーメイクにTシャツとジーンズ、髪の毛はだらりと下ろすだけ。眼鏡でもかけたら完璧だった。そんな恰好で、居酒屋のカウンターでひとり、焼き鳥とサワーで晩御飯にしていたら、声をかけられたのだ。

「ニコ?」

反射的に振り向くとこわもてのリーゼントがいて、身がすくんだ。ポマードで黒光りする頭に見覚えはなかったし、先のとんがった革靴からできれば遠ざかりたい。

私のことを「ニコ」と呼ぶ人は岐阜にしかいないはずだ。私の本名は「えみこ」というのだが「笑子」と書くので、小学校から高校まで友達の間では「ニコ」がニックネームだった。

人違いではなく過去の私を知っているんだろうけど、私はこの人を知らない。戸惑いと恐怖で顔をひきつらせていたら、彼はバシバシと私の肩を叩いてはしゃいだ。

「俺だよー、友谷《ともや》! 友谷茂《しげる》!」

「え? あ、あーっ、ともやん!」

野球部で坊主頭だったともやんとはあまりにも異なる姿にびっくりして「変わったねえ」と言ったら、ともやんは「ニコは変わらないなあ!」と笑った。そう言われて、鼻の奥がつんとした。嬉しかったから。

彼は私が彗星ジュリアであることを知らなかった。地元ではずいぶん噂になっていたから、情報がまわってきていないということは、ともやんは長い間岐阜とは縁が薄いのかもしれない。

名古屋の大学を出てから上京したともやんが今、税理士としてひとりで事務所を構えていて、私と同じバツイチの独身ということくらいしか私は教えてもらっていない。占ってくれとも言われないから、誕生日すら知らない。でも時々こうして彼は、すっぴんの私とお酒を飲んでくれる。愚痴を聞いてくれる。経費の落とし方や税金のことを教えてくれたり、二月には確定申告を手伝ってくれる。もちろん税理士としての相談料は払う。私が身も心も素をさらけだせるのは、ともやんだけだ。手をつないだことさえないけど。

私は高校卒業後に就職した食品会社の上司と二十五歳で結婚したもののうまくいかず、子どももできないまま三十六歳で離婚して近所のスナックで働き始めた。人の話に合いの手を入れたり、盛り上げたり、じっくり聞いたり、あるいは聞き流したり、ということが私は苦でなかったし、お酒を飲むことも歌うことも比較的好きだった。単調な毎日はそこそこ楽しかったけど、ただ、いつまでこうしていられるのかなと不安にかられることもあった。

私の人生をくるっと方向転換させたのは、スナックにあった卓上おみくじ器だった。おみくじといっても星占いで、自分の星座が描かれたところに空いている穴へ百円玉を入れてレバーを引くと、ルーレットが回転して巻物状の紙が出てくるやつだ。

酔っぱらったお客さんがよく、ちゃりちゃりと百円玉を投入してちっちゃなロールを取り出し開いては、そこに書かれた言葉に一喜一憂しているのが興味深かった。

けっこうなおじさんでも自分が何座かぐらいのことは知っていて、ちょっと先の未来にどんなことがあるかをみんな教えてもらいたがっている。かわいい。なんてかわいいの。

こんなの、誰がどんなふうに書いてるんだろう。どうやってやるんだろう。ふと興味を抱いて図書館に行き、西洋占星術について調べてみた。そのときは、数字だの表だのがいっぱい出てきて、なんのことやらさっぱりわからなかった。星占いって、こんなにめんどうくさいのかというのが、シンプルな感想だった。

ただ、十二に仕切られた円の中に惑星が散らばっている「ホロスコープチャート」と呼ばれる図を見たとき、星を表すマークがぴょこぴょこっと動いて見えて、あれっと思ったのだ。それがどうしても気になって、私は独学で少しずつ時間をかけてホロスコープの読み解きを始めた。最初のうちは理解できなかったことも、何かの拍子に知恵の輪がするりと外れるように「そういうことか!」と腑に落ちる瞬間があって、そうなるとしめたものだった。次はこの輪、その次はこの輪と、私は次第にホロスコープのしくみがわかるようになっていった。学校の勉強を楽しいと思ったことなんて一度もなかったのに、占星術の学びは私を夢中にさせた。

そのうち生年月日や出生地を打ち込めば一発でホロスコープチャートが出るパソコンソフトがあると知り、私はそれを使うためだけにノートパソコンも併せて買った。そしてお店の女の子や常連客のチャートを出して、余興で性格だの運勢だのを読み解いて聞かせるようになったのだ。もちろん無料だ。単に私が楽しかったから、それだけ。

私が想像していた以上に、みんな、占いをやってほしがった。持って生まれた素質や人生傾向を伝えると、「それで、それで?」と身を乗り出してくるのだ。いつの世も占いが廃《すた》らないのはきっと、唯一「あなた」について語られるからだ。テレビや映画や本で、誰もが他者のさまざまな物語を傍観することができる。だけど占いは「あなた」自身についての物語を紡ぐのだ。私が思っていたよりずっと、みんな自分のことを知りたいのだと実感した。

そんなことをしているうち、お店のママが「あんた、金取りなさい」と言ってきて、毎週火曜日を占いの日として有料鑑定することになり、ママに二割のマージンを渡すようになった。

名前はてきとうにつけた。彗星ジュリア。好きな曲のタイトルをアレンジしただけだ。口コミでお客さんが増え、若い女性客がわざわざそのために来るようになって、私は二年でのべ二百人を超える鑑定をした。この時点で私は四十歳を過ぎていたけど、そのことはプラスに働いたと思う。そこそこ生きてきた経験値は、鑑定結果に言葉を肉付けする大きな手助けになった。同じことを説明するのでも、たとえ方ひとつで相手の反応が大きく変わるのだ。私の言葉に笑ったり泣いたりしながら、お客さんが最後はすっきりした表情になって帰っていくのがとても嬉しかった。

ママが店の奥に仕切りを作ってくれた小さな占いブースで、「自分はうまくいっていない」とこぼす人が何人もいた。でも私が話を聞いている限り、「うまくいかない人」ではなくて「うまくいかないと思っている人」が多いだけだった。俯瞰《ふかん》で見れば、たいていの人はそれなりにうまくいっているのだ。その証拠に彼らは一様に「自分以外は、みんなうまくいってる」と口を揃えてうらやましがるのだから。

いわゆる十二星座が同じでも、ひとりひとりの星の配置はぜんぜん違う。それぞれに個性的でユニークで、私からしたら「平凡な人」なんてひとりもいない。そのことは、私が占星術鑑定で得た一番の気づきだった。

あるとき、名古屋のイベント会社に勤めているお客さんが出張で岐阜に来ていて、私が占いをやっているのを見て「今度、企業のパーティーがあるからそこで鑑定をしてくれないか」と言った。怖気づいて「そんな大きな場所でできませんよ、当たらないって叱られます」と答えると「いや、当たるとか当たらないとかは、どうでもいいよ。君のキャラがすごくいい。ミステリアスな雰囲気なのに、おもしろいことばっかり言ってる」と笑うのだった。占いなのに当たらなくてもいいって、そういうものなのかと思いつつ、自分のそのときの運勢を星の動きで見てみた。気持ち悪いくらい新しいことを始めるのに絶好のタイミングで、来た誘いは乗るべき、みたいな感じだった。星がそう言うならやってみようかなと腰を上げた。「できるだけ派手にしてきてね」とリクエストがあったので、求められるままそうした。

そこからがあっというまだった。その企業のパーティーというのはテレビ局がらみで、私はプロデューサーに地方局の占いコーナーをやってくれないかと頼まれ、その番組に出演したのがきっかけでキー局からも声がかかるようになった。

岐阜と東京を行き来しているうちに顔と名前が知られ、街を歩いていて声をかけられたりじろじろ見られるようになった。突然、道路の向こうから「震災を予言してみろ」と叫ばれたり、競馬新聞に赤ペンで丸をつけてくれと要求されたこともある。逆に、すれ違いざま、いかがわしいものを見たかのように顔をそむけられたりもした。

それでもスナックに籍があるうちはたまに対面鑑定をやっていたのだが、「彗星ジュリアにこう言われた」と間違った解釈をインターネットで拡散されることがたびたび起こった。まったく別人の占い師を私だと勘違いされているときもあったし、ニセモノも出た。私はそんなこと言ってないのにと思っても、勝手に広がっていく浮評を止めることはできなかった。私が自覚する以上に「彗星ジュリア」の名前の影響力は大きいのだった。さらに、本当に悩んでいるのではなく、「こういう難題をふっかけたらどう答えるか」を試そうとする意地悪な客も増えてきて、私はすっかり疲弊してしまった。

キー局の情報番組でレギュラーが決まり、雑誌だけではなく単行本の出版依頼がきたときに、また自分のホロスコープを見てみた。ちょうど転機にあたっていて、動いたほうがよさそうだった。それで私は、もうほとんど行けていなかったスナックを辞めてアパートを引き払い、上京することにした。

それを機に、私は個人鑑定を受けることを完全にやめた。

他の占い師を見ても、テレビによく出ていて有名な人ほど、個人鑑定はしないという傾向にある。私は「マス」に向けて占星術を知ってもらったり楽しんでもらう方向にシフトチェンジした。バラエティ番組では、共演している芸能人の結婚のタイミングとか、ブレイクするかどうかとか、公共の電波に乗せて大丈夫な範囲でしか質問はこない。一般向けには、雑誌や本で「不特定多数の読者」を対象に原稿を書くことにした。

東京で生きていくために着ている「彗星ジュリア」の鎧《よろい》は、時に私をガードし、時に重たすぎて倒れそうになる。

こんなふうに居酒屋で、ジュリアを脱いだニコのままなんでも話せるともやんがいてくれることが、私の大きな受け皿になっていた。カウンターの隅に並び、あたりめをしゃぶっているともやんを、私は今日も感謝の意をこめて見つめる。

「前から思ってたんだけどさ、彗星ジュリアのジュリアって、チェッカーズ？」

ともやんが言った。彼はそんなにお酒が強くない。ビール瓶一本だけで目がとろっと溶けてきている。

「ばれたか」

私は三杯目のチューハイをごくごくと飲む。いい感じに体がほぐれてきて、眠たくなってきた。ともやんのご指摘通り、「ジュリア」は私たちが十代のころ流行っていたチェッカーズの曲から取った名前だ。

「私さあ、『ジュリアに傷心《ハートブレイク》』って、チェッカーズの中で最高の名作だと思うんだよねえ」

「好きだったもんな、チェッカーズ。ニコ、放送部なのをいいことに、昼時によくかけてたよな」

「うん、好きだった。私の青春って、チェッカーズと共にあった」

私はテーブルにつっぷして目を閉じ、『ジュリアに傷心』をぶつぶつと歌った。なんだか、悲しい曲を選んじゃったな。昔の恋人、ジュリアへの切ない想いと、俺たちは都会で大事なものをなくしちまったって歌だ。教室の片隅で熱唱してたころは、ちっとも意味なんかわかんなかったはずなのに、どうして心に響いてたんだろう。ねえ、高校生の私。三十年後の私は今、あんたが考えられないくらい遠いところまで来てしまったよ。

水をくださいと店員に頼んでいるともやんの声が、頭の上を通り過ぎていった。

ともやんから、ひどい熱が出たとラインがきたのは翌週の朝だ。九月でも念のためインフルエンザの検査をしたけどシロで、単に風邪らしかった。彼はガタイもいいし、ウィルスも菌も近寄らないようないかついルックスをしているのに、案外しょっちゅう風邪をひいている。

彼は一応アパートを借りているのだが、事務所のほうが広いので、そこのソファで寝泊まりすることが多いらしい。悪いんだけど何か食べ物を持ってきてくれないかと、珍しく要請があった。ともやんと会うのはいつも居酒屋で、私は彼の事務所に行ったことはなかった。

午後から都内のホテルでトークイベントがあるけど、昼前までなら時間がとれそうだった。私はともやんに聞いた住所をたよりに、初めて降り立つ東京の外れを訪れた。

ともやんの事務所は、駅から十五分くらい歩いたところの、さびれた雑居ビルの四階だった。窓に「友谷税理士事務所」と大きなステッカーが貼ってある。三階には公文。二階と一階はなんのテナントも入っていないみたいだけど、シャッターが半分開いていた。内装工事中らしい。

事務所には鍵がかかっていなくて、ドアを開けるとともやんがソファで綿毛布にくるまって寝ていた。「来たよ」と声をかけると、うっすら目を開けて「おう」と弱々しい返事をかえしてきた。艶のない前髪がぱさっと額にかかっている。リーゼントじゃないともやんを、初めて見た。

コンロはないけど電子レンジと冷蔵庫はあるというので、ささみ入りの簡単な野菜スープを作ってきた。「飲む？」と訊くと「あとで」と言う。相当苦しそうだった。

「ポカリスエットは？」

「あ、欲しい」

ともやんは体を起こした。私がポカリスエットをグラスにつぐと、彼はこくこくと音を立てて半分ぐらい飲んだ。のどぼとけが上下に動く。

「他に何か、欲しいものある？」

「スガキヤのクリームぜんざいが、食いてえなあ」

私は吹き出した。スガキヤは、東海地方をメインに西日本寄りのフードコートにしかないラーメン屋だ。今のところ関東にはない。私が高校のころはラーメンが百八十円で食べられた。ぜんざいの上にソフトクリームがのっているクリームぜんざいは、百四十円だったと思う。高校のそばに大型スーパーがあってそこにも入っていたので、学校帰り友達とたむろするのにちょうどいい場所だった。

「ごめん、やっぱり寝るわ」

ともやんはソファに倒れ込んだ。私が綿毛布を整えると、彼は目を閉じたまま、子守歌のようにぼそぼそと言った。

「もうずいぶん食ってないな。スガキヤのソフトクリームって、あれ、なんかちょっと他と違うんだよな。イイよな」

「……岐阜、しばらく帰ってないの？」

「うん」

ともやんは寝返りを打った。

岐阜で何があったのか、私は知らない。でも彼にもいろんな傷があるんだろうなと、それだけは伝わってくる。私だって同じだ。離婚してスナックで勤め始めたときからそうだったけど、占い師としてメディアに出るようになってからは完全に、家族や親戚から縁を切られている。

なんだか大人になっちゃったよね、私たち。ともやんの後頭部を見ながらそう思った。

「もう行くね」

「うん。来てくれて、ありがとな」

「りんごとバナナも、置いておくよ」

「助かる。ありがと」

ここまでするのは差し出がましいかと思ったけど、肌着とTシャツも買っておいた。果物と一緒に、テーブルの上に置く。

私はともやんの頭をそっと触り、三度ほどなでてから「また来るね」と言って事務所を出た。ポマードのついていないともやんの髪の毛は、汗でしっとりして子どもみたいだった。

雑居ビルを出て駅に向かおうとしたら、脇の細道にふと目がいった。つきあたりに鳥居が見える。神社があるのだ。

無意識に、そちらのほうへ足が向いた。石造りの鳥居の前で一礼し、中へ入る。こじんまりとした、どこかアットホームな神社だった。

手水舎で手を洗い口をゆすぎ、拝殿の前に立つ。鈴を鳴らして手を合わせた。

私はいつも、神社で何も願わない。ただ目を閉じて心を静かにするだけだ。強いて言えば、無事に生かしてくれてありがとうございますとだけ伝えることもある。

神様が願いをかなえてくれる存在なのか、私にはわからない。ただ上のほうで、私たちをにやにやと眺めたり、ちょんとはじき飛ばしたり、気まぐれに人と人を衝突させたりくっつけたり、案外いたずら好きなんじゃないかと思う。

神話を読んでいると、ろくでもない神様がいっぱい出てくる。日本だけじゃなくてギリシャ神話だって、多くの神様が残酷で嫉妬深くてエロかったりするし、全知全能の神、ゼウスなんてとんでもない女ったらしだ。はるか昔から語り継がれてきた神様って、おかしな話だけどすごく人間くさい。

神様が願いをすべてかなえてくれていたら、私は今、岐阜で優しい夫とかわいい子どもたちに囲まれているはずだ。かなわなかった願いの果てに、流れ流れて、私は占い師としてテレビに出て女ひとり生計を立てている。どっちがよかったんだろうと、私は時折考える。

ちょっと、疲れた。帰ろうと拝殿に背を向けると、大きな緑葉樹に目がとまった。樹齢何年だろう。幹の太さからいって、百年は超えているはずだ。どれだけたくさんの参拝者をここで見てきたんだろうか。

樹に近づき、顔を上げるといくつか葉の裏に文字が書いてあることに気がついた。「宝くじ一億円当たれ！」「彼女が欲しい」。まったく、人間って欲しかない。

すると突然、樹の幹からひょいと猫が顔を出した。

「クロベエ！」

思わず声を上げ、しゃがみ込んだ。クロベエ、こんなところにいたの！

……違った。

背中や顔半分が黒くて、額から山を描くように首の下をたどっておなかまで白い、ハチワレ猫。その模様は一緒だけど、クロベエの鼻はピンク色だった。この子の鼻は、墨のように黒い。それに、ちゃんと見れば耳の形や顔の輪郭も違う。すごく似ているけど。

クロベエじゃなくてあたりまえだ。クロベエは私が高校生のときに出会った猫で、もうこの世にいるはずがない。

ハチワレ猫は私をじっと見上げている。シャンパンゴールドの瞳。私が笑いかけると、猫も笑い返してきた。

お、笑ったな。

街で偶然、友達と会ったときみたいな、親しげな笑顔だ。やあ、久しぶり。

どうしてだろう、自然に言葉が口をついた。

「クロベエは、元気?」

猫はニッと唇の端を上げ、こくんとうなずいた。私は心からほっとした。この世かあの世かその世か、どこにいるかはわからないけどクロベエは元気らしい。この子にはわかる、ということが、なぜか私にはわかる。

「あの子、さびしくなかった?」

自分で言っていて、目頭が熱くなってきた。長い間ずっと、心の隅に引っかかっていたことだ。

クロベエは野良だったけど、要領よくいろんな家を渡り歩いてごはんをもらっていた。田舎だったせいか時代なのか、飼い猫でも勝手に外に出て勝手に戻ってくることが普通で、それぞれの家が「うちの猫」と思いながらみんなでなんとなく飼っている感じだった。私はクロベエと呼んでいたけど、彼には名前がいっぱいあったはずだ。

学校帰り、通学路にある公園でツツジの植え込みにうずくまっているクロベエと目が合ったのがきっかけだった。最初はお互いにしれっとしていたものの、何度か遭遇するうち顔見知りになり、話しかけると「みゃ」と短く答えてくれるようになり、少しずつ距離が縮まった。ごろんと寝転んでおなかを見せるようになったころ、台所から煮干しを持ち出そうとしたら母親にものすごく反対された。

「なでるぐらいならいいけど、エサはやめて。うちは団地で飼えないんだから、責任も取れないのに中途半端な愛情をかけたらダメよ」というのが母親の持論で、今となってはしごくもっともな意見だとわかる。でもそのときはちょっと、不思議な気持ちだった。愛情に「中途半端」があるということ、食べ物イコール愛情ということ。なでても食べ物を与えなければ愛情をかけていない、責任を負わなくていい、とみなされるのかということ。

よくわからなかったけど、私は言われた通り食べ物を介さずにクロベエと交流を深めた。

落ち込んでいるときにクロベエに触るとそれだけで傷が癒えるような思いがしたし、言葉を話さない彼の「すべてを知っている」ふうなすました表情はなんだかたのもしくて、こんな私でもクロベエが友達でいてくれるなら大丈夫か、なんてほっとした気持ちになった。

そんな日々が一年ほど続いただろうか。しばらく姿を見せないなと思い始めて一ヶ月ぐらいしたころ、またツツジの植え込みにいるクロベエと会った。彼は私を認めると、待っていたように体を起こしてゆっくり近づいてきた。

「久しぶりだねえ」と私がしゃがむと、クロベエは私の腿に勢いよく何度も頭突きをした。さらにかつてない激しさでぐいぐいと頭を押しつけてくるので、何か怒っているのかと思った。

どうしたの、と言うとクロベエは頭を離し、私を見上げて一声鳴いた。猫の言葉が理解できたらいいのに。私がクロベエの首をなでると彼はまぶたを閉じた。そして少しすると何か納得したように目を開き、すうっと私に背中を向けて行ってしまった。

私がクロベエを見たのはそれが最後だ。大人になってから、何気なく見たネット記事で「猫が頭突きしてくるのは大好きという愛情表現」という一文を読んで、私は泣いた。あれは、お別れの挨拶だったのだ。

居場所を定めず、いろんなところに身を寄せたクロベエ。自由に生きて、たくさんの人から愛されたクロベエ。

でもその反面、嫌われていたことも私は知っている。小動物を飼っていたり家庭菜園をしている家からは警戒されていたし、帰り道が一緒になった友達から「野良は汚いから触りたくない」と言われたこともある。

誰も間違っていない。ほんとうに、誰もだ。

かわいがってくれる人がいても、逆に憎まれても、クロベエが野良でい続けることを選んだ気持ちはなんとなくわかる。誰かひとり、どこか一箇所と、安定した関係が築けない自分と重なって、東京に出てきてから何度もクロベエのことを思い出すようになった。

「ねえ、クロベエは、本当はさびしくなかった？」

私はもう一度尋ねた。

ハチワレ猫はそれには答えず私にちょっと流し目を残し、のんびりと樹の周りを一周した。優雅な足取り。鍵しっぽが揺れている。スタイルのいい猫だ。お尻に五芒星の白ブチがある。思わず見入っていると、猫は急に足を早めた。

しゅんしゅんと勢いよく樹の周りを走り、私が呆然と見ていると、あるところでぴたっと止まって左足を上げた。トン！と幹に足をつける。葉が一枚、落ちてきた。

タマタマ。

なに？　この猫の名前？

「どういうこと？」

葉を拾い上げて猫に尋ねようとすると、もう姿がない。急いであたりを見回したら、拝殿脇の階段をひょいひょいと上っていくのが見えた。

私は心を落ち着けようと、樹の下に設置されている赤いベンチに座った。あの猫の一連の行動。何かに似ていると思ったけど、わかった。タロット占いだ。自分では星占いしかやらないけど、岐阜のスナックで有料鑑定を始めたころ、向学のためプロの占い師にいろんな占術で鑑定してもらっていたことがある。もちろん自分も占いをやっていることは隠して、初めてなんですって言いながら。

シャッフルして、カードを一枚引く。ワンオラクルという手法だ。偶発的に抽出されたそこには、その人にとってそのとき一番必要なメッセージが書かれている。これはきっと、そういうことに違いなかった。なにしろ、あの猫、ただものじゃない。

タマタマ。なんだろう、タマタマ。

缶切りで開けた蓋みたいにギザギザした縁の葉を、手に取って眺める。もう少しここにいたいけど時間だ。私は腕時計を見て立ち上がり、猫がくれた「メッセージカード」を手帳に挟んで駅に向かった。

ホテルに着くと、編集担当の清水《しみず》さんがロビーで待っていた。いつもオシャレな人で、今日はかちっとしたコバルトブルーのワンピーススーツを着ている。

今回のトークイベントは、出版した本についている応募券で抽選三十名に当たるというもので、申し込み数もかなり多かったらしい。本に書いたことをからめながら、西洋占星術のしくみや考え方について、ホワイトボードを使って話をすることになっていた。

「時々お客さんに話を振ったりして、盛り上げてくださいね」と清水さんが言った。

会場に入ると、大きな拍手が起こった。二十代、三十代と思われる若い女性が圧倒的に多い。

ホワイトボードに今日のホロスコープチャートを描き、これからくる木星移動の流れを解説したあと、先週から水星が逆行するタイミングに入っているのでテーマのひとつとした。

「水星逆行って一年に三回ぐらいあって、この期間に起こりやすいことがいくつかあるんです。交通機関の乱れとか、通信機器の不具合とか、連絡ミスとか、ちょっと忘れっぽくなるとか。だからこの時期にそういうことがあっても、基本的には、ああ、水星逆行だからねって大きく構えるほうがいいです。でも人それぞれ、持っている星が違うから、逆行の影響がまったく同じってわけじゃなくて、人によってとらえ方が変わってくると思うんですよね」

本を買って応募してくれた人たちだけあって、みんな熱心だ。目を輝かせて話を聞いてくれたり、メモを取ったりしている。

「たとえばイヤなことがあったとき、みなさん、どう対処されてますか？　はい、あなた！」

最前列に座っていた、やる気満々な感じの女の子を指す。彼女はポニーテールを揺らして立ち上がり、元気よく答えた。

「走って忘れます!」

両腕を振りジェスチャーする彼女を見て、みんな笑った。いいなあ、こういうノリのいいリアクション。ありがたい。

「気持ちいいね」と言って次の参加者を選ぼうとしたら、ポニーテールが続けた。

「でも、無理に忘れなくていいことも、あるかもしれないです」

私は虚を突かれて彼女を見る。

「どうして」

「今はつらいだけの気持ちも、時間がたてば、これから素敵なものに変わるかもしれないから」

彼女は清々しく笑った。きめの細かな肌が、若さではじけそうだった。

「私、美容師の卵なんですけど、いいサロンなんで、みなさん来てくださーい」

ポニーテールは客のほうへ向き、サロンの名前を言った。笑い声と一緒に拍手まで起こる。

「商売上手!」

私が言うと彼女はペロッと舌を出して座った。まだハタチ過ぎぐらいの彼女には、途方もない「これから」がある。つらい過去が、いくらでも素敵な未来に変わるだけの。健康的で明るくて、社会に出たばかりで、きっと友達も多い。どこも擦れていない、まっさらな白い木綿みたいな女の子を私はいつになくうらやましいと思った。

私は呼吸を整え、話を続けた。

「水星逆行は悪いことばっかりじゃなくて、いいこともあるんですよ。要は時間が逆戻りするような感じだから、なくしたものが見つかるとか、なつかしい人と再会するとかね」

そうなのだ。これは私自身、いつも実感することで、ともやんと居酒屋で再会したのも水星逆行のときだった。

でもこういうのって、誰でも彼でもというわけじゃない。これまで何回も訪れた水星逆行中に元夫と復縁の兆しが見られたことなんか一度もない。また会う必要のある人にしか、水星は働かないという気がする。

「この時期の同窓会は、カップル成立の確率が高い」という話をしたら、会場の隅々で、どこか照れくさそうな含み笑いが漏れた。みんなそれぞれに、いろんな恋があるのだ。彼女たちの笑い声に呼応するように、胸がきゅっと鳴った。

イベントが終わり、控室で着替えだけしたところでドアがノックされた。ドアを開けると、清水さんがいた。

「すみません、ジュリアさん。参加者さんのひとりが、どうしてもジュリアさんにお会いしたいって……」

「もしかして、私の知ってる人かな。お名前聞きました？」

「ええと、この方。玉木《たまき》さん」

清水さんは参加者のリストをこちらに向け、指をさした。

　玉木たまき

「タマキタマキ？」

「ええ、おばあさんです。個人鑑定をお願いしたいっていうから、そういうのは受けられないって言ったんですけど」

確かに、会場の端に老婦人がひとりいた。和装の上品なおばあさんだった。

タマキタマキ。

タマタマ……？　ハチワレ猫にもらった葉の言葉を思い出す。

「お通ししてください」

清水さんは意外そうな顔をしたあと、「わかりました」と言っていったんドアを閉めた。

ほどなく現れた「タマキタマキ」さんは、こちらが恐縮するぐらい腰を低くして
「すみません、すみません」と何度も言いながら入ってきた。

「あたくし、葉山から参りました、玉木たまきと申します。御年、八十三歳でございます」

「葉山から。遠いところから、ありがとうございます」

「タマキタマキというのは、嫁ぎ先の姓が玉木だったという、たまたまでございます」

たまきさんはほんのりと笑った。自己紹介をするたびに、このフレーズを使っているのだろう。ちょっとはウケてみせたほうがいいのだろうか。私はとりあえず「はじめまして」と笑った。

「著名な占いの先生ということで、あたくし、今日の日を楽しみにしてまいりました。中川《なかがわ》さんが読んでいた本を、どんなものだろうとめくってみましたところ、応募券というものがついていましてね、中川さんにこれはなあにと聞いたら、出版社に送れば彗星ジュリア先生にお会いできると教えてもらったものですから、まあ、あたくし、占い師というものにお目にかかったことがございませんので、それならばと申し込みさせていただきましたの」

中川さんがたまきさんにとってどういう関係のどんな人なのかわからないけど、つ

まり、たまきさんは私の本を読んでいないし、占星術に特に関心があるわけでもないのだった。ただ占い師に会いたかっただけだ。いやな予感が胸をよぎる。

「今日のお話、いかがでしたか」

私が尋ねると、たまきさんは嬉しそうにかぶりを振った。

「ええ、さっぱりわかりませんでした。でも間がいいと言いましょうか、あたくしが悩んでいるタイミングで思いがけずお会いすることになって、心を逸らせてここに参りましてね。お話を聞いてあたくし、ジュリア先生だったらきっと大丈夫という確信を得ましたの」

「大丈夫、というと」

「なくしものが見つかるって、そうおっしゃってましたから」

たまきさんは満足そうに、にっこりと私を見た。

「先生、あたくし、とても大切な鍵をなくしてしまいましたの。どこにあるか、占っていただけませんか」

私は思わず目を閉じた。しまった、お通しするんじゃなかった。タマタマのメッセージに関係があるかと思って、つい気を許してしまった。

目を開け、テレビや雑誌用のジュリアスマイルを作る。

「申し訳ございません。私、今は個人鑑定はしていないんです」

「ええ、かまいません。鍵がどこにあるかだけ、教えていただければ」

軽くずっこけそうになったのを持ち直し、私はソファに座りなおした。

「鍵って、なんの鍵ですか？」

たまきさんはコホンとひとつ咳払いをすると、ハンドバッグからモノクロの古い写真を一枚取り出した。

「こちらでございます」

十歳にもならなそうな女の子が、アンティーク調のジュエリーボックスのような木箱を持ってほほえんでいる。宗教画みたいなものが彫られていて、蓋のところに鍵穴がついていた。いかにもお嬢様ふうのかわいい少女は、たまきさんだろうか。

「先生にお見せしようと思って、昔の写真を引っ張り出してまいりました。箱はこちらに持ってくるわけにもいきませんので、今は金庫に入れてあります。箱ごと盗まれたら困りますしね。鍵は、こちらに描いてまいりました。真鍮《しんちゅう》でできております」

もう一枚、はがきサイズの紙をこちらに向ける。貴族の紋章のようなヘッドがついたキーが、鉛筆で緻密に描かれていた。ごていねいに「TAMAKI」とサインまでしてある。たまきさん作らしい。見ないでここまで描けるんだから、よほど使い込んでいるんだろう。

「ああ、あの鍵がないと……」

たまきさんはいきなり嗚咽《おえつ》し始めた。私はぎょっとして立ち上がる。

「も、もう一度よく探されては」

「ええ、探しましたとも。でも見つからないんです。あたくしひとりで探すのは、もう限界。神様でもないかぎり、中身を取り出すことなんてできませんからね。誰かに知られる前になんとか鍵を見つけなければ」

たまきさんはレースのハンカチを出して顔を覆った。指にはエメラルドの大きな指輪がはめられているし、腕時計もよく見るとブルガリだ。高そうな着物とハンドバッグ。見るからにお金持ちのおばあさんがそこまで大事にしまっておいたものって、どれほど高価なんだろう。いくらなんでも、私には荷が重すぎる。

「それはご心配だと思いますが、個人的なご相談は受けていないんです。お役に立てず、申し訳ありません」

私が頭を下げると、たまきさんは「さようですか……」とつぶやき、ハンカチをたたんだ。そして懐紙を取り出し、ペンでさらさらと何か書きつけている。

「こちら、あたくしの住所と電話番号です。いつでもどうぞご連絡くださいませ」

個人鑑定を受けないという私の言葉は通じているのかいないのか、たまきさんは私に懐紙を差し出すと、席を立ってぺこりとお辞儀した。

翌日はオフだったので、昼前にともやんに「どう？」とラインしたら「熱、下がった」という返事がきた。軽く買い物をして事務所に行くと、彼は私が置いていったシャツに着替えて少しさっぱりした顔をしていた。タッパーに入れて持っていった野菜スープは、全部なくなっている。バナナもひとつ減っていた。

「それはおまえ、箱に入ってるのが金目のものとは限らないじゃん」

たまきさんの話をしたら、ともやんはそう言った。前髪がうっとうしいのか、輪ゴムで括ってちょんまげにしている。

「金目のものじゃないとなると、たとえば何よ?」

「思い出、とかさ」

ともやんはアイスクリームをスプーンですくいながら言った。つくづくロマンティストな税理士だ。

「鍵なくして箱が開かなくなっちゃって、思い出の品を手に取ることができないなんて、そりゃ泣くわ。……これ、うまいな」

缶詰のぜんざいの上にバニラアイスをのっけて出したら、ともやんはとても感激してくれた。

「ニコちゃんクリームぜんざい。どうよ」

同じものを作って私も食べている。ソフトクリームはテイクアウトしてもすぐ溶けてしまうから、カップのアイスクリームで代用せざるを得ないのが悔しい。

アイスをぜんざいに混ぜながらつついていたら、ともやんが私の顔をのぞき込んだ。

「おまえ、なんか落ち込んでない?」

「……ばれたか」

昨日のトークイベントは盛況だった。少なくとも私はそう思っていたし、清水さんも「よかったですよ!」とほめてくれた。帰宅してすぐ報告とお礼の記事をブログにアップして、今朝起きてから愕然とした。

コメント欄が荒れているのだ。イベントに関するコメントが、ざっと二十件ぐらい並んでいた。好意的な感想もある。でもそのうち十件はほとんど悪口みたいなものだった。テレビで見るよりブスだったとか、整形だとか、化粧が濃すぎるとか。まあ外見に関しては仕方ない。問題は、占いについてだ。

——視えてるわけじゃないんですね。しゃべりがおもしろいだけで、能力ないと思いました。

——あんなの占いじゃない。認めない。ただのタレント気どり。本なんか出して、いい気にならないで!

「視えてる」は「みえてる」で、占い好きの間でよく使われる言葉だ。鑑定とはまた少し違う意味合いがある。簡単に言うと「霊視ができる」ということだ。オーラや未来が見えるとか、気になる彼の気持ちを読むといった透視的なこと。

それを言われたら「はい、視えません」としか言いようがなかった。だって私は、霊能力を使って占いをしているわけじゃない。そういう事象があることは否定しないし、星占いともまったく無関係ではないけど、私は学問としての西洋占星術を紐解き、自分なりの言葉で伝えようとしているのだ。

テレビを見ているだけの人たちに何を言われても、ある程度はしょうがないと思う。見たくなくても勝手に私が流れてくるんだから。でも、わざわざ応募してまで会いに来てくれた人たちを不快にさせてしまったことが悲しかった。それは悲しみだけにとどまらず、腹立たしさまで連れてくる。自分に対しても、お客さんに対しても。

「参加者さんたち、喜んでくれてると思ったんだけどな。こんなに評判悪かったなんて、わからないもんだね。……みんな楽しそうに見えたのに」

私がぽつぽつ話すと、ともやんはぜんざいを食べ終えた器をローテーブルに置き、パソコンを立ち上げた。

「コメントのIP、見た?」

「あいぴー?」

「うそ。おまえ、よく無防備にブログやってんなあ」

ともやんはブックマークから私のブログを開き「あっち向いてるから、ログインして」と言った。背中を向けているともやんの隣で、私はパスワードを打ち込む。マイページを表示させると、ともやんは何度かクリックして「コメント管理」に飛び、書き込まれたコメントの一覧を出した。

「ここにIPって、数字があるだろ。……ほら、やっぱり荒らしてんの同じ人だよ。ナンバーが一緒だもん。名前とか文体変えて、ひとりが同じパソコンから書き込みしてんの」

「そうなんだ……」

「書き込んでるヤツもそういうことバレるって知らないぐらい疎いんだろうけどね。それに、本当にイベントに来た人かどうかわからないし。そう見せかけて、普段の鬱憤をこの機に晴らしてるって可能性もある」

　私はなんだかぐったり疲れてしまい、ともやんが寝ていたのと反対側のソファに倒れ込んだ。

「こうやって、私のこと憎んでる人がいっぱいいるんだよねぇ。私からは見えないのに」

「憎んでるっていうか……傷ついてるみたいに、俺には見えるけど」

「傷ついてる？」

「この書き込みしたの、占い師か、占い師やりたいのにできない人か、占い師じゃないにしてもよっぽど占いが好きって人なんだろ。そして自分はニコとそう変わらないって思ってる。行動に移すかどうかは別として、気持ちはわからんでもない。ニコへの憎悪に見えるけど、その実は運命に傷つけられてるみたいな気分なんだよ。なんでコイツばっかりいい思いしてるの、自分だって占い愛してるのにって。おまえのことを傷つけないと、割りが合わないっていうか。……消す？」

　私は首を横に振る。

「いいよ、このままで。ありがとう」

ともやんはうなずき、「ログアウトして」とパソコンから離れた。私はソファから起き上がる。黙ってマウスを操作していると、ともやんが綿毛布をていねいにたたみながら言った。

「俺たちはさ、インターネットがなかった時代を知ってるじゃん。どこの誰かもわからない意見が世の中の声として正しいみたいになる空気、俺、いつも気持ち悪いって思う。そういうのに振り回されないで、いいもんはいいって、そう思う人はちゃんと残るよ。ニコに何か落ち度があったならともかく、ネットに匿名でただ悪口書いてくるヤツとのあいだに人間関係なんてないだろ。無関係で無力なヤツが鼻クソつけてくるようなもんだ。いい気分じゃないだろうけど、しょせんその程度のことだよ」

ともやんはくしゃみをひとつすると、綿毛布をソファに置きティッシュで鼻をかんだ。

たんたんと語るともやんの声は、その綿毛布みたいに私を優しく包んだ。姿がわからない人の鼻クソはイヤだけど、目の前で私を励ましてくれるともやんの鼻水は汚くない。すぐそばにある生身の息づかいに、なんだかほっとした。

「うん……ありがとう」

私はログアウトしてからもう一度ブログ記事を開き、冷静になってコメントを読みなおした。あたたかな感想もたくさんあったのに、痛い言葉にばかり捕らわれて、ちゃんと噛みしめていなかったと反省する。

ともやんが心配そうに言った。

「でもこういうのがやだったら、ブログやめたら」

「ううん。こういう時代だからこそ、誰のチェックも入らずに自分の言葉を発信できる場が欲しいの。それにさ、インターネットって、嬉しい出会いもいっぱいあるんだよ。どこの誰かわからないからこそ、外見も年齢も立場もとっぱらって、魂と魂で話せるみたいな」

視線を感じてともやんを見ると、優しげなまなざしを向けている彼と目が合って、私はすぐに顔をそらした。胸が高鳴ったのを悟られないように。

私はともやんのことを、なるべくそういうふうに見ないように努めていた。もう高校生じゃないのだ。簡単にくっついたり離れたりできないし、こんな貴重な友達を失いたくない。もしも彼が若い女の子と新しい人生を歩むようなときがきても、よかったねって笑って言えるポジションを死守したい。

ふと思い出したことがあって、私は「ちょっとだけパソコン借りていい？」と言った。昨日たまきさんにもらったままになっていた懐紙を手帳から取り出す。

住所をもらったときに一瞬だけ、建物の名前が印象に残ったのだ。「グランブルー葉山」。最初はマンションの名前かなぐらいにしか思わなかったけど、あとになってからじわりと気になった。

グランブルー葉山と打ち込むと、すぐにホームページにたどりついた。なんとなく予想していた通り、高級老人ホームだった。美しい海が見える、いかにもハイソな施設。そこで暮らすたまきさんを思った。鍵がない、鍵がないって困ってるたまきさん。スタッフには伝えたのだろうか。それとも、誰にも知られないように黙っているのだろうか。

手帳には、猫にもらった葉も挟んである。

「ねえ、ともやん。これどう思う？」

ともやんがわざわざ近づいてきて、葉を手に取った。表、裏、ひっくり返しながら、彼は葉をまじまじと見る。

「どうって、なんの葉っぱ？」

「文字書いてあるでしょ」

「うーん？」

ともやんは顔をしかめ、難解な問題を解くように葉に目をこらした。見えないのか、彼には。というより、きっと私以外には。そういうことか。

私はともやんから葉を受け取り、質問を変えた。

「タマタマって聞いて、何が思い浮かぶ？」

「え？　えー？　そりゃ……」

ともやんはニヤニヤと卑猥《ひわい》な笑みを浮かべた。

「いやらしい、ばか」

ともやんを軽くはたく。よかった、すっかり元気になったみたいだ。

「まあ、そうだなあ。俺にとっては、タマっていったら野球のボールだな」

高校球児だったともやんは、キャッチャーをしていた。「野球」のジェスチャーをするときバットを振る人が多いけど、ともやんは野球の話をすると必ずミットで受けるようなポーズをとる。

「俺ね、野球ももちろんだけど、球磨きがすごい好きだったの。もくもくと磨いてると心もキレイになるみたいな気がしてさ。……お、そうだ！」

ともやんはデスクの引き出しから紙を取り出した。

「ヤクルト×中日戦、神宮球場二枚入手したぞ。行くか！」

「いいね、行こう！」

ナイターのチケットを掲げ、ちょんまげ頭のともやんは笑った。

目尻の深いしわ、のびかけているぽつぽつとごま塩の髭。私と同じだけ、同じ時代を生きているともやん。愛しくて嚙みつきたいのを、私はぐっとこらえた。

ともやんがたまっている仕事をするというので、私は夕方前に事務所を出た。

九月も下旬に入りかけて、風が秋めいている。からりとした空気の中、私はふたたび神社に足を運んだ。

ハチワレ猫はいるだろうか。でもなんとなく、もうあの猫には会えないだろうなという気がしていた。一期一会だ。

昨日は下の拝殿しか参拝しなかったけど、猫が上っていった階段の上にきっと本殿がある。私は階段に足をかけた。

この階段を、人々はどんな想いで上るのだろう。ある人は日課として。ある人は痛切な願いをこめて。ある人は祝福を受け取りたくて。ある人は……もしかしたら、自分で自分にかけた呪いに縛られて。

階段を上り切ったところに、やはり本殿があった。厳かで静寂に包まれている。対《つい》の狛犬を眺めていたら、奥から小太りの男性が現れた。青い作務衣を着て、雑巾のかかったバケツを持っている。私が軽く頭を下げると「こんにちは」と恵比須様みたいな笑顔を向けた。バケツに神社の名前が入っているところを見ると、ここの宮司さんらしい。私は尋ねた。

「拝殿脇のベンチのそばにあるのは、なんという樹ですか」

「ああ、あれ。タラヨウという樹です。おもしろいんですよ、葉っぱをひっかくと茶色く残ってね。昔はあの葉で写経したり、文《ふみ》のやりとりをしたそうです。ああ、そうだ、占いにも使われていたみたいですね」

「占い……ですか」

思わず笑ってしまった私に、宮司さんがため息まじりに言った。

「占い師さんも、大変ですよね」

私が彗星ジュリアだと気づいたのかと思い、ちょっと身が固くなる。でもそうではないらしい。宮司さんはあらぬほうを見て語り出した。

「スピリチュアルって言葉が流行り出してから、なんだか気の毒な占い師さんが増えた気がするんですよ。ふつうの人間だと思ってもらえないというか。わたしも時々、霊能者と勘違いされることがあります。亡くなった方がなんて言っているか教えてほしいとか、ここで祈祷したのに願いがかなわなかったってクレームがきたりとか」

「ああ、よくわかります。ほんとうに、とても」

私は宮司さんと手を握りあいたいくらいの気持ちになった。私のシンパシィが伝わったのか、宮司さんの口調がどんどんなめらかになる。

「確かに、他の方よりも神の気配を受け取る感度は高くなっているかもしれません。でもそれは、学校の教室における、係のようなものだと思うんです。生き物係がメダカの産卵に早く気づいたり、保健係が養護の先生と話す機会が増えるというような。そう特別なことじゃない。わたしだってふつうの生徒なのに、超常現象を求められても困る」

宮司さんにも言いぶんがあるんだなと、私はなんだかほほえましい気分になった。

「ああ、すみません。どうしてでしょう、あなたと話していたらつい」

頭を掻く宮司さんに、私はまた尋ねた。

「タラヨウの葉では、どうやって占いをしていたんでしょうね」

「詳しくはわかりませんが、火であぶって出てきた模様で占っていたみたいですよ」

「じゃあ、これもあぶり出しなのかしら」

私が手帳から葉を出すと、宮司さんは嬉しそうに顔を輝かせた。

「もしかして、猫から？」

宮司さんもあの猫を知っているのだ。

「はい。ハチワレ猫です。メッセージをいただきました」

「ああ、あなたは運がいい。それはミクジという猫です。その言葉があなたへのお告げだと、すぐおわかりになられたんですね。なんと話が早い」

ミクジっていうんだ、あの子。私はうなずいた。

「私も、係のようなものかもしれません」

宮司さんは私を二、三秒凝視したが、深く追求はせず「そうなんですか」とほほえんだ。今度は私のほうが、言葉をこぼす。

「だけど私なりに係のしごとをがんばろうとしても、すべての人が同じように受け取ってくれるわけじゃないって、実感してます。私のすることが、誰かに喜んでもらえる一方で、誰かを怒らせたりイヤな気持ちにさせてしまうんだなって。そうなると、自分の中にもいろんな感情が出てきてしまうんです。へりくだった気持ちや反省と同時に、自分勝手な憤りとか苛立ちとか、相反するものが」

私の話をじっと聞いていた宮司さんは、穏やかに言った。

「神道では、魂は大きく分けてアラタマ、ニギタマのふたつがあると考えられていますね」

胸を突かれた。ふたつのタマだ。

宮司さんはすっとしゃがみ、地面に指で「荒」「和」と書いた。

「荒魂《あらたま》は勇猛果敢で強いエネルギー。でもその勢いで災いを引き起こしてしまう面もある。和魂《にぎたま》は平和や謙遜、献身。優しい魂ですが、これだけでは弱すぎて進めません。どちらも必要だし、あって然《しか》るべきなんです」

宮司さんは、地面に並んだ漢字をそれぞれくるっと円で囲った。

「どんな場面で、どんなふうに、どちらの魂を活発にするかで人生は変わってくるのかもしれません。タマはふたつとも、普段から磨いていかないとね」

「たまみがき、ですね」

そうそう、と宮司さんは笑った。

荒魂、和魂。どちらも外せないセットなのだとしたら、ふたつのタマは、お互いにぶつかりながら磨かれていくように用意されたのかもしれない。それはきっと、どんな気持ちにも、ちゃんと意味があるっていうことだ。

この世でプレイするための大切なボール。私たちはみんな、それを携えて生まれてきたんだ。自分が授かった係をもう少しだけがんばってみようと、私は葉を見つめた。

帰宅してから、ずっとたまきさんのことを考えていた。

実は、厳密には占星術で探し物をすることがまったくできないわけではない。なくしたタイミングなどで占うという方法がある。ただ、はっきりと場所を特定するというよりは、「高いところ」とか「水回り」とか、キーワードから探っていくやり方だ。さらに今は水星逆行中で、なくしものが見つかりやすい傾向にはある。

でもそれはもちろん絶対的な保証はないし、どこかから漏れて「彗星ジュリアが失くしものを星占いで探すらしい」なんて話が出回ったらまた厄介だ。「責任も取れないのに中途半端な愛情をかけたらダメよ」という母親の言葉が脳裏をかすめる。

この感情が、中途半端なのか、そして愛情なのか、わからない。ただ、私の奥にある芯のようなものを揺さぶられて、頭から離れないのだった。

たまきさんは、まだ泣いているだろうか。ともやんが言ってたみたいに、宝石やお金よりも大事な、たとえば思い出みたいな何かだとしたら、箱を開けられなくなったことは彼女の人生にとってどれほど大きな悲しみだろう。ひとりで探すのは限界って、言ってたな。周囲の誰にも話せないに違いない。

私は霊能者じゃない。探偵でもない。たまきさんの鍵を見つけ出すことはできないかもしれない。でも。

でも、たまきさんと一緒に探すことはできる。ご家族や老人ホームの人には言えないことも、無関係の私なら、話を聞くことはできる。もし見つからなくても、たまきさんの鍵を見つけたいと願う人間がここにいるよって、それが伝わるだけでも彼女の涙は少しでも止まるかもしれない。

私は心を決め、たまきさんがくれた懐紙を手帳から取り出した。

すっぴんで行こうか迷った末、やはりフルメイクで髪を結い上げ、葉山に向かった。タクシーでグランブルー葉山に着き、受付でマスクをはずすと、「すみません」と言っただけで若い女性スタッフがあっという顔をして立ち上がった。

「中川さん、彗星ジュリアが！」

何も言わなくても話が運んで楽だ。やっぱりすっぴんで来なくてよかった。呼び捨てにしたことを申し訳なく思ったのか、受付の女性が口に手を当て、「ジュリア……さんが」と言い直している。

受付の奥からショートカットの小柄な女性が出てきた。年は六十歳ぐらいだろうか。姿勢良くシャキシャキと歩いてくる。中川さんと呼ばれたその女性は、私を見ると「うわ、本物」と目をくりくりさせて笑った。

「はじめまして。施設長の中川と申します」

「彗星ジュリアです。突然すみません。玉木たまきさんにお会いしたいのですが」

「たまきさんが、なにか……」

中川さんが急に不安げな表情を浮かべた。私はからりと笑って答える。

「先日、都内でのイベントで楽しくお話をさせていただきまして。そのときここにいらっしゃるとおうかがいして、たまたま近くまで参りましたのでご挨拶に」

中川さんは目を見開いた。

「ええ？　たまきさん、本当にジュリアさんとお話ししたの？　会えたわって言ってたけど、まさか会話したとは思ってなかった」

やっぱり、ホームの人には鍵のことは話していないんだろう。中川さんは内線でたまきさんに私が来た旨を告げ、廊下を歩きながら案内してくれた。

「もともとは私がジュリアさんのファンでね。読み終わった本を図書ルームに置いたら、たまきさんが興味深そうにしてて」

「ありがとうございます」

「イベントに当選したときは、たまきさんに隠して私が行っちゃおうかと思ったくらいよ。でもたまきさんが応募したから当たったんだなと思って。こういうのって、神の見えざる手で必要な人のところに渡るようにできてるものよね」

中川さんは、「玉木たまき」というプレートのかかったドアの前に来ると、トントンとノックした。引き戸が開かれ、たまきさんが現れる。

このあいだの和装とは違って、紺地に白の水玉ワンピースを着ていた。

「まあ、まあ、ほんとうだわ。中川さん、あたくしのことからかっているのかと思った。先生、会いに来てくださったの」

「もう少し、たまきさんとお話したくなりました」

そう言うと、たまきさんは「入ってくださいな」と親しげに私の腕を引き、中に招き入れた。中川さんが軽く会釈をして去っていく。

引き戸を閉め、部屋の中に目をやった。窓から海が見える。普通のマンションの一室と変わらない、あたたかみのあるクリーム色の壁とフローリング。ただ、そこに八十三歳のおばあさんが住んでいるとは思えないぐらいファンシーだった。カーテンはオレンジ色のギンガムチェックで、木製のテーブルセットも少女趣味なデザインだ。ベッドには淡いピンクの小花模様のカバーがかかり、チェストの上に写真立てがいくつも載っている。まるで中学生の女の子の部屋みたいだ。唯一、ベッド脇に小さな黒い金庫があることをのぞけば。

テーブルの上には白いキルティングの布が広げられており、何かの玉が十個くらい置かれていた。たまきさんは「ちょっとお待ちになって」と言いながら片づけ出した。

テーブルから玉がひとつ落ちて、転がってくる。

「あらあら、ごめんなさい」

私はその玉を拾い上げた。ビー玉？

「ビー玉当てをして遊んでいたの。たまに中川さんともやるのよ」

たまきさんはガラスの瓶にビー玉を詰め始めた。私も手伝う。キルティングの上で、不揃いの玉はゆらゆらと落ち着きがない。うっかり指がぶつかって、またひとつ床に落ちていった。たまきさんがおっとりと言う。

「踏んだら大変、転んでしまうわ。先生、お気をつけて」

たまきさんこそと思いながら私はビー玉を拾った。ビー玉なんて不安定なもの、たまきさんがひとりで遊んでいて拾い忘れがあったら危険じゃないだろうか。私は床をぐるっと見回して安全を確認した。

「鍵は、見つかりましたか」

私が尋ねると、たまきさんは静かに首を横に振った。

「きっともう、あの箱には何も入れてはいけないということかもしれません」

たまきさんはそっと金庫に手を伸ばし、番号をプッシュし始めた。見てはいけないと、私はさっと後ろを向く。番号を忘れたと言われたらどうしようかと思ったけどそこは問題なく、扉の開く音がした。振り返ると、たまきさんがベッドに腰掛けて箱を手に取っていた。

「これね、父のフランス土産なんですの。あたくしが七歳のときでした」

たまきさんはうっとりと箱をなでた。

「開くと、臙脂《えんじ》色のベルベッドの布が張られていてね。それはそれは美しいの。あたくし、嬉しくて毎日開いていましたわ。嫁いでからもずっとよ」

「……大切な、箱なんですね」

「ええ、とても」

たまきさんはせつなく笑った。中身ももちろん大事なんだろうけど、彼女にとってこの箱自体が何にも代えがたい宝物なのだ。鍵をなくして開かなくなったからといって、壊すことはできないぐらいに。

私はバッグからノートパソコンを取り出した。

「鍵探しのお役に立てるかはわかりませんが、一緒にお話しながら、星に聞いてみましょう。何か少しでもヒントになれば」

「まあ、おもしろい。星が答えてくれるの？」

「あるていどのことは。でも星の言葉は複雑なので、私が通訳になります」

たまきさんは嬉しそうに手を合わせた。

ゆっくりと、雑談を交えながら私はたまきさんに必要なことを質問をした。その鍵は、いつもどこに置いているのか。最後に使ったのはいつだったか。なくなったと気がついたのは。話しているうち、空気がやわらかくほぐれていく。

たまきさんの話は支離滅裂なところもあったし、どんどん脱線したし、同じことを繰り返したりもしていたけど、それでよかった。キーワードの手がかりは、思わぬところにあるものだ。中に何が入っているのか、それだけは言いたくない様子だったので、そこに触れることを避けながら、私は星の配置を解いていった。あくまでも、鍵を探すのが私の目的だ。

鍵はいつも、チェストの一番上の引き出しに入れていたという。最後に使ったのは一週間前、ホーム内で定期的に行われる健康診断のあとだったと思う、とたまきさんは言った。

たまきさんには、ふたりのお子さんがいた。息子と娘、ひとりずつ。どちらも家庭を持っていて、息子さんは東京で社長をしており、娘さんは海外に住んでいる。ご主人とふたりで暮らしていたたまきさんがひとりになり、ここに来たのは五年前だ。

「アユミさん」という名前が何度も出てきて、それはどうやら息子さんの奥さんのことらしかった。

「アユミさんは本当に優しい人でね。しょっちゅう、会いに来てくれるのよ」

「いいお嫁さんなんですね」

「ほんとうに、感謝しなくてはね。一年に一度、顔を見せに来てくれるのよ」

「……一年に、一度ですか？」

「そう、逗子に別荘があるんですけれどもね、夏になるとそこに家族で来て、あたくしのところにも十五分くらい寄ってくださるの」

十五分。私はどう返せばいいのかわからず、ただほほえんでうなずいた。

「別荘にはアユミさんがかわいがってるヨークシャーテリアも連れてきていてね。ここに来るときはお留守番で、ひとりじゃかわいそうって、すぐに帰るの。優しい人よね」

優しいなんて、ほんとうにそう思っているんだろうか。さすがに食い下がりたい気持ちになって「それは」と言いかけると、たまきさんは阻止するように笑った。

「仕方ないの。あたくし、なんの役にも立たないおばあさんですから、話をしていてもつまらないでしょうしね」

ああ、まただ。私は思う。自分はなんの役にも立たない、なんの価値もないというラベリング。うまくいかない、自分はダメだ。今までいったい、どれほどたくさんのこんな声を聞いてきただろう。違うのに、ぜんぜん違うのに。

「でもあたくし、ここのホームにいられるんだから幸せよ。先生はどちらに住んでいらっしゃるの。ご家族は？」

たまきさんの言う「ご家族」が、親兄弟のことなのか結婚の有無なのかわからなくて一瞬戸惑ったが、どちらにしても答えは同じだとすぐに気づいた。

「ひとりです。都内のマンションで暮らしています」

「そうなのね。お仕事されるときは大きな占いの館とかにいらっしゃるんでしょう」

「いえ、私はどこにも所属していないんです。お声のかかったところに出向いてる感じで。ビー玉みたいに不安定な占い師ですよ」

私はパソコンを操作しながら答えた。私の話はどうでもいいのだ。たまきさんの鍵を早く見つけなければ。

たまきさんは、歌うみたいに言った。

「玉は、強い」

私はマウスを動かす手を止め、たまきさんを見た。

たまきさんは「うふふ」とあどけなく笑う。

「子どものころ、父がよく言ってましたの。構造上、一番強い形は球体だよって。外からの衝撃に負けず、それでいて自分は何も傷つけない。たくましくて穏やかで、そして美しい。そんな人間になってほしくて、たまきという名をつけたんですって」

「……素敵ですね」

「ビー玉みたいな占い師っていうのも、素敵じゃありませんか。いろんな色に光りながらころころ自由に転がって、時にはどこへ行くのかわからないのもきっとおもしろいわ」

ああ、と叫びそうになった。

たまきさんの言葉こそ、光りながら私の中に転がってくる。私のこれまでの生き方を、すべて肯定されたような気がした。こんなことを言ってくれるたまきさんが、自分のことを役に立たないなんて思っているのが悲しかった。

私はぎゅっと涙をこらえて息をつくと、パソコンの画面に出ているホロスコープに目をやった。星のマークが、ぴょこりと動いて見える。星の配置を読みながら、たまきさんの話を聞きながら、自分なりに解読したことを言葉にのせた。

「たまきさん。鍵はたぶん、すごく近くにあると思うんです」

「近くに？」

「ええ。それと、昔からの仲間……みたいなことが、表れています。いつもそばにいたような。その仲間の中に、まぎれている感じ」

たまきさんは不思議そうに天井を見上げた。

「仲間って、誰かしら。……あたくし、仲間なんて」

「……人間じゃなくても、いいんです」

私が遠慮がちに言うとたまきさんは、ぱっと花が開くような明るい表情になった。

「仲間……！　ああ、ここだわ」

たまきさんはベッドサイドに備えられた小さな扉を開けた。ちょっとした棚になっていて、眼鏡やら文庫本やら、小物が入っている。そこからオルゴールの箱を取り出し、たまきさんはためらいなく開けた。

『エリーゼのために』が流れる。オルゴールの中に鈍色《にびいろ》の金属がいくつか入っているのが見えた。

ブローチ。指輪。スカーフクリップ。

その中に、紋章のようなヘッドがついた、あの絵の鍵があった。

「そうそう、そうだったわ！　ここに入れたんだった」

たまきさんは鍵を握りしめ、私に抱きつかんばかりに喜んだ。そして待ちきれなかったように、木の箱を手に取った。

その瞬間、私はここにいてもいいんだろうかと躊躇した。あの箱の中を、私は見てはいけないんじゃないだろうか。後ろを向かなければと思ったが、下衆な好奇心がゾロリと動く。これも一種の荒魂なのかもしれないと心の奥で思いながら、私はたまきさんの手元から目が離せなかった。

たまきさんは鍵を穴に差し込み、くるっと回して……。


鍵を、かけた。


「ああ、よかった。これでもう、安心。蓋が開いて中がこぼれてしまうこともないわ」

………どういうことだろう。

蓋は開いていたのだ。たまきさんは、鍵をかけたかったのだ。

私は豆鉄砲をくらった鳩みたいになって、ぽかんとしてしまった。

「思い出しましたわ。健康診断のあとに開けている最中、中川さんが突然来てね。あたくし、あわてて蓋をしたまま、鍵をかけ忘れていたんですの。それで、中川さんに『たまきさんが注文したクロス、取り寄せで十日後に届くって』と言われて。クロスって、あたくしが娘時代から真鍮のアクセサリーをみがくのに使っている、長いおつきあいの専門店のものですの。新しいのに替えようと思って中川さんに頼んでいましてね。それで、鍵をかけていないことが頭からぬけおちたまま、クロスでお手入れをするとき出しやすいように真鍮の仲間は同じところにまとめておきましょうって思ったんですわ」

開けられなくて困っていたんじゃないのか。開いているなら、中身を他のところに移せばよかったのに。「神様でもないかぎり取り出せない」って、あれはなんだったんだろう。

たまきさんは深々と頭を下げた。

「どうもありがとうございます。先生は本当に優秀な占い師さんね」

「いいえ。一週間前に注文したクロスが十日後に届くなら、いずれにしてもあと三日ぐらいできっとたまきさんは鍵を見つけたと思います」

たまきさんは私の言っている意味がよくわからなかったのか、きょとんとした顔をしていたが、すぐにふわりと笑った。その表情が、じんわりとあたたかく沁みてくる。

「それにしても、誰かとお話していてこんなに楽しい気持ちになったのはほんとうに久しぶりよ。とっても嬉しかったわ。なんだか、心が晴れました」

たまきさんは、握手を求めるようにそっと片手を伸ばしてきた。

「私もです。たまきさん」

私はその手を、両手で握った。たまきさんに頭を押しつけたくなる衝動にかられながら。


帰り際、受付で挨拶をすると中川さんが飛び出してきた。

「もうお帰りになられるの。たまきさん、すごいわねえ。本当にジュリアさんとお友達になったのね」

「ええ。でもちょっと謎が残ったから、また遊びに来ようかな」

私がひとりごと混じりにつぶやくと、中川さんはこともなげに言った。

「ああ、もしかして木の宝箱？　あれ、なんにも入ってないわよ」

「え？」

「本人は誰も知らないと思ってるけど、私、たまに遭遇しちゃうことあるの。ドアが半開きになってるの、気づかないときがあるみたいでね。蓋を開けて、箱の中にいろいろしゃべってるのよ。何を言ってるかまでは聞こえないけど、笑ったり怒ったりしながらね。由緒ある家のお嬢様だっただけに、子どものころから誰にも言えない胸の内っていうのがあったんじゃないかな」

言葉を失っている私に、中川さんがふっと目元を緩ませた。

「たまきさんってね、絶対に人の悪口も愚痴も言わないのよ。ひとりで箱に打ち明けてる姿を見てると私、なんだかいとおしくなっちゃって。私でよければ話聞くよって思うけど、それはたまきさんが決めることよね」

そうか、あの中には。

あの中には、たまきさんが誰にも知られたくない心の声が入ってるのか。たまきさんはあの箱の中に正直な想いを吐いては、鍵をかけて封じ込めているんだ。本当だ、神様でもないかぎり取り出すことなんかできない。

「そうだ、これ。サインしてくれます？」

中川さんがにっこりと、色紙とサインペンを差し出した。

大勢の観客にあふれた夜の神宮球場で、私はともやんと並んで座った。

ドラゴンズの青いタオルを首にかけ、ともやんはビール売りのお姉さんから長い紙コップをふたつ受け取った。ひとつは私にくれる。

「私ね、また個人鑑定はじめようと思うんだ」

ビールを飲みながらそう告げた。葉山でのことを私はともやんに話していない。守秘義務だ。なのにともやんは、まったく驚かないで「そうか」と言った。私は続ける。

「彗星ジュリアとしてじゃなくて、名前変えて、姿も変えて。どうやってやるかは、これからまた考えなくちゃだけど。なんなら、占いでもないのかもしれないけど」

「うん。いいと思うよ。本当はニコ、そういうのがやりたかったんだろ」

私はうなずく。

誰にも言えないことを、こっそり言える場所。私は、誰かにとってのたまきさんの箱みたいな存在になりたかった。私にとって、ともやんがそうなのかなと思ったけど、ちょっと違う。だって、ともやんのことで悩んだら、ともやんには話せないもの。

日常生活からちょっと外れたところで、必要なときに蓋を開け、話してすっきりしたら鍵をかけて戻っていけるような。人にはそんな場所が必要なんだと思う。その人が天の声を聞きたいなら、星の導きをツールとして何かのヒントになればそれもいい。

ホロスコープが読めるようになったころ。スナックの隅で、お客さんひとりひとりと向き合ってたころ。

私には、未来の予言よりラッキーアイテムより、もっともっと伝えたいたったひとつのことがあった。

あなたはこんなにも素晴らしいのだと、すべての人に、ただそれだけを。

ゲームが始まる。

二回に入ったとき、ともやんが首からかけていたタオルをふわっと私の肩にかけた。

「寒いくせに、我慢すんな」

「ばれたか」

昼間は暑かったから、油断していた。ロングTシャツ一枚では、秋の夜風が思いのほか冷たい。地厚で大判のタオルは、あったかくて気持ちよかった。

「なんでもばれちゃうねえ、ともやんには」

「そりゃ、愛だろ」

ドキッとした。でも、真に受けてはいけない。私はわざと茶化して腕組みをする。

「愛か。それはありがと」

ともやんはグラウンドのほうを向いたまま言った。

「おまえさ、もう、俺にしとけば」

「は？」

「たまたま再会しちゃったしな」

ともやんは、鬼みたいに真っ赤な顔をしている。ビールのせいだ。こんなの絶対、ビールの……。

嬉しかった。猛烈に嬉しかった。でも恥ずかしくてたまらなくて、悪態をつく。

「なにそれ。たまたま会ったら私じゃなくてもいいみたいじゃん」

「たまたま会ったのがニコだったんだぞ？　たまたまより信用できるもん、ねえだろ」

カーンと高い音が響いて、ホームランが出た。わああっと客が全員立ち上がる。どさくさまぎれに、ともやんが私を抱きしめる。なつかしくて新しい体温。甘くて苦い、ポマードのにおい。私も腕を回す。ぎゅうっと。たまたまに、のっかってみるか。

選手も観客も、みんな胸を熱くして白い球の行方を見守る。
投げる、受ける。
打たれて、飛ぶ。

夜空を見上げると、ああ、そこには。

真っ白に磨かれた光の玉。
ぽっかりまあるい、お月さま。

ここだけの話

ああ、なんとかわいらしい。

四月も終盤にさしかかったこの季節、今年もタラヨウの花が咲きました。葉腋のあちらこちらで小さな黄色の花が集まって球をつくり、まんまるい灯りがともっているかのようです。花言葉は「伝える」。ぴったりな標章を与えられたものですね。

桜は散ってしまいましたがね、わたしにとってはこのタラヨウが、季節の変わりめを教えてくれる花です。なにごとも、始まったばかりのときよりも、少し軌道に乗りかけたあたりが苦しくて楽しいもの。参拝者がぐっと増えるのも、実はこの時期です。桜の花が人々の新しい生活を祝福しているのだとしたら、タラヨウの花はきっと、エールを送っているに違いありません。だってごらんなさい、まるでチアリーダーのポンポンみたいじゃありませんか。

タラヨウの樹がある神社にはミクジが出る。

わたしたち神職の間では、古く語り継がれている有名な話です。

性別も年齢もなく、タラヨウの葉を使い参拝者にお告げの言葉を与える猫、ミクジ。

しかしその存在について、巷で噂が広まったことはついぞありません。

きっとミクジがなにか仕掛けているのでしょう。お告げを手にした人はなぜだか吹聴する気がそがれ、あるいは話そうとしても相手に他の用事ができたりして聞かせられなくなってしまうのです。どうやら近い時期にご縁のない人とはつながらない仕組みになっているようで、うまくしたものですね。

昨年の夏の終わり、ミクジと出会った七人の幸運な参拝者さんたちは、その後も時々、この神社にいらっしゃいます。

ミハルさんはこのあいだ、お勤めしている美容院のチラシを持ってきてくれて、「私、今月からカットを任せてもらえるようになったんですよ」と喜んでおられました。以前からミハルさんのシャンプーは心がこもっていて優しいと評判だったようで、お客さまからすでにいくつもご指名がかかっているそうです。普段わたしはなじみの床屋に行っていて、サロンというところは少々場違いかもしれませんが、チラシを持っていくと新規のお客は半額だとかで、わたしもミハルさんに髪を切っていただこうかな。

耕介さんのお嬢さんは今年高校受験だそうで、奥様と三人でこられて、学業成就のお守りを買っていかれました。

なんでも、お嬢さんのさつきさんは耕介さんよりもずっと前に、ここにいらしたことがあったようです。小学校のときに社会見学の課外授業があって、さつきさんのグループは神社近くのガラス工場に来たそうなのですが、その帰りにお友達がトイレを借りるために寄ったとかでね。そんなこともあったかな。お友達を待つ間、タラヨウの葉に、相合傘みたいに名前を書いてしまってごめんなさいって、謝られていました。確かにありました、「さつき♡　たつひこ♡」って。持っていかれますかと尋ねたら、もしご迷惑でなければそのまま残してくださいとのことで、それではふたりの恋がうまくいくようわたしも祈りましょう。ところでたつひこ君って、学校の同級生なのかな？

慎くんは、最後に受けた楽器店に就職が決まり、今春からフレッシュな新入社員です。楽器を買い求めにくるお客さんとのコミュニケーション力は、CDショップでのアルバイト経験がずいぶん活かされているみたいですね。ギターの腕前もずいぶん上がったと言っていましたから、今度聴かせてもらわなくちゃ。そうそう、兄貴分のバンドがメジャーデビューしたそうで、慎くんはお祝いの気持ちを込めてシングルCDをたくさん買って配っています。わたしも一枚いただきましたが、どことなくなつかしいようなメロディが、味わい深くていいですね。きっとヒットしますよ。

それにしても驚いたのは木下さんです。

神社から大通りに出たところのかどっこ、昔、木下さんがプラモデル屋を経営していた雑居ビルでね、なんとこの春、お店を新規オープンですよ。プラモデルとドールハウスの模型専門店で、息子さんのお嫁さん、君枝さんとふたりできりもりしています。時々おふたりで顔を見せてくださいますが、漫才のように仲睦まじく喧嘩ばかり。幸せそうです。平等院鳳凰堂の隣に、今度は何を置かせていただきましょうか。


和也くんはあれから、たまにお友達を連れてきてくれます。「苔博士」なんて呼ばれてましたよ。あの女の子は、ええと、遠藤さんといったかな。

時々、タラヨウの葉を一枚くださいと言ってね、なるべく大きなものを選んで持っていきます。それを使って山形にお手紙を出しているそうで、素敵な文通だなあ。

でも和也くんは、ずいぶん長いこと、わたしのことをお掃除のおじさんだと思っていたみたいですね。まあ、それほど間違ってはいませんが。


千咲さんは漫画家目指して奮闘されているようで、たまにおうちでパソコンを使ったアシスタントのお仕事もしているそうです。露吹ひかる先生でしたっけ、有名な作品をたくさん描かれている漫画家さんにアドバイスをいただきながら、投稿作品を鋭意創作中だとか。

「神社のお話を描きたいから、取材させてください」って、メモ帳を持ってよくいらっしゃいます。その漫画、もしかしたらわたしも登場するんでしょうか。いや、照れますねぇ。ああ、それから、悠くんの七五三姿もかわいかったな。

そして最後にもうひとり、ニコさん。

不思議な方でね、わたしはニコさんが何をしていらっしゃるのか、いまだに知りません。ただ、お参りにいらっしゃったときにニコさんと言葉を交わすと、なぜだか心が軽くなるのです。

君枝さんの話では、雑居ビルに入っている税理士事務所の隠し部屋に覆面セラピストがいるらしく、もしやそれがニコさんなのではないかとわたしは踏んでいるのですが、どうかな。テレビや雑誌には一切出ず、口コミだけでじわじわと人気を呼んでいるそうです。とにかく話を聞くのが上手で、時には占星術で天体の配置を読み解いてアドバイスをくれると聞き、ぴんときました。

ニコさんはタラヨウの葉が占いに使われていたという話を興味深そうに聞かれていましたし、その覆面は顔の上半分だけの仮面舞踏会のような黒いマスクだそうで、なんだかちょっとミクジを思わせますしね。

占いといえば、以前ずいぶんいろんな番組に出ていた彗星ジュリアさんって、最近テレビでお見かけしませんね。いったいどうしてるんだろう。

え？　わたしは結局、ミクジに会えたのかって？

あれ、ほんとうだ。なぜだか自分のことはお話しする気が失せていた。

では特別ですよ、ここだけの話、お伝えしましょう。もっとも、あなたも途中で用事ができて、聞くことができなくなるかもしれませんが。

あれは、テレビでヤクルト×中日戦のナイターを観終わったときのことでした。わたしはなんの気はなしに……そう、ほんとうに、なんの気はなしに、外の空気を吸ってくるかなと思いました。この「なんの気はなしに」とか「なんとなく」という感覚には、なにかが宿っているのかもしれません。

社務所を出て空を見上げたら、そこに満月がありました。

きれいだな、と思いながらタラヨウの樹まで歩いていくと、さあっと風が吹き、葉がいっせいに揺れ始めました。まるで鈴を鳴らすように。

ああ、今夜は――――。

わたしは理解しました。ミクジのお帰りです。

わたしがタラヨウの前に立ち尽くしているとベンチの裏からするりと猫が現れ、前足をちょこんと揃えて座りました。背中が黒く、腹や足の白いハチワレ猫。尻には白い星のマーク。間違いない、ミクジです。

「はじめまして」

ふるえるような緊張感と、たぎるような高揚感をもってわたしが話しかけると、ミクジはじっとわたしを見つめました。闇の中で、ミクジのすきとおった瞳は一番星のように明るく光っていました。

そしてほんの少し顔を傾けると、右足をとん、とベンチに置きました。座れ、と促されたようで、わたしはミクジの隣に腰掛けました。

「わたしは、宮司としてうまくやれましたか」

ミクジはこくんとうなずき、目を細めて笑いました。どうやら、ほめていただいたようです。すっかり嬉しくなって満たされた気持ちに浸っていたら、ミクジはすっと前足を片方挙げました。なんだろう、とわたしもとっさに真似をして片手を挙げると、ミクジは軽くジャンプをして片足をパンっと合わせてくるではありませんか。おお、ハイタッチですか。志を分かち合うような、親愛の。なんと光栄なことでしょう。

ミクジは唇の端を上げニッと笑うと、後ろを向いてひょいっとタラヨウの樹に飛び移り、宙を舞いながら樹の幹をくるくると回り始めました。わたしはベンチから立ち上がり、床屋の看板のように少しずつ上がりながら回り続けるミクジをただ見ていました。

ミクジの動きに合わせ、タラヨウの樹は気持ちよさそうに幹や枝をしならせました。まるで、踊っているみたいに。そして樹の頂上まで到達すると、ミクジはぴかっと光って飛び立ち、夜に溶けていきました。

行ってしまった。あっけないものだな。

感謝と寂寥《せきりょう》にかられながら空を見上げていると、はらりと葉が一枚、落ちてきました。

なんと、まあ。
葉を拾い上げ、わたしは思わず笑ってしまいました。ミクジのお尻にあった、あの星形マークです。

さあて、これはいったい、どういうことかな。相撲で言うところの白星か。いや、でもわたしは試合に勝ったというわけではないし。

元料理人としてはミシュランの星も浮かびますし、あるいは今ふうに言うと「いいね」みたいなことでしょうか？　犯人のホシ？　アイドルスター？

それとも、あのハイタッチが「仲間だよ」という意味なのだとしたら、ミクジと同じチームのロゴマークをくれたということなのかな、だったら嬉しいな。

なあに、あせることはありません。ゆっくり考えていきましょう。これはほかでもない、わたしへのお告げですからね。どこにたどりつくかは、わたしが知るのみです。

おや。

最後までわたしの話を聞かれましたか。それは不思議だな。ミクジと近くご縁のない人とはつながらないようになっているのに。

ということは、もしや。

あなたは運がいい。
もうすぐかもしれませんね、あなたがミクジからタラヨウの葉を受け取るのも。
どうぞ、お告げの言葉を大切に。

完

◎参考文献

『コケはともだち』藤井久子　監修・秋山弘之／リトルモア

◎取材協力

鶴見神社

冨塚八幡宮

ホビー＆雑貨　喜多屋ダンク（戸塚モディ）

この物語はフィクションです。作中に同一の名称があった場合でも、実在する人物、団体等とは一切関係ありません。

本書は二〇一八年九月に小社より刊行した単行本に加筆修正し、文庫化したものです。

青山美智子（あおやま・みちこ）
1970年生まれ、愛知県出身。横浜市在住。大学卒業後、シドニーの日系新聞社で記者として勤務の後、出版社で雑誌編集者を経て執筆活動に入る。デビュー作『木曜日にはココアを』が第1回宮崎本大賞を受賞。続編『月曜日の抹茶カフェ』が第1回けんご大賞、『猫のお告げは樹の下で』が第13回天竜文学賞を受賞。（いずれも宝島社）『お探し物は図書室まで』（ポプラ社）が2021年本屋大賞2位。同作の英語翻訳版は、米「TIME」誌の「2023年の必読書100冊」で唯一の日本人作家として選ばれる。『赤と青とエスキース』（PHP研究所）『月の立つ林で』（ポプラ社）『リカバリー・カバヒコ』（光文社）で、2022年、2023年、2024年と4年連続の本屋大賞ノミネート。著作多数。

宝島社文庫

猫のお告げは樹の下で
（ねこのおつげはきのしたで）

2020年 6 月18日　第 1 刷発行
2024年 8 月13日　第15刷発行

著　者　青山美智子
発行人　関川 誠
発行所　株式会社 宝島社
〒102-8388　東京都千代田区一番町25番地
電話：営業 03(3234)4621／編集 03(3239)0599
https://tkj.jp

印刷・製本　株式会社広済堂ネクスト

First published 2018 by Takarajimasha, Inc.
ISBN 978-4-299-00530-4

宝島社文庫
3分で読める!
眠れない夜に読む
心ほぐれる物語
『このミステリーがすごい!』編集部 編
夢のように切ない恋物語や
睡眠を使ったビジネスの話……
寝る前に読む超ショート・ストーリー
青山美智子
一色さゆり
乾 緑郎
岡崎琢磨
海堂 尊
柏 てん
喜多 南
喜多喜久
咲乃月音
佐藤青南
沢木まひろ
志駕 晃
城山真一
高橋由太
辻堂ゆめ
塔山 郁
友井 羊
中山七里
七尾与史
林 由美子
柊サナカ
深沢 仁
降田 天
堀内公太郎
森川楓子
定価 748円(税込)
イラスト/はしゃ

騙される快感がクセになる25作品

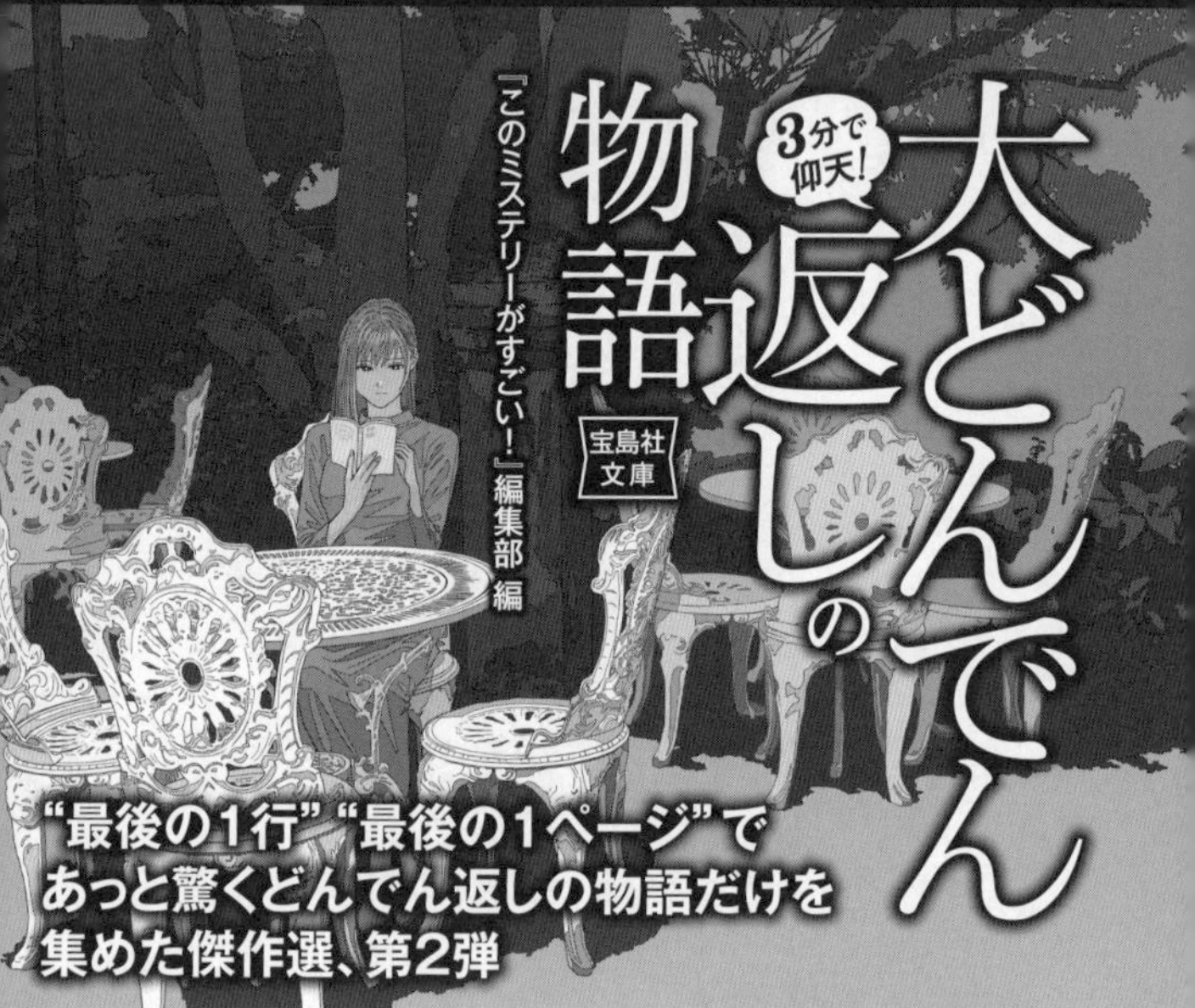

青山美智子
一色さゆり
岡崎琢磨
海堂 尊
柏 てん
喜多 南
喜多喜久
黒崎リク
佐藤青南
沢木まひろ
志駕 晃
上甲宣之

新川帆立
辻堂ゆめ
塔山 郁
友井 羊
中山七里
英 アタル
林 由美子
柊 サナカ
堀内公太郎
三好昌子
山本巧次

定価 760円（税込）

イラスト／田中寛崇

『このミステリーがすごい！』大賞は、宝島社の主催する文学賞です（登録第4300532号）

好評発売中！

写真／田中達也
（ミニチュアライフ）

定価 780円（税込）